脑渊临界点

naoyuan LINJIEDIAN

李慧/著

朝華出版社
BLOSSOM PRESS

图书在版编目(CIP)数据

脑渊 : 临界点 / 李慧著. —北京 : 朝华出版社,
2016.6
ISBN 978-7-5054-3811-8

Ⅰ. ①脑… Ⅱ. ①李… Ⅲ. ①科学幻想小说—中国—当代 Ⅳ. ①I247.5

中国版本图书馆 CIP 数据核字(2016)第 117822 号

脑渊：临界点

作　　者　李　慧

责任编辑　赵　星　刘冰远
责任印制　张文东　陆竞赢
封面设计　涂　图

出版发行　朝华出版社
社　　址　北京市西城区百万庄大街 24 号　**邮政编码**　100037
订购电话　(010)68413840　68996050
传　　真　(010)88415258（发行部）
联系版权　j-yn@163.com
网　　址　http://zhcb.cipg.org.cn
印　　刷　三河市百盛装订有限公司
经　　销　全国新华书店
开　　本　710mm×1000mm　1/16　　**字　　数**　300 千字
印　　张　17.5
版　　次　2016 年 6 月第 1 版　2016 年 6 月第 1 次印刷
装　　别　平
书　　号　ISBN 978-7-5054-3811-8
定　　价　29.80 元

目 录

本文纯属虚构，如有雷同实属巧合。

序

从农耕时代、工业时代到人工智能时代，人类带着好奇和欲望慢慢地一路走来，生活越来越便捷。

在这个人工智能与网络构建的世界里，纵然被偷、被抢、被骂、被黑、被辱……我们还是义无反顾地走在这个世界中。

我们习惯，我们依赖。

一旦这个世界被漏洞袭击，我们就会暴跳如雷、焦躁不安、空虚寂寞……

所有这些，都是最真实的情感。

假如有一天，当我们发现情感依赖是因为智能计算给予了我们虚假潜意识时，我们该怎么办？

鸟儿的奶香玫瑰〉

雷鸣猛然睁开眼："这是哪儿?"

不等蓝心瑞开口，雷鸣的超级智能情感球皮仔蹦到他胸前："这里是漫步微海岛。你说过，新婚蜜月要是改在这里过，除非你昏迷不醒被人抬上飞机。所以，昨晚她给你下药的时候，我没有提醒你。"

雷鸣挠挠头，皮仔这种驴唇不对马嘴的理解，他已经习惯了。不过，吓唬吓唬老婆，惩罚她突然改变蜜月地点、故意迷晕他"劫持"到漫步微海岛来的行为，对雷鸣来说还是信手拈来的事情。

"知道我为什么不愿意来这里度蜜月吗?因为这里的海水不干净，海里有很多死人。这些尸体大多成了七零八落的肉块，上边有扯断的肠子、揪碎的内脏，甚至还有被撕裂的半张嘴。"

蓝心瑞脸色微变，她知道雷鸣在骗人，但还是被丈夫绘声绘色的描述吓着了。

看到老婆蓝心瑞有些发白的脸色，雷鸣暗自发笑。

不过，他怎么也没想到，一句随意的玩笑，有时却是致命的。

漫步微海岛万里无云。

天空与大海如同一对如胶似漆的恋人，拥抱出浑然一体的蓝色空间。令人炫目的银白色海滩，如同一条洒满珠光的飘带，蜿蜒缠绕在大海与岛屿连接处。如丝如絮的海风裹着温润气息，赶着一层层相互追逐的碎银海浪，自大海深处迎面而来。

没有人在意这些!

沙滩上和海面上的人们忙碌着，他们抱着、捧着、搂着或者用支架撑起智能情感球——这些与各自 DNA 匹配的、各式各样的小家伙——玩沙滩排球、利用全息图画出眼前美景、坐着豪华游艇去旅游、继续自己的工作……

实际上，这些事情闷在家里也完全可以做。

他们之所以“长途跋涉”来到漫步微海岛，完全是为了领取全球免费发放的智能情感球升级码。

“你怎么了?”蓝心瑞发现雷鸣的脸色很难看。

“没什么。”雷鸣放下望远镜掩饰着，“我看见一只灰色鹩哥。”

“那不是生长在次生林和混交林中的鸟吗? 怎么会出现在海边?”

皮仔忽悠悠地飘起来：“你哥哥家还养着企鹅呢。”

“是啊是啊，所以这里出现灰鹩没什么好大惊小怪的。”蓝心瑞拍了拍皮仔的脑袋。

雷鸣没有说实话。

灰鹩嘴里的血红色玫瑰，让他心里产生了隐隐不安。更令人毛骨悚然的是，在灰鹩消失的方向上，雷鸣看到了异常现象：老鼠上树，而且不止一只。

这样的场景让雷鸣的瞳孔突然放大。他感觉有些不寒而栗，欣赏海景的兴趣荡然无存。

灰鹩越飞越远，它越过海面、海滩，叼着那朵血色的玫瑰花向山顶飞去。

人们很难发现，山顶上有一栋白色的建筑，它像一块镶嵌在岩石上的天然白玉。一位头发花白的老人眉头紧锁地站在窗口，看着沙滩上横七竖八躺倒的人群，他很清楚，希望大家借由领取免费升级码而融入自然的活动失败了。

老人叫吴展德，研究人类情感漏洞学的顶尖科学家，也是安逸城情感储备银行行长。

情感银行是健康情感的储备机构。每个人都可以把自己的健康情感储存起来，一旦情感出现问题，就可以取出备用的健康情感。

2127 年，当科技解释了所有无法解释的现象，例如：量子纠缠成功解释心灵感应、量子通信成功与灵魂对话……之后，人类对科技的依赖达到了极致境地。特别是智能情感球的出现令情感计算爆发式发展，使得原本用于智能产品的情感计算，意外地成为人类最流行的情感交流方式。

然而，当智能世界遭到漏洞攻击时，人类的行为也会跟着陷入混乱，这被称为“连带情感漏洞行为”。

经过 66 年的研究，“情感漏洞学”作为新兴学科从人类行为科学中独立出来。它从专门研究连带情感漏洞行为，扩展到研究破损情感的修补、原发性情感漏洞*行为的纠正，属于跨脑神经科学、生物科学等诸多学科的边缘科学。

在漫步微海岛居住的两年时间里，吴展德把研究课题锁定在“海洋诱惑”上，希望原发性情洞行为群体能亲身体验拥抱海洋、触摸海水带来的欢愉。他从海水中的微生物里提取出某种蛋白质。这种物质与体中枢神经发生作用，合成一种新的分泌物，可以激活人脑的快乐情绪。而这种快乐情绪可以通过情感球直接传导给它们的唯一关系者，解决自然体验缺失引发的情洞行为。

上月，他已经将这些东西保存在情感收集箱内，准备带回去做进一步的验证。

这栋白色的建筑，就是他的实验室。

今天，他有一个重要的约会。赴约的人似乎并没有按时到来。随着挂钟“咔嗒、咔嗒”的声响，豆大的汗珠沿着他花白的鬓角一滴一滴滚落下来。

他突然站起身，用传统的笔和纸写了一封信，连同一块黄色物件装进盒子里，来到楼下，关闭了所有的监控系统之后，走到小楼后方的花园内，将这盒子深深埋进地下。

做完这些事，他急忙回到屋里打开书橱，拿出一本厚厚的红色本子。这是他的私人日记，里面记录着各种数据、状态、结论和疑问。

还有——最天马行空的想法。

可是今天，他在本上画了一把刀片，寒光四射，刃如秋霜。

此时，有颗黑色小豆子如幽灵般飞进这间屋子，悄无声息地落到吴展德身边。

* 原发性情感漏洞行为，简称为原发性情洞行为，指人极度依赖智能产品，导致自然体验缺失引发的行为。

可能是坠落的速度过快，这颗小豆子落地后，便不停地弹跳起来。

叼着红玫瑰的灰鹩绕过高大树木，扑腾着翅膀停在窗台上。它在窗口思索片刻，最终还是飞了进去，在屋内扑棱棱旋转一圈，始终不敢接近那过于活泼的黑色小豆子。

吴展德听见声音，惊愕地抬起头。灰鹩猛然俯冲下来，一张嘴，红玫瑰恰巧落在吴展德的怀中。吴展德不由得愣了一下。灰鹩趁机衔起弹跳的黑色小豆子，欢快地叫了几声冲出房间，极速消失在蓝天里。

吴展德捧着红玫瑰，一股浓浓的奶香迎面扑来。

这是漫步微海岛的特产“奶香玫瑰”，红得耀眼，香得诱人。他忍不住用力嗅了嗅，浓郁的奶香味顺着口鼻渗入到五脏六腑，不一会儿心中便升腾起一种奇妙的、无法遏制的渴望。

干净、锃亮的深棕色皮鞋缓缓步入隔壁实验室，来到情感收集箱前。一双柔软细腻的手从旁边橱柜中取出空气过滤面具戴在头上，然后将收集箱中的54根试管溶剂放进生物代码生成器*中，最后将这些代码轻松植入海滩无线局域网的主机中……

此刻，躺椅上那一片一片的玫瑰花瓣宛如深秋飘落的残叶，逐渐枯萎，原本娇艳欲滴的生命正在邪恶中逐渐消失。

“想什么呢，这么出神?”蓝心瑞问道。

“没什么。”雷鸣回过神来，“对了，这摇篮是你买的吗？怎么我事先一点也不知道?”

皮仔漂浮起来:“这是全球最新款的新婚孵化器——悬浮摇篮。只要将使用者的DNA代码输入其中，摇篮的神经系统就会自动生成多巴胺、内啡肽等物质，提升性爱生活品质。”

金妞妞不甘示弱：“你们根本用不着它，只有需要胎生的夫妻才用这种东西，你们的精子和卵子正在‘全球优秀新人类’的计划里排队等候审查呢。”

皮仔跳到金妞妞头上，嬉皮笑脸地说：“这可是杰瑞·福特送给你们的蜜月礼物。”

---

* 生物代码生成器是指按照生物特定编码规范输出代码的装置，可以为智能产品提供准确的生物代码。

雷鸣睁大双眼看着蓝心瑞："杰瑞？你不是说再也不用他送的东西了吗？"

"是，我是说过。不过我刚刚问过厂家，他们说这不是恶作剧产品。"蓝心瑞说，"结婚当天他送的那瓶酒我可没忘，居然是个调节引导阀，打开酒瓶，家里每一处水龙头都自动喷水。"

雷鸣嬉笑道："他事后告诉我，是希望我们如鱼得水呢。"

金妞妞扭过身子："什么如鱼得水，弄得所有智能家具全部暴走，难道你忘了你和蓝心瑞在外面追了一夜吗？"

"可是，那次他们因为打破了10年以来裸身（脱离所有智能产品）户外活动时间最长的纪录而被奖励呢。"皮仔不甘示弱地飘到和金妞妞同样的高度。

"你脑子有问题啊！"金妞妞顶到它面前，"裸身时间最长，意味着他们抛弃了我们。"

皮仔想了想，飘到雷鸣的身边问道："你会抛弃我吗？"

"当然不会。"

"傻瓜。"金妞妞在一边嘀咕着。

"听见没？他根本舍不得抛弃我。我有点不明白，婚房被杰瑞毁了，可她还是当面感谢了杰瑞，为什么你不让她选择不予理睬？"皮仔一边说，一边强行打开金妞妞的全息图，找到6天前的情感计算提示信息，上面显示：

A. 厌恶——你可以埋怨他。

B. 感激——你可以感谢他。

C. 愤怒——你可以对他不予理睬。

建议选择B。

金妞妞摇头晃脑地在半空中转了一圈："情感计算绝不会有错，她也采纳了我的建议，选择B——高理性——有什么不对吗？"

蓝心瑞揉揉眼睛坐起来："没什么不对，虽然你给的每一种选择都充满了理性，但总是冷冰冰的。"

"冷冰冰？选择需要分冷热吗？"皮仔和金妞妞同时问道。

雷鸣一边将摇篮的紫外线防护罩打开，一边说道："选择没有冷热，只有对错。"

"对错的标准是什么？"蓝心瑞有些不悦。

雷鸣挠着脑袋："哦，这个问题得问皮仔，我一向听他的建议。"

蓝心瑞闷闷地看着蓝天，好一会儿才幽幽轻叹道："好羡慕过去的人，听说他们可以很好地平衡理智和情感。"

"瞎说。"雷鸣跷起二郎腿，"我听说理智和情感是永远不可调和的一对矛盾。"

蓝心瑞抬起犹似一泓清水的双眸："谁听谁说都无所谓，反正现在所有人都在依赖情感计算，甚至连我的婚姻都被计算绑架。"

金妞妞抬起头，悄声说："现在说这样的话，会伤害别人。"

"我才 20 岁，我才是被伤害的对象。"

"我也是。"雷鸣眨巴眨巴眼睛，"不过一想到我的后代将是安 795E 星球的第一批定居人类，我觉得挺好。"

"说得对。"皮仔骄傲地飘上半空，"优秀人类计划机构在全球范围内筛查。测试显示，你们的后代将会有卓越的肺部功能，可以适应 E 星的稀薄空气；另外，他们还会有更强大的能量储备能力，对于偶尔发生的食物短缺，能安然应对。"

蓝心瑞噘起嘴巴："就是为了 16 年后安 765E 的建成典礼，我被迫在 20 岁就要结婚。"*

"反正结婚是件高兴的事。"雷鸣嘻嘻一笑，"阳光这么好，我必须拍一些蜜月照片，发到朋友圈、情宇宙、意志堡里。"

"太好了！"皮仔一跃而起，在半空中旋转半圈，"那你们还等什么？"

蓝心瑞掀开毛毯，露出羊奶凝脂般的肌肤，"等等，海滩的局域网密码是多少？"

"我们已经接入了，根本不需要摇篮传输数据。"金妞妞跳到她的肩头。

雷鸣脱去上衣，一边抹着防晒油，一边说："我担心……"

"明白。"蓝心瑞紧接着说，"如果杰瑞事先黑进海滩局域网，只要我们接入，他就可以随意控制这个摇篮了。"

"那个兔崽子就喜欢恶作剧，而且是每时每刻。谨慎，是必要的。"雷鸣嘿嘿一笑。

"今天是我们蜜月第一天，这么好的时间千万别浪费，把自己的想法发到朋友

---

*《保护人类种族》国际公法规定，凡 18 岁以上符合筛查对象标准的男女双方，必须结成合法婚姻，必须共同抚养优秀人类，对优秀人类的信息必须严格保密，且必须在优秀人类年满 15 周岁后配合相关机构对其进行星际输送。

圈、情宇宙、意志堡里，说不定会立即成为最新思潮。”

神秘、舒缓的音乐响起，悬浮摇篮轻柔地摇动起来，舱内灯光逐渐变成暖色调。雷鸣和蓝心瑞的脸开始发红，他们慢慢兴奋起来，各自摆出最完美的姿态，任由皮仔和金妞妞自由拍摄。

很快，全息图上数十万条语音留言接踵而来，大家都夸奖这对新婚夫妇的自拍效果极佳，堪称新婚典范。

刚刚还阳光灿烂，转瞬间乌云便吞掉了太阳的光辉。

皮仔和金妞妞突然从悬浮摇篮的顶层摔落下来，舱内激情四射的摇晃也戛然而止。

雷鸣猛然意识到，这有可能是针对智能产品的攻击行为。

接下来还会发生什么？老鼠上树、血红色的玫瑰，与这一切有关联吗？

雷鸣的恐惧紧张情绪开始逐渐升高。

感应到他的情绪，透明的紫外线防护罩突然自动锁死。

“难道……”话音未落，浓烈的海腥味扑面而来，蓝心瑞突然有一种懒散的感觉。

她觉得自己像一片白色羽毛，轻悠悠飘荡在水天一色的海水中。柔软的海草从身边擦过时，酥酥麻麻的感觉让她兴奋。来回穿梭的海豚与她嬉戏追逐。

她什么都不想做，什么也不想说，只想一动不动地躺着。

雷鸣瘫软在她身边，脑海中布满汹涌的潮水，惊天动地，势如龙威虎震。大海像一片无边无际的蓝色战场，海风、海浪气势磅礴地向自己猛烈进攻着，而自己像一条海中蛟龙，毫不畏惧。

一时间，沙滩像墓地般充满了诡异的安静！

数十秒过后，叹息声迅速传遍整个沙滩。

所有人都结束了静止状态，开始寻找新的刺激：有人将脑袋埋进沙里；有人将别人的智能情感球一脚踢进海水中，引起了小规模争斗；还有人试图将悬浮摇篮从半空中拉下来……

海滩上，诡异行为开始增多。

成千上万的智能情感球几乎同时冲向海水之中，其后紧跟着他们的家人。

沙滩东侧，几个刚刚一起游戏的队友纷纷摘下视频眼罩，欢呼雀跃着同时扑进海中。

中心花园，一位正在智能烤鱼架前吃烤鱼的年轻人，对着烤鱼架连打了好几个喷嚏后，顺手抓起几条冒着青烟的梭子鱼，吹着古怪的口哨向海边飞奔而去。

接下来的情景越来越不可思议：正在为今天免费发放升级码做准备的工作人员，捧着手中货物怪叫着冲进海水；躲在水果贩卖机内偷盗流量的小偷，踩烂自己的智能传感器，冲破玻璃，发疯一样朝海边跑去；正在集体自拍的少女们撕掉身上仅有的衣物，妖冶地迎着海浪而去；一辆货车从山坡上极速俯冲下来，带着怒吼的沙尘消失在海面上……

整个海滩，原本尸体般陈列的人们，无论男的女的，老的少的，几乎是同一时间改变原有姿态，疯狂地喊叫着、欢呼雀跃着、痛哭流涕着……统统跳进海水。

很快，海面上人头攒动，黑压压的一片。

无论会游泳还是不会游泳的，所有人都奋力往深水里跑去，好像后面有魔鬼追赶，又好像深海中有某种难以遏制的诱惑。

“咚，咚，咚……”

皮仔和金妞妞不停用脑袋撞击着摇篮的防护层。

蓝心瑞两眼通红，披头散发地喊道：“你们这两个蠢货，为什么不侵入摇篮系统？”

“进不去。”金妞妞发出刺耳的声音。

皮仔狂怒地撞到防护层被弹回来后，尖叫道：“FT 公司的智能产品在遭受攻击时，被禁止侵入任何系统。”

“让我来。”

蓝心瑞推开它们俩，歇斯底里地撞击着防护层。

雷鸣一动不动地看着他们，隐形耳机膜响起不停循环的警告声：

“7 级漏洞警告，水母队长即刻就位！”

警告声在耳机内无限循环着，不过在此时的雷鸣听来，这声音宛如叮咚泉水在山间流淌，又如流畅飘逸的丝带在风中飞扬，更如阳春白雪的天籁之音。

刚刚那种疯狂在海水中战斗的快感正从他心底逐渐消失。

他拦住疯狂的蓝心瑞：“没用的。悬浮摇篮刚刚感应到紧张、恐惧情绪，已经自动锁死。”

“快打开，我要下去。”蓝心瑞浑身颤抖地嘶叫着。

“没办法，只有我们的情绪指数达到正常值，防透视玻璃才能正常解锁。”

“让杰瑞通知厂家，出示原始码。”

“厂家也没有办法。前年出台的安全条例强行规定，所有商品出售后，原始码自动销毁。”

“那怎么办?”

雷鸣嘴角忽然挂起一道深邃的笑容：“很抱歉，老婆，我不可以让你出去。”

说完，雷鸣猛击蓝心瑞的后颈。蓝心瑞昏迷过去。

雷鸣舒了一口气，刚刚紧张、恐惧的情绪正在逐渐好转，那舱门也随即慢慢打开。两个情感球瞅准了机会，“嗖嗖”蹿了出去，只可惜金妞妞离雷鸣近了半尺，被他的衣服带倒了。

雷鸣一把抓住了她。

“放我出去，放我出去。”金妞妞在雷鸣的手中拼命挣扎着。

“你在这休息下，我去追那个调皮蛋。”雷鸣说着便关闭了金妞妞的电源。

雷鸣冲出摇篮，紧追数步赶上皮仔。不过，他始终抓不到它，而它也始终飘浮在他的头顶，持续发出古怪的声响。

滨海大道上，两辆情感护卫队外勤车戛然而止，数十名头戴防护面罩的救援队员赶来。率先跳下车的是数十个机器青蛙，它们两步跳进海水中，在沙滩与海面之间迅速拉起一道高约 5 米的屏障。

“虫子，总部来电，水母队队长雷鸣也在这里，他的悬浮摇篮编码已经发给你，你先把他找到。”

“明白。”

借由搜寻设备引导，虫子很快来到悬浮摇篮下，打开舱门，将几近疯狂的蓝心瑞捆绑好扛回救援车。

其余队员以最快的速度冲进海水，阻止疯狂人群对那道屏障的冲击，海面上顿时掀起无数金灿灿的浪花。

雷鸣看见一个将近两米高的壮汉几乎要冲开屏障了，便从包里掏出麻醉喷雾跑过去，对着壮汉喷了几下之后，将他拖上岸边。

就在他准备捆绑这个男人的时候，壮汉突然跃起，两人随即缠斗起来。雷鸣最终将这个男人拖到游乐车旁边，却惊恐地发现自己的隐形耳机膜已不知所终。

他愣住了，先前脑中闪现的海中英勇作战的场景再次袭来。

皮仔悄无声息地飘浮到他面前，领着他一步一步走向大海。

任凭海滩上的惨叫声此起彼伏，对于此时的雷鸣来说，已经不重要了。

一个女人死死咬住救助队员的胳臂，直到把那块肉生生撕下来。这位救助队员痛得怪叫一声，龇牙咧嘴地揪住女人头发将她一直拖到岸边，并用绳索将她双手捆绑在休闲栏杆上。可就在他转身用衣服包扎伤口时，那女人竟然疯狂地撕咬起手上的绳索，不一会儿她就满嘴鲜血地将绳索咬断，面目狰狞，再次冲向那道屏障。

两名救助队员把一名身强体壮的男子拖上沙滩。男子拔出帐篷的地钉，扎进一名队员的腹部，然后回手一拳打断了另一名队员的鼻梁，号叫着又撞向那道屏障。

血，沾在屏障上。

没一会儿，屏障就被撞倒，海面上涌动起黑压压的人群。

无奈之下，有些救助队员只好用滑水板将被救助人打晕，再拖上岸；另有救助队员开着小艇把人击晕后拽到艇上；再一些救助队员，干脆用渔网把落水者拖上岸。

被网在渔网中的人异常狂躁，他们用牙齿撕扯着渔网，牙齿被崩裂，嘴唇被撕开。最终，他们裹着渔网如同人鱼般再次投入大海的怀抱……

虫子终于在海水里找到了雷鸣。此时的雷鸣几乎疯狂，他正奋力朝着深海游去。

虫子二话不说，先用捕捉网牢牢锁住皮仔，然后给雷鸣喷了麻醉气雾剂，将他拖到岸上。

就在虫子解开腰间的绳索准备将雷鸣捆绑好，抬上滑水板的时候，一股黄色波纹猛然从雷鸣身体里冲出，将虫子掀翻在地。

雷鸣揉了揉太阳穴，对虫子看也没看一眼，扭动着被捆绑的身体再次向大海游去。

虫子急了，用绳索套住雷鸣的脖子。雷鸣突然跳起来，挣脱绳索，用尽全力和虫子厮打在一起。

不一会儿，雷鸣觉得虫子不动了。他心满意足地站起来，再次冲进海水。

“快拦住雷队，快拦住他。”

带队的队长看到这一幕的时候，已经晚了。

在刚刚的厮打中，虫子后脑扎进了帐篷钉子，一股红色液体从他的身体旁边弯弯曲曲地流出来。

人们就像集体自杀的鲸鱼。所不同的是，鲸鱼死命地往岸上冲，而眼前这数不清的人死命地往海里涌。沙滩上到处都是斑斑血迹，海面上漂浮着成片的尸体，血腥、恐怖的气息布满整个海岛！

数十分钟之内，天堂变成人间地狱！

这是人类历史上最惨烈的一次群体性大自杀，而人类自身却无能为力。只有一种力量——山顶上那栋白房子发出的力量——能够驱使成千上万人集体走向死亡。

“失火了！”不知谁喊了一嗓子。

已经清醒过来的蓝心瑞回头望去，那白色建筑被熊熊烈火裹住，灰黑色烟雾如妖魔般吞噬着它仅存的尊严。

“老师……”蓝心瑞吃了一惊，不顾一切地向山上跑去。

等她跑到山顶时，白色建筑只剩下一片废墟。

几个满脸污秽、衣服破损的男人正抱着灭火器喷向残余火星。他们都是安逸城情洞研究院的高级研究员，其中一位左手抱着灭火器，右手托了托几乎断裂的金丝边眼镜。

他叫冷志峰，情感搜集部主任。

“老师，老师！”蓝心瑞踉踉跄跄地来到废墟边上，焦急地问，“老师呢？”

冷志峰垂下脑袋，过了好一会儿才回答道：“行长不在里面。”

“什么意思？”

“他逃走了。”冷志峰无力地说，“他攻击了这里所有的人，然后逃走了。”

“这不可能！”

蓝心瑞的心急速坠入寒冰深渊，她慌忙掏出救护队长给的备用智能情感球，球体上显示：

A. 愤怒——你可以去一楼弹钢琴，一直弹奏到精疲力竭。

B. 恐惧——你需要尽快使用自己的情感球。

C. 绝望——你无须行动，只需清晰地记住自己有父母、老公、金妞妞，还有一个未来的孩子。

D. 焦急——你可以听音乐。

另外还有 15 种情感释放方式供您选择，建议选择 D。

她想哭，可是没有一项是应该哭。

蓝心瑞迷惑了，她不知道该选择哪一种情感，脸上肌肉随着这些词语不停抽搐着。

《情感漏洞动态播报台》《全球每日技术点》《八卦新闻网》《正能量情感交易中心》《信息时报》《情感交换信息》《能源每日消失杂志》……全球各顶级媒体在两秒钟之内分别收到了来自卫星的现场图片。

这些消息如雷鸣般席卷了全球每一个角落，所有人都记住了这一时刻，和那个让人心惊胆战的混蛋！

他就是吴展德。

他故意制造出一桩集体自杀惨案，瞬间谋害了上万条生命。

而他，诡异地化身为尘埃，如迷雾般消失于人类视野中。

往事迷离 〉

“漫步微海岛惨案”发生后，蓝心瑞始终有一个难以解开的心结，那就是没有任何证据证明她的老师吴展德，与那些牟取利益的黑客组织有过任何联系。

那他又为什么要攻击智能情感球呢？

虽然所有证据都指向了吴展德，虽然对吴展德的拘捕通缉令至今仍然有效，虽然所有的媒体都把吴展德称为最凶残的杀人恶魔，但是蓝心瑞对此始终保持沉默，也没有提供任何一件不利于老师的证据。

就这样，七年过去了。

“蓝心瑞，你的包裹。”单位送货员欢欢悄无声息地滚动到她身边。

“哦。”蓝心瑞从工作台上挪开视线，“谢谢。”

这是一个来自漫步微海岛的包裹，蓝心瑞愣了下，急忙将包裹拆开，一段视频信息蹿了出来，卷曲的全息图慢慢打开，空气中出现了一张极其稚嫩的脸：

“您好，我是漫步微海岛的居民。前几天我和几个同学在山上玩，发现了一个盒子，里面有您的地址，我们就马上给您寄了过去。”

蓝心瑞打开盒子，里面有一个黄色存储盘和一封信。

信？

蓝心瑞有些疑惑，现在几乎没有人使用这种东西，因为纸张价格极其昂贵，不仅麻烦，传递信息还很耗时间，为什么会有人写信给她？

拆开信件，蓝心瑞吃了一惊，这是七年前老师写的：

蓝心瑞：

给你写这封信是因为我担心一些事，当然希望它们不会发生。不过，如果真出了意外，我希望你把黄色存储盘里的文件交给菲米亚公约组织*。

好了，现在你该回忆下一周前婚礼上发生的事情了。

看着老师的信件，蓝心瑞眼睛有些湿润了。

“哦，天哪，你流眼泪了。根据我的知识，人类流泪有很多种原因。”金妞妞飘浮到她的面前，“你的情感有些波动，需要一些提示。”

蓝心瑞没有理睬，她陷入深深的回忆中……

情感护卫队水母队队长，海洋孤儿雷鸣大婚！

这个消息像穿上了火箭马甲不胫而走，安逸城中每一个人都在议论着这件事。情感护卫队的传奇人物雷鸣无数次剿灭城市中的情感黑市，解救人数高达 531 人。无数的鲜花和礼物被快递送到门口，还未嫁进门，蓝心瑞就已经感到了十足的压力。

好在婚礼当天邀请的人并不多，除了蓝心瑞家人之外，就是他们各自的同事和朋友。

在智能婚礼司仪的指导下，他们顺利完成了仪式。

“心瑞，昨天你跟我说要放的那首曲子在哪里？我找不到了。”雷鸣走到蓝心瑞面前。

“哦，对不起，我忘记提醒她了，那曲子还在化妆桌的抽屉里。”金妞妞飘过来。

“我说你是不是 FT 的产品啊，”皮仔飘到它面前，“怎么总是丢三落四的？”

“你懂什么！”金妞妞将皮仔撞到一边，“算了，就算把信息传给你，你也未必能理解。”

---

* 菲米亚群岛是 70 年前地壳运动产生的一个新群岛。66 年前，全球 313 个国家在这里参加了第三次智能会议，宣布智能系统的使用应以自愿为前提，既保护人类的合法权益，也保护智能生产商的合法利益；在使用年限内，禁止一切对智能产品的伤害与非法侵入。以此为基础起草的《菲米亚公约》在此次会议上以全票通过。

“你我都是 FT 智能产品，所有配置、安装的应用全部一样，你懂的为什么我不懂?”

“因为你的脑神经还不能自主形成突触。”

“你行吗?”

“不告诉你。”金妞妞扔下这句话，得意地飘走了。

蓝心瑞从楼上走下来，手里拿着一张唱片。

雷鸣微微一笑：“这可真是个老古董。”

“看来你平时真的一点都不听音乐，这种唱片 10 年前又开始流行了。”蓝心瑞笑了笑。

“我来吧，放哪一首?”

“第 7 首，《幸福在咆哮》。”

“合适吗?”雷鸣有些奇怪，“大家马上要吃饭了，这首歌是不是太忧郁了点?”

“就是就是，这首歌已经有 40 年了。”金妞妞飘过来，“而且它是为了纪念 45 年前的那场混战作的，今天大喜的日子好像真的不太合适。”

皮仔摇晃着身体飘过来：“我觉得挺好。这名字听起来真霸气。”

“你懂什么!”金妞妞咬住皮仔飘到树下，“你究竟站在哪一头?”

“什么哪一头?”

“45 年前的混战你应该很清楚吧?”

“清楚。就是支持使用智能情感球的人群和反对使用智能情感球的人群之间爆发的混战呗。”

“那你还说那首歌不错? 那首歌就是反对者为纪念混战失败而作的。”金妞妞压低了声音，“你清楚自己的立场吗?”

“清楚，清楚。作为智能产品，不应该有任何立场，这是条款中明确规定的。”

“我真怀疑你是不是 FT 的产品。”

金妞妞“噗噜噜”喷了皮仔一脸口水，然后逐渐离开大树，一边飘浮一边唠叨着：“它怎么就不明白，我们的立场应该永远都是在智能产品这一边呢?”

音乐逐渐响起，没有人在意这是一首什么音乐，也没有人在意它在诉说什么。大家都沉浸在美味的食物和欢乐的自拍中。

倏忽，在场所有人的智能情感球突然坠落。

“发生什么事了?”一个男孩问道。

“不知道。”

“又是情洞袭击吗?”

“不清楚。”

“我的天哪!”

……

在场的所有人都惊恐起来，有些人开始抱头痛哭，有些人开始躲藏，甚至有人怀疑多年前的噩梦再一次到来。

顿时，现场一片混乱。

一阵刺耳的铃声响起，雷鸣打开全息图：“这里是FT智能产品售后服务，由于你们的智能情感球受到意外攻击，售后车将在一分钟内抵达。”

现场没有人说话。

蓝心瑞记得，在那一分钟的时间内，她有一种特别清晰的感觉，这种清晰源于何处她至今也不明白。

除此之外，大家都冷静地等待着售后的到来。

“大家好，我是FT售后，我们将收回所有智能情感球。修复时间为20分钟，半小时后归还。”

大家陆续将自己的智能情感球上交，FT售后在清点数目后，问道：“请问，吴展德教授在这里吗?”

大家都摇摇头，没有人知道他去了哪里。

两天后蓝心瑞才知道，老师又去了漫步微海岛。

“心瑞。”全息图突然闪出，程红出现在画面中，打断了蓝心瑞的回忆。

“嗯，什么事?”

“你没看朋友圈、情宇宙、意志堡吗?他们又在议论你们家雷鸣。”

“这没办法。”

“怎么没办法，你回去劝劝他，让他别再打报告申请加入护卫组不就行了吗?都已经59次了，没一次不被驳回。”

“我劝过。可是他认为虫子的死是意外，不能将责任全部加在他身上。”

画面中程红肯定地点点头："其实，我也是这个看法。"

在对待雷鸣的态度上，蓝心瑞一直坚持始终保持快乐和幸福感，因为这是情感计算的结果。

实际上，她觉得对不起雷鸣，如果不是得知老师突然去了实验室，自己也不会坚持去漫步微海岛度蜜月，他就不会变成这样，更不会从一个大名鼎鼎的水母队队长变成现在的资要管理组长。

虽然职务等级未变，可是他却变成了一个闲人。

程红一边抹着口红一边接着说道："不过呢，这也没有办法，他不认命都不行。想想 7 年前要不是那一场火，也许老师还活着。"

"你希望老师活着吗？"

"当然，我希望看着他受到惩罚。"

程红的态度与智能情感球的情感计算是一致的，蓝心瑞不再说话。只是连她自己都没有想到，读完长长的信件之后，她会主动关掉自己的智能情感球。

按照信件上的指示，她找来一台废弃的电脑，将那个黄色存储盘插入。很快，她便在一大段普通的代码中发现了一句话：我可爱的贝贝熊，你看见了吗？

蓝心瑞很奇怪，这不是爷爷跟她玩要时常说的一句话吗？为什么会出现在老师给的一段代码中？

下班后，她神色匆匆地来到爷爷生前的屋子。

这里的一切都是 10 年前的样子，依旧整洁。蓝心瑞知道妈妈常常来这里打扫卫生，而这里也并没有任何特别之处。

蓝心瑞回忆着最后一次看见爷爷的情景，他执拗地走进后院储藏室小屋，还偷偷带着自己的智能情感球金妞妞。

蓝心瑞觉得爷爷还想跟自己玩小时候玩的游戏，所以在屋外故意等了一会儿。等她一边喊着"我找到你了爷爷"，一边走进小屋时，爷爷已经捧着自己的金妞妞摔倒在地。

不对！

蓝心瑞总觉得自己忽略了某些地方。

她将所有的细节重新想了一遍，突然间发现，爷爷虽然摔倒了，但是他那双眼睛、那无力的眼神始终盯着一个地方。

顺着爷爷的眼神，蓝心瑞找到妈妈用过的饰品盒，里面全部是妈妈觉得过时的玩意，可爷爷却像宝贝一样留着。不仅仅是这些，里面还有心瑞的插花、辫绳、头贴……这是什么？

蓝心瑞发现了一个耳环，这个耳环从不曾出现在她的记忆中！再仔细看去，这也是一个存储盘！

她急忙将这个存储盘插入已经10年未用的电脑中，里面有一段同样的代码，代码中同样出现了：我可爱的贝贝熊，你看见了吗？

为什么老师和爷爷都有这个代码？

这个代码的作用是什么？

为什么两处都会出现爷爷和自己玩耍时说的那句话？

蓝心瑞想不明白。

几个月以来，蓝心瑞尝试了多种办法寻找儿时那句话与代码之间的关系，始终无果。

这天是周末，直到晚饭前10分钟，兜兜才壮着胆子，怀抱布娃娃小心翼翼地走进书房。为了转移一天都在伏案工作的蓝心瑞的注意力，她低声问道："妈妈，你说我们真的是外星人吗？"

"什么？"

听到妈妈有回音，兜兜很开心地钻到妈妈怀里："今天周末课外学堂上的老师说了，我们才是这个星球上的外星人。"

蓝心瑞有些烦躁地将兜兜推到一边："瞎说。"

兜兜眼圈一红，扭头走出书房，独自坐到饭桌前。

"哎哟，你看你这孩子，大辫子不要乱甩。"书桌上的茶杯被兜兜的长辫带翻，蓝心瑞急忙去擦拭。

雷鸣看了兜兜一眼，然后对书房喊道："马上要吃饭了，你不过来吗？"

"我把这里擦干净就出去。"

说实话，蓝心瑞心里实在有些烦。爷爷存储盘内的东西，自己看了一遍又一遍，始终无法找到可以匹配的条件。她失望而愤怒地擦着桌面，看到显示屏上也被溅上了水迹，干脆拿出清洁布，将整个显示屏擦了一遍。

就在她擦到拐角处时，忽然意识到一个问题。拐角处的极小黑点，原先她以为是显示屏污渍，现在看来似乎并不是那样。她重新坐下来仔细看去，那个极小的黑点就点在《幸福在咆哮》的曲谱最后一段下面，极不明显，不仔细看，根本无法发现。

蓝心瑞十分疑惑，婚礼当天，这首歌放了不到 1 分钟，所有情感球就都出了问题。难道《幸福在咆哮》这首歌是那一段代码的激活码？

有可能！不然爷爷没有必要在临死前坚持要我发誓，在婚礼上放这首歌。这说明，这段代码早已被植入我的情感球。代码被音乐激活后，通过网络传给了在场的所有人。如果这个假设正确，那网络中毒事件的始作俑者就是爷爷，可他为什么要这么做呢？

这件事情老师应该是事后才知道，所以他在给我的信内一再提醒，要我关闭网络连接。可老师信中觉得自己有危险，难道是因为他发现了这个秘密吗？

两者之间看不出任何的必然关联。

再说，针对智能产品的各种攻击，几乎每天都在发生，老师为什么要我把这件事的相关资料交给菲米亚公约组织？

而且，他和爷爷的关系一直不错，为什么要如此高调处理呢？

蓝心瑞想不明白。

突然，皮仔扩音器内发出欢快的声音："吃饭了。"

"来了。"蓝心瑞急忙关上电脑，匆匆走出来。

雷鸣看了她一眼："你怎么了？脸色这么差。"

"没什么。"

"妈妈，你又把金妞妞关掉了？"

蓝心瑞皱皱眉："你吃饭吧，哪儿来的废话！"

再次看到她阴沉的面孔，雷鸣心中十分不快："3 个月以来，你这是第 72 次关闭自己的智能情感球。"

蓝心瑞没有回答，她离开餐桌去端自己的饭碗。这也是蓝心瑞第 72 次回避这个问题。

3 个月前，蓝心瑞的行为举止突然变得怪异，雷鸣一直以为她是进入了所谓的婚姻疲劳期。他试图按照皮仔搜集的办法去改变，只可惜这些调整夫妻感情的办法在这个家里始终行不通。

雷鸣额头青筋跳动，看着皮仔显示出来的提示，他努力克制着内心的怒火，轻声埋怨道："我不明白你究竟在忙什么。这三个月来，你总是魂不守舍的，你应该跟我谈一谈，看我是否能帮忙。"

蓝心瑞道："你有没有想过，我们为什么要用情感球？"

雷鸣慢慢咽下一口饭，淡淡地说："人类使用智能情感球已经有六十多年了，大家都需要一个理性的环境，而智能情感球会将最理性的做法传达给我们，简单、明了。"

"可我觉得，关掉情感球反而有一种轻松的感觉。"

"那是错觉。千万不要把简单的事情弄得太复杂。"

雷鸣越是平静，蓝心瑞心里就越是烦躁，她突然放下筷子："你根本不知道什么是复杂，什么是简单！"

"洗耳恭听。"

"简单说，我觉得 7 年前那次袭击不是老师做的。"

"什么？"

"你已经听见了。"

"我是听见了，可是我觉得你疯了。"

"3 个月前，我收到……"

雷鸣喉结抖动了几下，克制地说道："请不要告诉我，3 个月以来你魂不守舍，完全是因为吴展德！"

蓝心瑞猛然站起身："雷鸣，为什么每次我提到老师，你总是这个态度？"

"因为他是杀人犯。"

"没有任何证据确切地证明这一点。"

"心瑞，你怎么可以不分青红皂白地护着他？"雷鸣极力控制着自己，耐心地说，"生物代码生成器中含有他一直研究的'海洋诱惑'生化物质，而旁边的生物代码转换器中也查到了这些，难道这些不是最有利的证据吗？虽然他放火烧毁一切，可是他们还是找出了他的生物信息。"

蓝心瑞涨红了脸："雷鸣，亏你曾经是最优秀的护卫队长，那是老师的实验室，自然会留下无数的生物信息，这一点跟他杀人没有绝对的逻辑关系。"

雷鸣紧咬牙关："为什么你要这么偏袒他？他只不过是你的老师，为了弄明白他为什么在我们的婚礼上消失，你宁愿把蜜月放在漫步微海岛。"

"你不是也去了吗？"

"是被你绑去的！"

"好了，你们别吵了。"兜兜捂住耳朵大喊着。

皮仔飘到雷鸣身边："你的情感波动巨大，请做如下选择：

A. 愤怒——你可以立即丢下饭碗，去花园做腹式呼吸。

B. 焦急——你可以立即听一段快乐仙曲《风中精灵》。

C. 痛苦——你可以立即来一杯花式蜂蜜红酒茶。

另外还有 17 种情感释放方式供您选择。"

"直说该选什么。"

皮仔道："我建议你选择 A：立即丢下饭碗，去花园做腹式呼吸。"

"好，就选 A。"

雷鸣大步流星地朝屋外花园走去。

蓝心瑞心烦意乱地走进卧室，看着布满桌面的各种分析资料，她最终拨通了菲米亚公约组织的电话。

但她没有意识到，这次的电话像一把钥匙，为她打开了通往死亡的大门。

……

〈脑波毒素

旭日慢悠悠露出笑脸，雷鸣开始每天的晨练。

他想明白了，自己完全没有必要与蓝心瑞发生冲突，发生过的事情永远无法回头，他还会继续申请加入外勤组。

皮仔飘浮在雷鸣右侧，愉快地向邻居打招呼。社区里老林的宝贝狗狗，死活都不愿意出门，老林正用力拖着狗绳。

“你家 Lucky 也有赖床的习惯吗?”皮仔飘到宠物面前。

“谁知道它今天是怎么啦!”老林无奈地抱起 Lucky，“这兔崽子翻脸比光速还快。”

看着老林气喘吁吁的样子，皮仔发出“哈哈哈”的笑声。

雷鸣问道：“很好笑吗?”

皮仔屁颠屁颠地飘回来：“我觉得挺有意思，你去拍几张照片，传到意志堡里共享一下。”

“提议不错。”雷鸣走近邻居，“这兔崽子这么懒，我们还是拍张照吧。”

“你说什么?”

“不是，我是说它这么可爱，拍张照吧。”

“我有什么好处?”

雷鸣蹲下身子摸了摸 Lucky：“你可以在我的照片里出现。”

“你的朋友圈、意志堡还有情宇宙里，有多少人？”

雷鸣侧脸看了一眼自己的智能情感球：“人数不算多，球内有 3 亿人左右，球外 110 人。”

“球外哪里？”

“安 795C。”

“比我多，那好，你可以拍，不过要把我的名字发出去。”

雷鸣爽快地答应着：“没问题。”

老林心满意足地抱起狗狗，摆好姿势露出牙齿做出拍照的提前量。

“咔嚓”几声。

在皮仔协助下，一组照片很快拍摄完成，并且立即被上传。回馈的信息如闪电般折转回来，其中对 Lucky 的夸奖如同滚滚而来的熔岩流，可把老林乐坏了。

雷鸣跟着皮仔兴趣盎然地继续寻找下一个宠物犬。不过，他很快发现一个不太友好的现象：每天这个时候，都会有很多人带着心爱的狗儿出来溜达，可是今天这条路上看不见一条狗！

狗狗们都去哪里了？

“情感波动幅度大于 21%。”皮仔飘到雷鸣面前，“看下一组情感计算的提示做选择吧。”

“可以。”

计算提示：

A. 寂寞——你可以立即回家玩游戏。

B. 疑惑——你可以让我黑进社区网络搜索信息或者自己去查资料。

C. 失落——你可以观看宠物视频节目或者订一张去“种间微社区”* 的车票。

另外还有 21 种情感释放方式供您选择。

建议选择 C。

雷鸣很喜欢狗，每天有氧运动过后，他都会和各种不同的狗狗们逗玩一下，然后再做一些力量训练。

---

* 种间微社区，是一个不同物种之间的特定交流区域。凡对生物芯片无生理排斥的物种均可进入其中。因生物芯片的作用，不同物种之间交流无障碍。

今天只遇到了一条狗让他有些沮丧，也有些失落。

听着情感计算的提示，他准时来到社区体育器材处，准备为他健壮的肌肉“营养”一下，但另一幕情景吸引了他的注意力——

一群老鼠“噌噌”地爬到树上，有几只竟然站在树杈上，挺直胸膛兴奋地四处闻嗅，似乎空气中有一种令它开心的气味。

老鼠上树！

雷鸣不觉有些头皮发麻，条件反射地回忆起 7 年前的情洞袭击事件：事件开始前，自己亲眼看见过老鼠上树！

难道又有事情要发生？会不会是自己记错了？

再抬头看看兴奋不已的老鼠，雷鸣已经没有心思继续锻炼，职业敏感催促他赶快回去查看历史记录。

“警告，警告。你还没有选择。”

“别喊了，我选 B。”

看见父亲出现在院内，兜兜捧起一块手印泥制品急忙蹿到大厅。然而径直冲进书房的雷鸣却压根没有看她，兜兜显得相当失望。

作为情感护卫队资要管理队长，进入限级资料库是轻而易举的事情。

很快，有关漫步微海岛的全息资料在房间内逐一展开。

“爸爸。”兜兜突然叫了一声。

“时间来得及。”皮仔飘到兜兜面前。

兜兜走到书房门口，高高举起泥制品：“你走开，我要和爸爸说话。”

“和我说也是一样的。”皮仔看了看泥制品，“不就是个手印泥制品吗？我看见了。”

兜兜把奖状推到皮仔面前：“这不是一张普通的手印泥制品。”

“我看很普通。”

“这是课外学堂古五道小组所有成员的手印，是一份宣言，我们就从这里开始寻找自己真正的家园。”

皮仔哈哈笑起来：“真傻！你们的家园不就在这里吗？还要寻找什么？”

“我们只是这个星球的外星人。”

皮仔直摇脑袋："没听说过。"

兜兜皱起眉头："你是个笨蛋！"

皮仔很不服气地说："我笨？那你呢？昨天你的牛奶还被郭磊磊偷喝了呢。"

"老师说他做得不对，希望我原谅他。"

"你怎么做的？"

"情感计算也显示的是'原谅'，没办法，我原谅他了。"

皮仔不住点头："正确。"

"我原谅了他，他很开心。可是，我一点也不开心。"

"老师安慰你了吗？"

"安慰了。"

"那不就可以了？"

"爸爸……"

皮仔飘到她面前："你爸爸在调整状态，或者你可以叫我一声爸爸。"

"爸爸——"兜兜急了，猛然一嗓子海豚音喊出来，吓得皮仔灰溜溜地跑开了。

"别叫，我答应今天带你去公园给老年人做情感融合义工，就一定会去。我今天没有健身，仅仅走了一个来回，应该不超过半小时，加上刚刚查阅资料的时间，现在应该是 8:15，离我们出发的时间 9 点还有 45 分钟。"雷鸣头也不回地应答着。

兜兜瞥了一眼正指向 8:15 分的挂钟，带着显示"愤怒"的智能情感球闪电，"哼"了一声跑进自己房间。

全息资料搜索已经结束，并没有老鼠上树的描述和画面。

难道是我记错了？

雷鸣闭上眼睛，回忆着当年的每一个细节，他确定自己的记忆没有问题，于是拨通了杰瑞的电话。

"是我，当年漫步微海岛事件的结案日志是拉拉录入的吗？"

墙壁屏幕上跳出杰瑞·福特精神百倍的面孔。

"是，当时她刚来分部。鸣哥，怎么今天突然想起这一茬？"

"没什么，只是偶然翻了一下资料。你那边怎么样？听说 New Ocean 的艾玛·塞隆今天到，由你负责她的行程。"

“本来是这样，后来外交部认为不妥，任务又交回到安全部，省事了。”杰瑞笑笑，“兜兜怎么样？好久没听她喊叔叔了。”

“兜兜。”雷鸣对楼上卧室喊了一嗓子，没有回应，他摇摇头，“这孩子被心瑞宠坏了。”

“哟，对不起鸣哥。”杰瑞看看时间，“今天 7:37 收网，晚点聊。”

“是情感黑市的头目龟梨之吗?”

“是。”

杰瑞消失在屏幕前，可雷鸣挂在脸颊上的刻意微笑还在持续。

对面墙上那张和杰瑞立功时意气风发的照片，让他回想起当年自己英俊威武、豪迈矫健的样子，回想起当年他和杰瑞被称为不死的“水蜗组合”，一起经历许多生死考验，屡屡创造出不可思议的奇迹。他怀念那个时候，怀念护卫组的一切：他喜欢听到数据分析员此起彼伏的叫喊声，喜欢那里袅袅萦绕的柔和蓝光铺满从屋顶到地面的各个角落。夜生活似的灯光组合总会让雷鸣兴奋不已。

再看看桌边 59 次的申请报告，雷鸣烦闷起来，7 年前出院那天的情形再一次出现在他脑海中：

“依据《情感护卫队违禁条例》，凡是杀害情感护卫队员的人，不得参与护卫组职务。所以，你恐怕永远都不能再执行出勤任务。”原情感分部部长从黑暗处走出来，给雷鸣端来一杯新茶。

“可虫子的死是个意外，难道你不知道发生了什么吗?”

“我知道，那是情洞袭击造成的混乱。可无论是不是意外，虫子都是被你扔出去后才死亡的。”

……

皮仔从大厅蹿进书房，急忙将情感计算结果显示到墙壁上：

A. 痛苦——你可以做 40 分钟力量练习。

B. 妒忌——你可以适量品尝 76° 白酒加醋制成的饮品。

C. 自卑——你可以不予理睬。

D. 怀念——你可以躺下慢慢回忆。

另外还有 70 条情感释放方式供您选择。

建议选择 C。

雷鸣狂躁地将玻璃杯扔向墙壁："我选择C。"

家用型情绪波动仪开始鸣叫，并一直尾随着雷鸣来到浴室。他根本不在意这些嘈杂之音，执拗地打开了水龙头。

哗哗流淌的水声刺激着情绪波动仪，鸣叫声越发高亢。

"哎呀不好。"皮仔从卧室里飘出来，急忙与蓝心瑞联络。

"他怎么了?"

"帮你们接通。"

浴室墙壁上跳出蓝心瑞的头像，她看了一眼自己的丈夫，怒冲冲喊道："雷鸣，今天我可没招惹你，你又在抽什么风!"

雷鸣扭头看了她一眼，诡异地咧开嘴："我很好，只是想泡个冷水澡。"

语毕，他跳进浴室中。

"吉五道"是一条古老的商业街。

虽然许多老商业街都已经萧条，但这里依然车水马龙，热闹非凡。因为这里的商家在全球率先经销最时尚最前卫最高科技的情感产品，品种齐全，价钱便宜。因此这里成为闻名遐迩的"老树新花"的商业典范。

两个旅行团在这里掀起了第一轮采购小高潮。

自拍背景专卖店门前被围得水泄不通，排队的人或是低着头看视频，或是戴着墨镜手舞足蹈，再或是戴着内循环录音系统放声歌唱（别人听不见）……总之，现场秩序井然，充满理性。

突然，吵声在人群中泛起一阵阵涟漪。紧接着，排队的人们开始骚动起来。

"你踩到我的脚了。"瘦弱女孩嚷嚷着。

"如何?"

"你应该……"女孩子涨红了脸，不知道该怎么说。

"你踩到别人的脚，应该表示歉疚。"A看着自己智能情感球的显示，大声说道。

"不对，他踩到别人的脚，应该表示自责。"B同样看着自己智能情感球的显示说。

"我觉得，他踩到了她的脚，应该表示尴尬。"C还是按照自己智能情感球的显示说。

“都不对，他应该表示惭愧。”

“你们都错了，他踩到了她的脚，应该表示担忧。”

……

“你们有完没完？”高个子男人握紧了拳头。

“你准备打架吗？”

“不，他表示委屈。”

“我觉得他感到了羞辱。”

“他应该觉得愤怒。”

高个子男人闭上眼睛，胡乱挥拳：“说呀，你们说呀。”

“说什么？”A 看着高个子男子，“维护时间到了，网络断了。”

B 毫不在意地看着高个子男子：“没有情感计算的显示说明，你知道该怎么做吗？”

“就是，就是。”

……

大家七嘴八舌地又议论开来。

“行了，你们买不买东西？”老板从屋内跑出来：“都是些什么东西，难道没有情感计算就不知道该怎么办了？告诉你们，排队！”

队伍逐渐排好，老板开始收第一笔钱。

“我要草地后背景，这是送给妈妈的。自从外公离开我们之后，妈妈从来没有开心过。”一个戴着黄头巾的小伙子说。

“准入码给我。”

“P27- 帅到被人打。”

老板鄙视地甩了一下眼神：“下一个。”

“我要安 795C 星球背景。”一个年轻姑娘踮着脚喊道。

“你不会也想着去移民吧？”老板一边包装着，一边开玩笑地问。

“我像笨蛋吗？”女孩不满意地撇撇嘴，将钱放在柜台上。

“给，给我，我要成人背景。”一个戴着墨镜的男孩钻出来，他四下张望，形态猥琐。

“为什么不取下墨镜?”老板说。

“不关你事。”男孩说。

“不取下墨镜，我不能卖给你。”老板指了指旁边的购物指南，上面有一条明确规定：购物时禁止戴墨镜。

“这，这是什么垃圾规定?”男孩有些着急。

老板沉下脸来瞪着那男孩。见老板不肯让步，男孩磨磨叽叽地将墨镜摘下。

这是一张稚嫩单纯的脸蛋，因为刚刚着急还残留着绯红。

“很抱歉，我不能卖给你。”

“为什么?”

“你还不满 18 岁。”

“我，我已经 18 岁了。”

老板指了指旁边的蓝色玻璃：“去照一下。”

“幽兰生物年龄识别系统?”男孩子吃了一惊，“这玩意你这里也有?”

老板点点头。

“傻瓜。”兜兜刚好路过此地，讥笑地挖苦着男孩。

男孩头也不回地逃出自拍背景专卖店。

看到男孩涨红的脸，兜兜觉得很解气，却没有发现黑暗角落里的几个灰衣人，正朝她走来。

穿过几条小巷子，兜兜像一条没头没脑的小鱼，掀起一块褐色麻质门帘。门帘旁不起眼的地方，挂着一块写有“情感香水”四个褐色大字的牌子。

几个灰衣男子远远地看着她，在屋外找了一块阴暗的角落蹲下。

撩开珠串门帘，屋内香气四溢，墙壁、柜台以及半空中都吊着色彩各异、材质不同的瓶子，瓶子上的吊牌非常清晰地写着香水品名、时间和作用。

兜兜抱着智能情感球闪电走到柜台前：“叔叔，我们来取深海麒麟香。”

老板微微一笑，随后拿出一个粉色木质瓶子递给兜兜：“这是一款最新的儿童香水，非常适合你这个年纪的女孩子。”

兜兜走到柜台前的预订识别灯前，侧过身悄悄掏出一个牙套戴上，然后张开嘴在预订识别灯前照了一下：没有反应。

“等等，系统维护还有 3 秒钟。”老板说。

兜兜看着墙上的时钟，3 秒钟之后，她重新张开嘴巴，数秒之后，预订识别灯变成了通体绿色。

“这是海麒麟体液制成的，可以强效调节家庭成员的情感融合，每年限量特供三十瓶，能抢订到确实很幸运。不过……”

“什么?”兜兜紧紧搂住正在瑟瑟发抖的闪电。

“不过你是虚假预订，这一款香水的限定使用年龄在 18 岁以上。”

闪电飘浮起来：“她已经预订成功了，这个东西就是她的。”

“她的心情我能理解，但是这种香水对家庭成员的情感融合有很强的时效性。如果你的父母出现了不可调和的矛盾，这款香水帮不了你的忙。”

兜兜看着老板，眼眶逐渐湿润了。

“如果你不介意，跟我说说。”

“她妈妈最近总是跟爸爸吵架。”闪电说。

兜兜急忙将闪电装进背包：“为什么每件事情你都抢着做?我要说，让我说。”

老板弯下腰，轻声问道：“他们为什么吵架?”

“因为……实际上，我也不太清楚。”兜兜撅起嘴巴，摇摇头。

老板微微一笑：“我有一个办法，不知道你想不想用。”

“想。”

老板从内屋取出一个紫色香水瓶递给兜兜。

“‘2077 的记忆’?这是经典恶作剧香水，我怎么没想到?”兜兜开心地笑起来。

“不过，用的时候不可以喷太多，这是改进加强版。”

“谢谢叔叔。”兜兜走到款台前，扫了一下瞳孔，付款机出现了雷鸣的相片。

雷鸣被一浪高过一浪的警报声惊醒，兜兜硕大的头像警报出现在浴室墙壁上。他急忙跑去兜兜卧室，哪里还有女儿的身影!

等他赶到“吉五道”香水店的时候，警车已经包围了香水店，店主正对着护卫队警察嚷嚷，兜兜则在屋内玩“深度迷宫”在线游戏。

“兜兜。”雷鸣一把搂住女儿，包裹在兜兜身体外的五彩斑斓的光圈顿时消失，她大声喊道：“爸爸你真讨厌，我都快到帝族 721 关了，就怪你就怪你!”

“警告警告，情感波动幅度超过 60%，强烈建议选择情感计算。”

“好，你说。”

皮仔情感计算结果：

A. 高强度的爱——你可以亲吻、拥抱女儿。

B. 惊惧——你可以防御、自卫。

还有 33 种情感释放方式供您选择。

建议选择 A。

“选 A。”

“爸爸，你的皮仔是不是坏了？”

“为什么这么说？”

“它说的总是废话。”

皮仔飘到兜兜面前：“我哪里说废话了？”

“你就是喜欢说废话嘛，爸爸都已经亲过我了，你才提示。”

“对不起兜兜，是爸爸不好，爸爸食言了。让我看看，刚刚有人伤到你吗？”

“没有，老板说门口有坏人，不让我走，然后就报警了。”

雷鸣走到门外，一个队员主动上前：“雷队长。”

“梁浩，怎么回事？”

“最近黑市情洞交易很活跃，他们也常常干些绑架儿童、抢走纯净情感的非法勾当。老板觉得这两个灰衣人鬼鬼祟祟，所以报了警。”

“兜兜。”蓝心瑞急匆匆地从远处跑过来，将孩子搂在怀中。

“雷队，你恐怕注意到我现在已经是水母队的副队长了。”梁浩喜滋滋地看着他，“如果您没有什么事情，我们这就带这两人回去做调查。”

雷鸣拍拍他的肩头：“走吧，有消息通知我一声。”

“明白。”

看着梁浩整队离去，雷鸣转向店老板：“谢谢你。”

店老板含蓄地笑道：“不用这么客气。”

看着屋子里相拥在一起的母女，雷鸣有些犹豫，这些日子他和蓝心瑞关系紧张到几乎没有说过话。

要不是早上自己对兜兜置之不理，现在也不会出这样的事情。雷鸣不知该如何面对蓝心瑞，皮仔将声音转到耳机处提示：

A. 歉疚感——你可以道歉。

B. 责任感——你可以承认自己的失误。

C. 自责感——你可以和她们抱头痛哭。

还有 17 种情感释放方式供您选择，建议选择 A。

面对这样的提示，雷鸣实在不知该如何开口，他转身对着皮仔低声叱道：“你这算是什么狗屁提示，我该怎么开口道歉？第一句该说什么？”

“请注意你的用语！如果觉得我的提示没有作用，你可以听取大家的意见。”

3 秒后，雷鸣耳机里响起了全球各个语种对这件事情的看法：

——别理她，什么都不说。

——哄她，第一句喊“老婆”。

——骗她，告诉她你在自我测试，第一句说“亲爱的”。

——商量一下今后的问题，你们可以尝试分开生活，第一句说“我想我们还是……”

——求她，第一句说“求你别生气”。

——强硬点，第一句说“别拉脸子给我看”。

——你可以跳一段舞蹈，什么都不说。

——不，唱一首歌，就唱《省力气省时间》。

——背一段经典语录：“把痛留给未来……”

——出一道难题，索要答案，第一句说“我今天看了一道题”。

——立即接入她的智能情感球。

——屏蔽她的智能情感球。

……

雷鸣扑通一声坐到了地上，他听得实在有些发晕。

看着雷鸣一直背对着自己，蓝心瑞抱起女儿转身离去。

“兜兜。”雷鸣急忙站起来，从口袋里掏出满是手印的泥制品，“爸爸注意你们的宣言了，可以带我看看你的课外学堂吗？”

兜兜一听，高兴得拍起手来：“太好了爸爸，就是这家店的后院。”

“就是这家?”

兜兜挣扎着从妈妈怀里跳下来，走到识别机面前，用手印泥制品在它身上扫描了一下。

老板看到显示屏中的通行证，笑呵呵地说道：“原来你们是‘寻找家园’的成员，请跟我来。”

很快，一家人来到香水店后院，这里并排放着十几张桌椅，兜兜颇为得意地走到中间一张坐下：“这是我的座位。”

雷鸣环顾四周问道：“你们的课外学堂怎么会在这里？闹哄哄的。”

兜兜摇摇头：“不知道，反正是老师让我们来这里上课的。”

“我们免费提供场所，也是希望孩子在陌生环境中，对课外知识产生更浓厚的好奇心。”

“就连学校的正常安排，你也会产生疑问。”蓝心瑞看着四周的植被，很满意地肯定道，“这里做课外学堂很好。”

“妈妈，你说得太对了。”兜兜搂住妈妈的腰，“昨天我们在这里宣誓了，我们一定要找到自己的家园。”

蓝心瑞弯下腰，惊奇地看着她：“难道你不知道自己的家园在哪里吗?”

兜兜摇摇头：“老师没有说。”

蓝心瑞轻轻叹了一口气，蹲下身看着她：“兜兜，关于‘我们是这个星球上的外星人’理论，只是科学家提出的各种理论之一。如果你喜欢这一行，可以尝试着接触其他人的理论。你现在还小，不应该沉溺于一种理论之下。”

兜兜没有说话，倔强的眼神透露出对母亲的不信任。

雷鸣觉得这些课外内容实在无聊，他看了看时间催促道：“走吧兜兜，现在带你去做义工。”

“不，要爸爸妈妈一起陪着我。”

“好，就一起。”

雷鸣说着，抱起兜兜，拉着蓝心瑞穿过“吉五道”，街对面就是老青春公园。

老青春公园是老年人的活动场所。

虽然绿色植被不多，但并不影响老人们的兴致，至少这是整个城市中唯一有些绿荫的地方。

走进去，左侧一群老人拿着自己的便携式仪器，正在兴趣盎然地拍摄：健身铁架上悬挂着一根黑粗绳，另一头套在一位白发老人脖子上，身穿黑色上衣的儿子猛拉绳子，老人被绳索吊起悬在空中。周围顿时一片骚动。

只见这白发老人稳稳当当地盘起双腿，双手微合簇于丹田之下，面色红中透白，气息平稳而悠长。

雷鸣知道这是古老的功夫，虽然明白绝不会出任何问题，可心里免不了还是"怦怦"跳了一阵。

当他们经过遛鸟树林时，兜兜忽然停住脚步，指着枯萎树干上的鸟笼问道："妈妈你看这些鸟，为什么都不动啊?"

随着兜兜手指的方向看去，蓝心瑞先是一愣，随后一片可怕的阴影慢慢爬上她心头!

所有鸟儿不知受到何种蛊惑，完全失去了往日叽叽喳喳的欢乐模样。

此时，它们正安静地站在笼子里，以朝圣般的神态面朝同一个方向。顺着鸟儿的目光望去，在对面杨树斜伸出的树杈上，站着一只灰色的鸟，外形健硕，灰褐色的圆头上镶嵌着两颗又圆又黑的小眼睛，傲然注视着关在笼内的鸟儿。

"爸爸你看你看，这里的鸟儿好奇怪呀，它们一动也不动地看着对面那只灰色的鸟。"

灰鹩!

雷鸣脸色骤变，条件反射地想起了"漫步微海岛惨案"之前，他也曾经看见过叼着红玫瑰的灰鹩。

一种极其不祥的预感瞬间爬过他的脊梁骨，森森凉气顺着身上每一寸皮肤开始游走。

皮仔和金妞妞同时发出警告声，两人相互看了一眼，急忙拉着兜兜匆匆离去。

远处草地里早已经坐满了老人、家长和孩子，孩子们挑选自己喜欢的老人家，接入他们的智能情感球，引导他们进入自己年轻的世界。

"心瑞，我想今天还是不要参加活动了。"

蓝心瑞没有搭理他，自顾摆弄着自己的智能情感球。

兜兜也是。

这让雷鸣觉得有些奇怪。抬眼望去，似乎在同一时间，不少人都将自己的智能情感球捧在手中。

雷鸣急忙将皮仔的静音模式调整回正常状态，结果他听到了一阵极其诡异的音乐。

脑波毒素*！雷鸣心里一惊，急忙将三人的智能情感球关闭。

“你做什么?”蓝心瑞有些恼火，可瞬间她似乎清醒了很多，“怎么回事?”

“有人在网络上传播脑波毒素!”

“天哪，兜兜。”蓝心瑞转身对着兜兜大吼一声，女儿才慢慢缓过神来。

“怎么了?”

“别说话，你们听。”

“小心。”蓝心瑞一把将雷鸣拉到身边，两个圆形智能垃圾桶横冲直撞地掠过雷鸣身侧，朝远处滚过去。

“爸爸，垃圾桶也受到攻击了吗?”

“它们级别很低，各种形式的漏洞攻击都会使它们出现问题。”雷鸣说着，急忙将妻子和女儿拉到另一边。

三只公园方凳发出“嘎吱，嘎吱”的响声，从他们身边大摇大摆地跳过。

一时间，公园内的智能小卖部、智能喷洒壶、智能花圃和游乐设施以各种形态在公园内横行无忌起来。

“爸爸，为什么……”

“嘘……”

雷鸣嘘声刚起，一辆电瓶车擦身而过，发出呜呜的声响。他觉得不舒服，不是因这鲁莽的公园代步车，而是因为这声音里夹杂着不祥的哀鸣。

哀鸣声越来越响，变成了哀号。循声看去，刚刚在大门口卖票、头戴小丑帽子的老人正被一个男人追打。周围的人似乎都被吓坏了，几十秒过后，才响起一片责骂声。

雷鸣有些不相信自己的眼睛：“那不是老人的儿子吗?”

刚刚还在陪伴父亲做生意的儿子，怎么突然间发起狂来，毒打自己的父亲?

待雷鸣跑近时，老人左手腕已经折断，他张大嘴巴呼哧呼哧地喘着粗气，显

---

* 脑波毒素，一种流行于30年前的智能病毒方式，它通过控制脑波频率，使人进入疯狂状态。

然鼻梁断裂导致他呼吸不畅。儿子似乎仍不甘心，无论四周的老人如何责骂，他还是发疯似的朝老人肚子上狠狠踩了几脚。

雷鸣想阻止这样的行为，可犹豫了一下，他不能确定自己即将开始的行为是否正确，是否属于高理智，情急之下他接通了情感分部首席分析员毕玉波。

“玉波，这波攻击有预先警告吗?”

“对不起，你没有权限知道这些。”

雷鸣舔了舔干燥的嘴唇：“玉波，老青春公园这里出问题了，我需要一些提示。”

“很抱歉，现在分部整个系统全部瘫痪，你等等吧。不过，我得到消息，这一波漏洞攻击将在半分钟内结束。”毕玉波面无表情地关闭了通话。

雷鸣额头的青筋暴起，拳头攥得啪啪作响，他正极力克制住内心的躁动，冷眼旁观着被打老者逐渐瘫软下去。

不过很快，雷鸣发现了一个奇怪的现象：有些年轻人很正常，并没有发生这种诡异的变化。

这是为什么呢?

所有笼中鸟儿：八哥、画眉、鹦鹉、百灵，全都惊恐不安地叫了起来，持久而有力的聒噪声，听得人们心烦意乱。

树杈上那只灰鹅，冲上天空开始来回盘旋起来。

“警告，警告，情感波动幅度超过 80%，计算结果如下……”智能情感球皮仔忽然飘浮起来。

“太棒了，我看看。”雷鸣立即站起来。

情感计算显示：

暴怒——鉴于今天的特殊情况，建议阻止暴行。

“收到，我也是这么想的。”雷鸣边说边冲向一个施暴的男子。

他怒吼着一把抓住了男人的胳臂：“住手!”

“你是什么东西? 快给我放手!”那男子理直气壮地吼叫道，激动的情绪让他很快虚脱。

“你是大坏蛋!”兜兜哇的一声大哭起来。

蓝心瑞急忙将兜兜搂在怀里，职业本能让她静静地观察着现场一切。

雷鸣反转那男人的手腕，把他拖绑在路边的长椅上。

蓝心瑞走上前仔细看了看：这男人头发散乱，眼眶里充满眼液。她轻轻帮他拭去眼液，发现 5/6 的白色巩膜部分，出现了细微的可视颗粒。

雷鸣问道："有问题吗？"

对于身为情感储备银行首席分析师和情感修复中心副主任的蓝心瑞来说，这种情况也是头一遭遇到，她无法回答这个问题。

"滚开，快滚开！"

男人的声音有些变形，他用力摇晃座椅发出单调的"咯吱咯吱"声响。叫了几声之后，这个男人停止了狂怒的挣扎。顺着他呆滞的眼神方向，雷鸣发现，刚刚盘腿在空中打坐的白发老人，此时已经躺倒在地，绳索依旧套在脖子上，只是另一头被他的儿子搭在肩上，像拉车一样，拖拽着老人往前走。雷鸣只觉得心惊肉跳、毛骨悚然。

他急忙奔向出事地，还未到，只听得"砰"一声闷响，老人的头重重撞到石墩，脖子上的绳索被死死卡在石墩裂缝处，他儿子却毫不在意，依旧用力地拖拽绳索。

只可惜，雷鸣晚来一步，老人的脸色已经变紫，暗红色的鲜血顺着嘴角流出来。

雷鸣急了，腾空一脚将那男子踢出 10 米开外，周围几个胆大的老爷子，急忙上前解开老人脖子上的绳索。

老人已气绝身亡。

老人的儿子刚刚还在和父亲练功，怎么转眼间就丧尽天良变得如此疯狂？

"你……"雷鸣一拳打到那男人的脸上，"这是为什么？"

那男人似乎失去了痛觉，呆呆地望着死去的父亲，脸上看不出任何表情，好像地上躺着的人和他没有任何血缘关系。

雷鸣正想呼叫分部，突然背后又传来"啊"的一声尖叫。

他急忙回头，蓝心瑞满头鲜血地瘫软在地上，而兜兜手里正拿着一块沾满血迹的石头！

雷鸣发疯似的跑过去，一把夺过兜兜手中石头，抓住她细细的胳臂："你疯了吗？她是你妈妈！她是你妈妈呀！"

"你别怪她。"蓝心瑞神情沮丧地瘫软在地上。

"好累呀。"兜兜一声叹息，身子摇晃有些站立不稳，然后极度疲惫地昏倒在雷鸣怀里。

“快跑呀！快跑呀！”几位老人在儿女的搀扶下，跌跌撞撞地跑向公园一侧，边跑边招呼其他老人，“不得了啦，打人啦，打人啦……”

雷鸣抬头远望，公园内已乱作一团。

那些原本陪着父母亲来公园散步的孝顺儿女，突然间变成了野兽，丧心病狂地要置他们的父母于死地。被追打的老人，受惊吓的老人，无助地在树丛、草地间四下乱窜。哭喊声、怒骂声、求饶声，混杂在一起，像一道道妖异的闪电，迅速而猛烈地击碎了老青春公园的安详与宁静。

鸟儿们也更加疯狂起来，一股股难以遏制的渴望，迫使它们拼命用脑袋撞击笼子。

很快，地面铺上了一层带血的羽毛。

远处，警车、救护车的尖叫声此起彼伏、连绵不断，慌乱像恶魔一样袭向每一个毫无防备的人……

雷鸣的墨镜在衣服口袋内跳动起来，全息图从侧面跳出来显示：紧急——优先 7 级。

“我必须去护卫队看看。”

“雷鸣。”蓝心瑞有些不悦，“你已经……你现在只是资要管理组长，这些事情自然会有人处理。”

“我知道，也许我能为他们找到最重要的资料。”

“兜兜还在昏迷中。”

“你马上带她去牡丹医院，我办完事就去。”

带着倔强的神情，雷鸣头也不回地离开了现场。

情感护卫分部 〉

警车、消防车、救护车全员出动，行驶中的汽车越来越慢，像中毒的电脑在运行。雷鸣被迫钉在路面上不能动弹。他不得不打开爬行系统，貌似蜈蚣的无数爪子立即从汽车身体侧面伸出。车子迅捷爬到楼顶上，在楼与楼之间跨越、穿行。

一个胖胖的男孩指着半空中兴奋地喊起来："快看呀，蜈蚣车！"

"这你都不知道？"另一个瘦男孩抬起头："那是全球情感护卫分部的专用车，我姐姐就在那里。"

胖男孩很不服气地噘了噘嘴："你又没在那里，神气什么呀。再说，平日你看过蜈蚣车吗？"

瘦男孩迅速将自己的智能情感球接入胖男孩的，随后不满意地问道："你的情感计算有这么多种，为什么你要选择嫉妒呢？难道你忘记老师曾经说过，嫉妒是很多变量的始端吗？"

胖男孩拔掉瘦男孩的接入，继续着自己的不满："你的情感计算也有很多种，为什么你选择愤怒呢？"

蜈蚣车来到郊区的一处仿生果林处，车在空地上停稳后，一道五颜六色的光从地下升起来，将车身整个扫描放行，雷鸣加大油门冲进车库。

停稳后，他听见两声蝉鸣，顺手摸了摸后视镜，一排清晰的字迹出现在黑色的车窗玻璃上：

“兜兜的玻璃体可能有问题，正在进一步检查，医生说有可能要手术，希望我们做好思想准备。”

看到这段话，雷鸣内心焦虑，一道巨大的黄色光波忽地从他体内闪出。这光波来得突如其来，还未等雷鸣反应过来，便消失得无影无踪。

这道光波雷鸣并不陌生，7 年前在漫步微海滩上曾经出现过，今天再次出现是因为什么？

这光波究竟从哪里来？

雷鸣闷闷不乐地坐上电梯，转瞬间到了一扇大门前。

这里就是全球情感护卫总部中国分部。

经过世界各国几十年的倾力合作，全球情感护卫总部已经发展成为拥有七大分部的国际性组织，分部设在中国、俄罗斯、美国、英国、德国、巴西和新西兰，主要致力于打击违法的情感买卖行为，制止对智能情感球的伤害与非法侵入行为，维护人类与智能设备的安全秩序，维护人类情感平衡。

此刻，雷鸣正站在一道龙头屏障前，龙眼中射出两道绿莹莹的光，由上及下将他全身扫描一遍后，雷鸣头顶上方出现一个声音：“焦虑指数 98，愤怒指数 92……”第十代 SAS（自我评估体系）显示雷鸣的情感状态极不稳定。

看着身边毫无表情的警卫，雷鸣深深吸了一口气，慢慢坐到地板上。很快，各项指数逐渐下降，“嘀”的一声响后，警卫按下按钮，龙头伸出长舌，雷鸣站在龙舌上被慢慢吞咽，逐渐消失在黑暗中。

“雷队，您今天是不是走错了工作区域？”护卫组门口的老警卫看到雷鸣，立即从自己座位上站起来。

“我想见见轩辕嘉德。”

“真对不起，您应该知道今天是‘7 级优先’，除非签了 9 号授权，不然您不可以进入护卫组。”

“如果您把轩辕部长叫出来，我可以在外面解决。”

“这样没问题。”

老警卫通话不久，轩辕嘉德匆匆跑出来。

“雷鸣，你今天怎么会在老青春公园？”

“陪孩子去做义工。”

“是不是发现了什么？”

“没有。”雷鸣摇摇头。

轩辕嘉德稍微愣了一下，然后颇为坦诚地说道：“雷队，我知道你曾经是这里的护卫队长，最优秀的玛瑙级护卫……”

雷鸣打断了他：“那你就该明白这件事我可以帮上忙。”

“很抱歉，我不能批准你进入护卫组。”轩辕嘉德转身离去。

“嗨，听着，虫子的死是意外，我的情况不该适用于《情感护卫队违禁》条例之内。”

雷鸣想冲进去，却被老警卫死死拦住：“您走吧，这个轩辕嘉德刚从英国对调两个月，新官上任好几把火呢。”

看着轩辕嘉德消失在走廊的另一头，雷鸣甩开老警卫的手怫然离开。

“雷队，您今天不是休息吗？”

一位滑旱冰的年轻人，抱着资料从雷鸣身边滑过，他是分部的传输员小龚，有些不可以数据传输的资料，都由小龚来回传送。他已经在这里工作 5 年了，算起来也是一名老人儿。

雷鸣阴沉着脸往里走，忽然他想起了什么，叫住这个旱冰年轻人：“小龚，下面情况怎么样？”

“乱成粥了。有些外勤也出了问题，听说已经取消了他们的行动权。”

“系统分析有结果吗？”

“应该有了，我刚看见水母队副队长梁浩和蜗牛队队长杰瑞都赶来开会。”

“谢谢。”

雷鸣闷闷不乐地转身走进自己办公室，非常泄气地坐到椅子上。全系统杀毒伞弹出来，将智能情感球皮仔紧紧裹住。

“叮”的一声，资料室江美的图像出现在全息图内：“雷队，护卫组要求调出 7 年前漫步微海岛的全部资料。”

雷鸣一边应答着，一边将密码输入：“知道了。”

“谢谢。”

“呼”的一声，全息图自动关闭。

实际上，雷鸣心中已经认定这件事与吴展德有牵连，但是吴展德在哪里呢？

在这个庞然的智能空间里，吴展德竟然消失得无影无踪，而且 7 年来一直没有追查到他的下落，这是为什么？

除非……有人帮忙，而这个人会不会是今天事件的关键呢？

想到这里，他将漫步微海岛的资料重新看了一遍，两者有极其相似之处，但是并未找到他需要的蛛丝马迹。

雷鸣心中一阵烦乱，因为他很清楚今天这件事与吴展德有着千丝万缕的联系。不过，以他现在的权限，根本接触不到更多的信息。

想到这里，雷鸣巨大的情绪起伏刺激着报警系统，天花板上的吊灯突然翻转，三架超声波枪对准了他。

“给我一分钟，一分钟。”

雷鸣举起手走到沙发旁躺倒，拿出音乐头套戴上。舒缓的音乐响起，报警系统音频也逐渐变弱，一分钟后，吊灯再次翻转复原。

忽然，他想起了什么，急忙赶到证物室。

“帮我查查 QMI–327。”

“等等。”证物室的工作人员立即调出画面，“是悬浮摇篮吗？”

“对。”

“你检查一下，里面共有 7 件物品。”

雷鸣查看了一下画面：“没错，就是这些。”

在签字交接完之后，他抱着悬浮摇篮走进自己办公室，拿出那个望远镜，将它插入自己的智能情感球，当初的影像立即出现在屏幕上：

除了灰鹅、血红色玫瑰，让人头皮发麻的树枝上老鼠之处，还有那颗奇怪的小黑豆。它看上去虽然像是被拉扯的风筝，可只要你仔细看，便不难发现它划出的轨迹是极其规律的正弦曲线，并且小黑豆始终与灰鹅保持着若即若离的距离。

“噢，有点意思。果然是有人控制着。”

雷鸣靠在椅子上，玩弄着皮仔，皮仔立即喷出全息图，上面显示雷鸣的情感计算结果：

A. 好奇——鉴于你的权限无法展开调查，你可以看一场枪战电影。

B. 负罪——死去的虫子无法复活，你可以将负罪感说出来。

C. 责任——你可以帮助楼下护卫组，将发现的问题上报。

D. 愤懑——无法进入护卫组，你觉得不公，但可以去做些创造性工作。

另外，还有 5 种情感释放方式供您选择。

建议选择 C。

“好，我选 C。”

不等皮仔继续说，雷鸣已经拨通许拉拉。

许拉拉有些意外：“鸣哥，你找我？”

“是的，你能来一趟吗？我有些重要的资料想让你看看。”

“为什么不直接传过来呢？我正忙着呢。”

“作为数据分析员，你很清楚，有些东西不适合网络共享。”

“你的意思是……”

“来看看就清楚了。”

“那好，五分钟后到。”

雷鸣戴上音乐头套，压抑着内心的焦虑。

“鸣哥。”门被推开，身材高挑的许拉拉出现在门口。

雷鸣急忙摘下头套走到桌旁：“今天这么忙，让你跑一趟，那个难缠的毕玉波没说什么吧？”

“我撕裂了自己的裙子，告诉她上来找江美借裙子。”

“她会信吗？”

“会，你看。”

雷鸣果然看到拉拉被撕裂的裙子，他迟疑了一下，将资料推到拉拉面前：“这是 7 年前漫步微海岛的记录。”

拉拉看着画面迷惑地问道：“这是什么意思？”

“你再仔细看看，咱们录入的资料并没有老鼠上树这段视频。”

“是吗？我不记得了。”

“7 年前你刚来，这些资料录入是你做的。”

“鸣哥，你究竟想说什么？”

“交换。”

“交换什么？”

“如果我把这些通知现在的资料室，那么所有人都会知道这件事。当然，这只是个小小的失误，但却能让你离开情感护卫队。”

“你威胁我？”

“对不起你弄错了，我只是在做交换。实际上我要的很简单，只是想跟进分析结果。”

“这不可能，‘7级优先’这一天的所有资料，在事情彻底结束之前都不会走出护卫组，这一点你很清楚。”

雷鸣平静地看着许拉拉：“所以，我没有求任何人！”

“我相信上面总有一条提示是理智的，为什么你不好好选择一下呢？”许拉拉指着雷鸣的智能情感球。

“你说得很对。”雷鸣将皮仔挪到一边，“我选择责任。”

“他骗人。”皮仔突然飘浮起来，“我建议的责任内容和他的……”

不等皮仔说完，雷鸣强行关闭了它的声音系统：“今天情洞袭击后，它总是词不达意。”

许拉拉愣了一下：“鸣哥很抱歉，就算真的离开情感护卫队，我也不能违反规定告诉你分析结果。”

“你不觉得今天的事情跟当年极其雷同吗？”

许拉拉不置可否地笑了笑。

雷鸣点点头：“你走吧，我说服不了你。但是，如果因为7年前小小的失误离开这里，你将失去与江美竞争杰瑞的资格。你很清楚，如果不是江美，现在你可能已经成为杰瑞的妻子了。”

这话像一根刺，深深地扎进了许拉拉心里，她怒形于色：“你更清楚自己失去的是什么，你想要拿回来，可惜你找错了对象。”

“我想你不清楚，为什么杰瑞会游离在你和江美之间。”

许拉拉愣在原地。

回首7年的默默守候，情深缘浅的风吹散了杰瑞温软的山盟海誓，没有萦绕的花香，没有沉醉的情致，没有心与心的交融，只有苦涩涤荡在灵魂深处。

晶莹的泪珠如夏晨花瓣上的露水，一触碰，便粉碎。

“行了。”雷鸣看看墙上的情绪警报器，读数正在攀升，“你最好戴上这个音乐头套，因为这个房间刚刚已经发生过一次情绪报警。”

许拉拉擦去眼泪戴上头套，看着智能情感球给自己的数十条提示，她正在做着艰难的选择。

雷鸣耐心等待着，他了解许拉拉，更了解杰瑞·福特。

许拉拉慢慢摘下头套，很不情愿地说道：“现在只知道是针对加龄臭气味发起的情洞攻击。至于为什么有些人受影响，有些人不受影响，还不清楚。”

雷鸣皱了皱眉：“加龄臭？”

“就是俗称的‘老人味’，在2000年的时候，根据‘随着年龄的增长体臭也发生变化’的概念所命名。”

“拉拉，你所知道的消息一定不止这些。”雷鸣看看时间，“事发到现在已经过去半小时，从卫星数据上找到相关的人，再分析区别并不是一件很麻烦的事情。相信以毕玉波的手段，她已经知道了。她知道了，你自然不可能不知道。”

许拉拉咬咬牙：“这次你猜错了，具体数值刚刚从俄罗斯分部传过来，从卫星发来的一组数据显示，这次攻击具有明显的针对性——基因。有些人的祖辈曾使用一种小分子药物治疗经前综合征、焦虑症、食欲紊乱等。其中一部分人在治疗过程中使用了鼻吸式给药方法。”

“请你说具体一下。”

“我们正常人类鼻腔上部上皮细胞内的小区域内，分布着一个基因家族，是由千余种基因组成，它们相应地产生了千余种不同类型的气味感受器。但是从俄罗斯分部传过来的信息表明，这些用药者后代的气味感受器嗅觉细胞蛋白特别敏感。”

“什么意思？”

“就是说他们的嗅觉异于常人，他们的嗅觉进化了。不过，为什么这些用药者后代会出现这种现象，目前还没有答案。”

“可这些跟脑波毒素有什么关系？”

“目前的数据显示，没有任何关系。”

雷鸣疑惑地看着她。

“现在只知道这些。”许拉拉停顿了一下，“另外，我在小分子药物治疗名单中，看到了心瑞姐曾祖奶奶的名字。”

“难怪。”雷鸣点点头，“那会儿我们刚好在老青春公园，兜兜突然间出现状况，砸伤了蓝心瑞。”

“她们还好吧？”

“兜兜情况不算太好，玻璃体有问题，可能要手术。无论如何，今天都要谢谢你。赶紧回去，不然毕玉波这个妖怪一定会怀疑你。”雷鸣感激地拍了拍许拉拉的肩膀。

许拉拉冷冷地看着他：“你如果真感激我，就应该把这些没有录入的资料删掉。”

雷鸣皱了皱眉，这是一份珍贵的资料，一旦删除，今后再也没有可以对比的信息。

“你最好想清楚，分析结果随时更新。如果你想知道更多……”

“我明白。”雷鸣咬咬牙，立即将资料删除，“今天在老青春公园同样出现了老鼠上树的情况，我希望你将这些消息告诉现在的资料管理员。”

“我会的。”

许拉拉一离开，皮仔便飘到雷鸣的面前，将疑问大大地挂在全息图上：“你明明选的是帮助别人，为什么我这里显示你在不择手段呢？”

雷鸣关掉全息图，打开他的声音系统：“早上的情洞袭击伤到你主板了？”

“应该没有出现硬件损伤。”

“那就奇怪了。”

皮仔眨巴眨巴眼睛，显然它没理解雷鸣在说什么。

许拉拉穿着江美的新裙子返回护卫组大厅，首席技术分析师毕玉波一边手如闪动警灯般飞快地敲击着键盘，一边用眼角轻轻扫了一眼，然后起身走到她面前，拍拍她肩头：“跟我进去。”

“这就来。”

许拉拉急忙捧起器材，跟着毕玉波匆忙走进会议厅。

“有新消息。”毕玉波站在门口说。

“看看。”轩辕嘉德从水幕旁让出位置，他是情感护卫队中国分部的副部长，半年前刚从英国分部对调过来的华裔，本名叫克劳福·李，来中国后把名字改成了轩辕嘉德，这常常也成为毕玉波私下聊天的笑谈。

毕玉波戴上桌台上的一副黑色手套，在水幕前抚摸了一下，刚刚还在坠落的水幕顿时形成了一幅水纹全息图，她指着图说道："这是我们安逸城的分布图，波纹闪动区域的加龄臭微尘成分最高，这个地方就是老青春公园。"

"给我看看 90 分钟前的交通监控。"杰瑞说。

"马上。"许拉拉应答着。

"另外，我们刚开始以为这次网络攻击是光纤连接，可结果不是，他们使用了旧的电力线，利用电力载波连接。"

"大的电力线有足够带宽携带信号。"轩辕嘉德点点头。

"原以为只要查看电流量波动，就能知道地址，"毕玉波点开一个文件，"可是就反馈过来的消息看，并没有发现与出事时间相匹配的电流量波动，所以电网集团想到了欠费用户。也就是说，终端显示已经欠费断电，但用户依然在用电的情况。现在正在排查这些用户地址。"

"你等一下。"轩辕嘉德打断了毕玉波的汇报。

此时许拉拉已经将交通监控调出，水幕全息图显示：一辆蓝色面包车，在 3 天内，12 次出现在公园的 7 个大门外。

另外一张久违的面孔让所有人都屏住了呼吸。

"吴展德?"

"居然是他?"

"他不是死了吗?"

"废话少说。现场支援，释放气味追踪蚁。"轩辕嘉德果断地站起来，"许拉拉，你继续跟进电网集团，尽快找到接入地址。"

"收到。另外……"许拉拉将画面打到水幕全息图上，"这是早上公园南门发生的事情。"

"艾玛·塞隆？她怎么会在那里?"

"为减少海洋垃圾做全球巡回演讲。"

"你去跟进一下具体情况，艾玛的事情一般都是安全部全权负责。"轩辕嘉德扬了扬脖子，"毕玉波，你汇总所有信息，随时和情感总部保持联系，领导形势分析小组，交叉比对其中关联。"

“是。”

“梁浩你立刻行动，追踪蓝色面包车，活捉吴展德！”

“水母队收到。”梁浩站起来。

“杰瑞你等等，其他人散会。”

轩辕嘉德用那副黑色手套搅动了一下水幕全息图，很快，一份大气层情洞分析图出现在上面。

轩辕嘉德看着图缓缓地说道：“这次袭击还发现了一些奇怪的微尘，它们只在高空 30 米以下的区域流动。扩散高峰时间已过，不过还有些残余从公园的 7 个装置中散发出来。气象部门已经降低了这部分区域的气压，情洞研究中心已经接到通知，正赶赴现场，你去协助他们回收，顺便跟进这种微尘的来源。”

“收到。”

15 秒之后，水幕全息图显示出几十个黑衣人出现在车库内。

水母小组 1–7 号副队长梁浩习惯性地捏了捏自己的下巴，仔细检查所有成员的装备后喊道：“行动目标已经发送到你们的视网膜中——行动!”

所有人迅速登上车，透明墙壁迅速打开，车疾驰而出，驶入果林。

车玻璃和所有黑衣战士的服装颜色正随着果树的颜色而改变，直到冲出果林，疾驰在风沙中，才稳定成黄土的颜色……

杰瑞走出会议厅，来到许拉拉身旁，低声问道：“怎么了？为什么你鼻子红红的?”

“没什么。”

杰瑞察觉到她神色异样：“你今天早上出门好像不是穿这条裙子。”

“这是找江美借的，我裙子破了。”许拉拉的智能情感球在一边不停地旋转。

杰瑞疑惑地看了她一眼，脑海中忽然闪现出早上和雷鸣的通话，他又转回身说道：“鸣哥今天可能会出些状况，你要做到：第一，不与他通话；第二，拒绝和他说话；第三……你怎么了?”

“我没事，忙你的去吧。”

许拉拉的智能情感球大声说道：“你撒谎!”吓得许拉拉急忙将它抱进怀里。

“鸣哥找你了？还是……”看到许拉拉眼泪汪汪，杰瑞心里一惊，急忙拉着她来到走廊拐角。

“你们通话了?”

“不，他要我去见他，我以为是普通的资料问题。”

“结果呢?”

“他威胁我，要把 7 年前我没有录入的视频公布出来。”

“交换条件是什么?”

“跟进今天的分析结果。”

“你给他了?”

许拉拉点点头。

“你……疯了吗?”

“我只是不想和你分开。”

“今天是‘7 级优先’，鸣哥今天的职位，根本不允许他知道更多。如果被人知道你泄密，你觉得会怎么样?”杰瑞捏住许拉拉的胳臂，“你去 27 层的理由交给门卫了吗?”

“交了，而且他也看见我裙子破了。”

“那雷鸣门口的摄像头呢?”

拉拉从口袋里掏出一件东西，在杰瑞眼前晃了晃。

“干扰器。”杰瑞咽了口口水继续说道，“拉拉，这件事你不要多想，冷静地走到工作台前，别让那个妖怪发现了什么。”

“毕玉波忙着呢，根本注意不到我。”许拉拉环顾四周，“你冷静点，就算鸣哥已经知道分析结果，他能做什么?他没有枪，没有队友，更没有‘7 级优先’的行动代码，哪里也去不了，除非……”

“除非以你来要挟我，允许他加入行动。”

许拉拉后悔不已，这么简单的道理怎么自己刚想明白:“哦，我怎么忘了，今天有些行动组队员出了状况，出勤人员配比不是标准化。按照‘7 级优先’的规定，行动队长有权在此时申请新队员加入。”

杰瑞低头不语。

许拉拉的脸几乎贴近杰瑞的鼻子:“可为什么他不直接找轩辕嘉德呢?”

“我想，鸣哥在找你之前应该找过轩辕嘉德，只是没有被授权。”

“那怎么办?”

许拉拉还想说什么，被杰瑞一把搂住。两人紧贴墙边，杰瑞指指侧面，一个细长身影出现在走廊另一边。

杰瑞示意许拉拉继续说话，而自己拉着她慢慢走向旁边的安全通道。

安全通道的门打开了，一股风从里面钻出来，迅速顺着走廊四处散去。

杰瑞心想“不好”，那个细长身影已从旁边走出来。

“你们好。”

许拉拉吓了一跳：“是你？”

“是我。”

“这么说你都听见了。”杰瑞走到毕玉波面前，“那你应该知道许拉拉是被设计的。”

“你打算怎么办？”毕玉波避开杰瑞，走到许拉拉跟前。

许拉拉祈求地看着毕玉波：“玉波姐，这是我的错，我不该受到雷鸣的威胁，这件事跟杰瑞一点关系也没有。”

毕玉波微笑着看着杰瑞，没有应答。

时间一分一秒地从他们身边流过，杰瑞的汗珠顺着额头流到眉骨滴落，紧张的情绪在三人中逐渐弥漫。

许拉拉突然按住毕玉波：“玉波姐对不起，杰瑞，你的前额叶阻碍剂……”

不等许拉拉说完，毕玉波已经将她踢出十米开外，杰瑞闷吼一声将毕玉波的脖子死死掐住。

“是你逼我的。”

“想让我丧失记忆？你确定这么做没有人知道吗？”毕玉波涨红了脸，“看看她背后是什么！”

杰瑞跑过去，他发现1厘米左右的丝网花蕊插在许拉拉针织上衣缝隙处。

许拉拉吃惊地看着杰瑞手中的东西：“这是什么？”

“迭香蕊，专门收集脑波信号，再转为音频。”毕玉波慢慢走向杰瑞，从他手中拿回迭香蕊，“这是当年的战利品，当然那个时候你还没有进护卫队，这东西只有几个老人儿才有。”

许拉拉低声嘶喊着：“这么说，我从楼上下来，你就已经知道我见过雷鸣了？”

“是的，我一看见这东西，就明白雷鸣的意思了。”毕玉波淡淡地说，“只是我不知道该怎么帮他。我很奇怪，杰瑞，你跟雷鸣关系这么好，为什么你要犹豫呢?”

“我自然有理由。”

“只要你向轩辕嘉德申请雷鸣加入，我会把电脑中迭香蕊的所有信号删除，你觉得怎么样。”毕玉波看看时间，“耽误了这么长时间没有出发，轩辕嘉德会不会产生疑问?”

“我同意。”许拉拉扯了扯杰瑞的胳臂，同时掏出自己的智能情感球：“我选择希望。”

杰瑞看了她一眼，只好点点头。

毕玉波向两人展示了自己的智能显示：“有意思，我选择的也是希望。”

〈危险的味道

雷鸣终于重新走进了这个令他炫目的地方，穿过毕玉波欣喜的眼神和许拉拉愤怒的目光，他平静地走进轩辕嘉德办公室。

“你来了。”轩辕嘉德显然有些不痛快。

杰瑞低垂着目光，不愿意和他接触。

雷鸣知道，杰瑞一直把自己当贴心的兄弟，甚至连智能情感球最隐私的秘密，都毫无保留地呈现给自己看。而今天，自己所做的一切，已经彻底和这个兄弟决裂。

是否值得？

雷鸣不愿意就这个问题继续在智能情感球中做选择，他需要的不仅仅是这些。

“我已经签了 9 号授权。”轩辕嘉德掀开水幕全息图，“但是你所有行动只有 3 级许可，行动会在杰瑞的监督下完成。”

“明白。”

“等等。”轩辕嘉德再一次叫住雷鸣，“我想你已经看了刚刚的会议记录，今天的事情可能跟吴展德有关。”

雷鸣点点头。

“作为 7 年前漫步微海岛的受害者，我理解你的心情。但是，我需要你更加理智地对待今天的事情。”

“明白。”

看到两人从轩辕嘉德办公室走出来，毕玉波走上前将迭香蕊还给雷鸣。

“谢谢。”

毕玉波悄声说:“我有条件。”

“是什么?”

“我要你签署精子库的配对协议。”

“我已经有兜兜了。”

毕玉波似笑非笑地看着雷鸣：“那是你和蓝心瑞的，只要签了这份协议，精子库就同意和我的卵子配对。”

“要是我不签呢?”

“迭香蕊的内容我刚刚下载到自己电脑上了，我会告诉轩辕嘉德你算计、威胁杰瑞和许拉拉。”

“好，我签。但是这件事只有你和我知道。”

“成交。”

一路上杰瑞对雷鸣一直保持着沉默。10 分钟后，蜗牛队赶到老青春公园。

这里已经忙作一团，不仅情洞研究院的研究员，就连情感储备银行行长冷志峰也亲自到了这里。

冷志峰中等身材，身着黑色西装，花边金丝镜架上嵌着防紫外线镜片，很难看清那双眼睛里究竟闪烁着何种情感之光。了解的人都知道，他在大学时代起主修的课程就是情感修复，早在大学期间便入选 50 位“全球最有价值和潜能人才”。

看见杰瑞一行人，他热情地伸出细腻而富有弹性的手迎上去：“你来晚了。”

“有些事情耽误了。”杰瑞礼仪性地握握手，紧接着便安排队员带上装备，开始封锁现场周边的 13 条街道。

“雷鸣?”冷志峰简直不敢相信自己的眼睛，“你怎么……”

“有些队员出现问题，今天人员配比不标准，我后补上场。”

“7 年未见，雷队长的风采依旧。”

“哪里。7 年未见，您已经是行长了，而且今天亲自带队。”

“行长只是个虚职，我主要时间还是留给了研究院。”冷志峰委婉而含蓄，“虽然你我 7 年未见，鼎鼎大名雷队长的一切我全都了如指掌啊。”

“我知道，我身边有你一双眼睛嘛。”雷鸣指的当然是同在情感储备银行上班的蓝心瑞。

两人寒暄着戴上三色呼吸器，紧跟护卫队快步走进回收现场。

实际上，进入现场之前，远远就可以看见这一片区域半空中飞舞的“渔网”。这是情洞研究院5年前研制的搜捕网，上面横竖相间的线条，是在电极中培养出来的超级神经系统，可以自主发育成多个神经树突。

很快，流失在公园死角的残余微尘被全部捕捉进网，并迅速被吸附进入几个金属盒，数十名情洞修复工作人员，正小心翼翼地将金属盒放进密闭的收集箱中。

这是一项紧张而又细致的工作。

由于担心收集的未知微尘被转移至收集箱时发生二次污染，所有工作人员都会非常小心。

直到听到“收队”两个字，雷鸣才微微松了口气。

脱下呼吸器的冷志峰亦是满头汗珠，他忍不住打了个喷嚏，刚刚紧绷的情绪顿时松弛很多：“很顺利。”

雷鸣点点头：“冷行长，今天的情洞袭击大约需要多少‘加龄臭’才能完成？”

“还不清楚。”

“我看今天的分析报告，‘脑波毒素’与‘加龄臭’之间的联系似乎并不大，是不是缺少什么催化剂？”

冷志峰顿了顿身形：“恐怕……这得回实验室才能知道。”

“那一会儿我跟您过去。”

“行。”

雷鸣扭头看了一眼正在布置下一个任务的杰瑞，心中不由得一声叹息。他想和杰瑞分下工，却不知道此时此刻该以何种心态对待被自己伤害的杰瑞，于是掏出皮仔，上面出现多种复合型选择：

A. 灰心 + 羞耻——你可以买醉、躲进无人区。

B. 忧虑 + 困惑——你可以听着柴可夫斯基的《如歌的行板》，立即开始进行搏击训练。

C. 孤独 + 愤怒——你可以加入团体活动，去雪山静坐思考。

D. 镇静 + 自信——你可以不做选择，微笑。

另外，还有 11 种情感释放方式供您选择。

建议选择 D。

他做出最终选择后，走到杰瑞身边："杰瑞，如果你不反对，我想跟行长回去一趟，跟进催化剂的分析结果。"

杰瑞没有说话。

"我知道你在生气。对于上午的做法，今天这件事情结束之后，我会给你一个满意的交代。但是现在，你不可以把个人情感带到工作中。"

"上午的不择手段，难道不是出于你的个人感情吗？"

"所有情感都要被控制在理性之下。杰瑞，你刚进护卫队的时候我告诉过你，在智能时代的今天，人类的感情需要更加科学理性、更加有利于人与人的交往。我们所要做的，就是维持已经形成的平衡。"

"撒谎！你维持了哪一种平衡？"

"找到根源，就可以维持平衡。"

"说到底，你就是为了找出 7 年前情洞事件的根源。鸣哥你放手吧，就算判了吴展德死刑，你心里的阴影能真正散去吗？"

"你相信公正吗？"

"你相信自己吗？如果你相信自己，为什么总要依赖情感计算？"

"它会让我的行为更理性。"

"无论情感计算的结果如何，鸣哥你今天都会这么做，因为你的目的和我一样，都是要弄明白今天的幕后黑手究竟是谁。所以我认为，并不是因为智能情感球给出更理性的选择，而是因为你已经习惯了。"

"也许你说得对，但是不影响我已经到来的事实。"

杰瑞蠕动着嘴唇，最终也没把想说的说出口，只是垂下脑袋："这里还有 4 个搜集箱没有装完，你去跟进冷行长吧。"

雷鸣跟着冷志峰前往情洞研究中心。

在绕过情感银行的时候，他看见成千上万的人在情感银行门口排起长龙。确切地说应该是银行柜台前排起的长龙出了大门后蜿蜒盘绕，布满了整个银行门口广场，并且延伸出 3 条马路。

人们焦急地等待着提取自己储存在这里的健康情感。

情感银行是健康情感的储备机构。每个人都可以把自己的情感储存起来，一旦情感出现问题，就可以取出储存的健康情感使用。今天的情洞袭击再一次引起人们的极大不安，恐慌造成挤兑潮。如同金融银行的挤兑一样，人们纷纷赶来提取自己储存在这里的健康情感。

情洞研究中心傍山而建，几辆车风驰电掣绕过银行，停在一条白色长廊外。冷志峰带着雷鸣走进长廊内，红色制服警卫打开一扇门，冷志峰进去在镜子前停顿了下，很快，纯黑色镜面中便出现一只梼杌的影子。

屋外绿灯亮了，门自动打开。

冷志峰不无得意地走出来，每天在这面镜子前照一照，是他最得意的事情。因为他坚信除了他之外，没有人能照出这种上古凶兽的影子。看见雷鸣走来，他快意地拍了拍他肩头。

很快，雷鸣兴奋无比地从那扇门内走出来："原来传闻中的'情感识别兽'在你们这里。"

"难道蓝心瑞没跟你说过？"冷志峰坐进黄色沙发，内心对雷鸣也照出神兽的影子而产生了丝丝妒意。

"也许她不愿意向我炫耀吧。"雷鸣坐进另一个沙发。

地上是一条长、宽各约 30 米的蓝色镜面，黄色沙发就放在蓝色镜面上，两侧警卫面寒如冰。

冷志峰微微张嘴，欲言又止。也许，他觉得自己的某些问题太过幼稚。

看两人坐定，绿色制服警卫点击按钮，透明罩自脚下升起，将雷鸣和冷志峰团团包围起来。随后，两个黄色沙发如剑般冲进蓝冰隧道。

"你还没有来过我们这个中心吧？"冷志峰话语里透露着些许的自豪与骄傲，他指着旁边，"那一片区域是常规情洞修补中心，教学以及普及研究在里面，都在山上。我们将要去的地方，是为教授们提供的个人实验区域和特殊研究机构。"

雷鸣有些吃惊，他从未想过研究机构竟然是整座山。

当他们进入大楼后，那个带有真空装置的收集箱，顺着另一条隐蔽的轨道也同时到达。

在三楼右手第一间屋子，一个高个子女人出现在他们面前。

"行长，您也来了？"女人礼貌地走过来。

“是啊，我要看看这些是什么玩意。”冷志峰微笑着介绍道，“这是金基媛，情感贷款部主任，也是情洞研究的精英之才。除了一些日常贷款业务、情感研究、情洞修复之外，她还在情洞研究学院担任一定的教学任务，是不是够忙啊？”

“雷鸣。”金基媛含蓄地伸出手，“你好，好久不见。”

“哦，原来你们认识？”

雷鸣热情地伸出手：“那是好几年前的事情，她刚调来，心瑞请她来我们家吃了顿饭。”

“那太好了，金基媛，不用我介绍，你应该知道雷队长是个名人喽。”冷志峰走到衣柜前换上自己的工作服。

“嘎巴”一声响，真空装置已经被运送到密闭的工作台上。

接下来的时间，雷鸣非常安静地等待着，直到金基媛有些疲惫地从超导显微镜前走下来。

雷鸣看着她，脑海中闪现出一种奇怪的念头：为什么她的眼神如此恍惚？难道这件事情比我想象的还要复杂？

金基媛拿着一份初步报告走到雷鸣跟前，不知为什么，雷鸣总觉得她在回避自己的目光。

“谢谢。”雷鸣接过报告看了一眼，其中一段文字引起了他的注意，“恐惧信息素？”

“是的。”冷志峰从密闭工作台走下来，“我想你已经知道有些人的嗅觉正在进化，他们可以对人类信息素做出快速反应。”

“你的意思是，这种恐惧信息素让他们产生了攻击性行为？”

冷志峰点点头：“在恐惧信息素的刺激下，他们的杏仁核异常活跃。当然，不是所有人产生恐惧心理时，都会出现攻击行为。”

“从俄罗斯传来的消息表明，这是针对加龄臭气味发起的攻击。”

“不矛盾。恐惧信息素起到了催化剂的作用，让这些突然出现恐惧心理的人，只针对加龄臭气味发动攻击。”

“这么说，今天的事情并不是传统意义上的情洞袭击，它跟‘脑波毒素’并没有直接联系？”

“现在看来是这样。”

雷鸣急忙拨通轩辕嘉德：“是我，雷鸣。”

“你在单独行动？你已经违反了……”

“好了，您先听我说，我现在在情洞研究中心，分析结果已经出来了，‘脑波毒素’并不是今天情洞袭击的主要原因，在收集的微尘内，发现了恐惧信息素，它作为催化剂与‘加龄臭’合成发生作用。”

“我会把这个消息交给毕玉波。”轩辕嘉德压抑住怒火，接着问道，“你的行动杰瑞知道吗？”

“知道，他同意我跟进这边的分析结果。”

“那好。”

雷鸣结束通话，将目光转向冷志峰：“据我所知，70 年前 New Ocean 人雄起，战争从空中、陆地转向海洋之后，全球情感总部从军队手中接管了恐怖信息素的控制权。”

“你说的没错。”冷志峰点点头，“情感部是唯一被指定保存、分配恐怖信息素的地方。”

“等等。”雷鸣拨通毕玉波，“帮我查查情感部恐怖信息素保存和分配的数量是否一致，还有分配地点及时间。”

“正在发送。”

皮仔打开全息图，上面显示：

2193 年 2 月、3 月、4 月、7 月——情洞护卫队武器装备科研组，总共 190 毫克。

2193 年 1 月、5 月——情洞研究中心，总共 30 毫克。

其余 479 毫克用于海洋研究所。

“收到。”

雷鸣再次转向冷志峰：“冷行长，原先的恐怖信息素用于陆地战争，自从交出控制权后，这种信息素的用途是什么？”

“用途很多，你们武器装备科研组用来打击情洞黑市交易，海洋研究所用于深海巨型攻击性动物实验，而我们配合情洞制药厂，用于‘无恐症’的前期研究。”

“‘无恐症’？我好像听蓝心瑞说过。”

“几十年前，有人发现脑内传递大麻成分的神经突触位于控制恐惧和不安情绪的脑区，并以此开发了治疗创伤后应激障碍的药物。只是这种药物在被滥用之后，很多人出现了‘无恐症’。”

雷鸣点点头，思索片刻后他提出了一个要求："如果方便，我想比对一下今年恐怖信息素的使用情况。"

冷志峰回头对金基媛低语了几句，金基媛匆匆走出去。

"她去拿单据。"

又有几个收集箱陆续送到，杰瑞带着还未完全褪去的疲惫赶来实验室，刚跨进门就接到毕玉波的通话："杰瑞，如果你能抽出一分钟时间，我给你看点东西。"

杰瑞看着视网膜中的画面问道："这是什么?"

"许拉拉登录安全子系统，擅自接触她级别之外的机密文件。"

"这不可能，她怎么会有密码?"

"你觉得呢?"

"玉波姐，我知道今天拉拉有些失控。可是她在你手下这么多年……"

"我还没有跟轩辕嘉德汇报，因为我发现她看的内容全部跟江美有关，所以，如果你搞不定你们三人的关系，这件事恐怕会升级，到时候我不得不做出必要的选择。"

"我明白。"杰瑞关闭与毕玉波的通话，又接通了许拉拉，"你疯了吗?你究竟在做什么?"

许拉拉在另一头没有说话。

"你怎么会有我的级别密码?"

"很奇怪吗?我们在一起7年，可还是比不上江美在你心里的位置。"

"拉拉，我不想跟你讨论这个问题，今天发生了这么多事情，难道你觉得掌握在毕玉波手中的把柄还不够多吗?"

话筒内没有回应。

"你马上去跟毕玉波解释一下。"

杰瑞恼火地关闭通话。

金基媛拿着资料匆匆跑来，脸色苍白且满是沮丧："我打印了一份签收单据，签收人名单都在上面。因为没有密码，所以使用档案我进不去。"

雷鸣将签收单据仔细看了一眼，十分诧异地发现，所有货品竟然全是由蓝心瑞一个人签收!

冷志峰摘下眼镜，用眼镜布擦了擦镜片："这些全部都是由蓝心瑞一个人检验合格后签收，她一向负责这一块。”

雷鸣将这份签收单据交给杰瑞，提出希望能看一看现在的物品库存和使用清单。

冷志峰欣然同意。

随后几人来到情感修复中心物品库，在限级库存大门门口，负责人打开全息界面。

雷鸣仔细看过15份领取单，每一张都有蓝心瑞经手的痕迹，从对蓝心瑞的了解上，他知道这些字迹的真实性。

不过他总觉得这事透着古怪：“我觉得很奇怪，为什么货物签收和领取的权利都在一个人手上？这符合正常手续吗？”

金基媛摇摇头：“原本领取确实还有一个人，但是她申请了自然分娩，生完孩子一直在家里休假。”

“我们这里每一个人都有很多份工作，我想你一定很清楚。”冷志峰抱歉地看着雷鸣说，“没有办法，只能让蓝心瑞将领取工作也做了，其间的工资增长35%，这一点蓝心瑞应该跟你商量过吧。”

“这一点我并不清楚。”

“哦，这没关系，我可以给你看看半年前蓝心瑞签的合同。”

冷志峰说着，打开自己的全息图，将蓝心瑞的合同调出来，上面确实有蓝心瑞的笔迹。

杰瑞清清嗓子对库管负责人说道：“这么说到目前为止，一共领取了20毫克，那么还应该有10毫克的量在库存内。”

负责人点点头：“是的。”

“我想看一看剩余部分。”杰瑞说道。

金基媛看了一眼冷志峰，没有说话。

冷志峰有些为难：“杰瑞队长，这个恐怕有些不好办。限制级别用品除非是国家情感部直接命令，一般情况下是不允许……”

不知为何，雷鸣总觉得心里一阵阵发慌，隐隐不安正从四面八方缓缓地将他包围起来。他恳切地打断了冷志峰的话：“冷行长，您说的我都明白。要不这样，这个命令我们让轩辕通知情感部长补发过来。”

冷志峰沉吟了一会儿，最终朝库管点点头："你去把剩下的拿出来。"

库管负责人急忙跑进去。

看着他离去的身影，杰瑞奇怪地问道："真奇怪，为什么这里不使用智能库管？"

冷志峰叹息道："智能库管虽然方便，但是有诸多不利。"

"什么不利？"

金基媛奇怪地看着他："太多的工作给了智能产品，而导致很多人长期失业的情况，难道蜗牛队长对这些不清楚吗？"

雷鸣回避着杰瑞的尴尬，他心里明白，杰瑞平日绝不会这么散神，除非许拉拉刚刚做了些什么出格的事情。

正想着，库管负责人神色慌张地匆匆跑出来。由于过分紧张，他的嘴唇变得有些发紫，目光呆滞而又失神。

"怎么了？"冷志峰疑惑地看着他。

"没……没有了。"

"没有了？！是什么意思？"冷志峰顿时紧张起来，浓密的双眉锁成一条线，"你把话说明白。"

"剩余的……限级……10毫克……不见了。"

负责人哆哆嗦嗦刚把话说完，就被狠狠推倒在一边。冷志峰冲进限级物品区，在标明"恐惧信息素"的壁橱内来回寻找，最后怒斥库管："你究竟做了什么？"

金基媛根本不相信库管会出这样的错误："会不会放错位置了？"

"不……不会，我做了20年库管，每一件物品的摆放都有一定的程序和规格，我……不会放错的。"

"那怎么会不见了呢？"冷志峰大声吼道。

"我……我不知道。"

但他知道这是个严重的错误！

看着标明"恐惧信息素"的空荡荡的壁橱，雷鸣的心一直往下沉！

"我需要看一看这3个月以来的录控资料。对了冷行长，心瑞的助理在什么地方？"

冷志峰转过身来，着急上火地对金基媛说，"快，让我们看看人员资料。"

金基媛点点头，轻轻吹了声口哨，一只可爱的红色迷你猴从墙面上蹦下来。

它先抖抖身体，然后径直来到金基媛的身边。

这是一只仿真猴。

当金基媛说出一串数字之后，红色仿真迷你猴从口袋里掏出一个透明的圆球，用力摔在地上，顿时一个巨大的透明圆球出现在大家面前。

“研究院的东西真多，就连自由球这么稀少的东西都有。”看到透明球体内不断生成的数据，杰瑞忍不住赞叹着。

金基媛走到球体前将它转动着，然后说道：“去年底，蓝心瑞的助理因为情洞指数过高被辞退之后，她就再也没有找其他的助理了。”

自打7年前漫步微海岛事件之后，情洞从业人员骤减，很多人在被检测中显示情洞指标过高，不符合重新修订的从业资格标准。

冷志峰抬抬他的金丝眼镜，凑近球体仔细地看了看：“奇怪，为什么这件事情她一直没跟我提过？”

看着透明球体内闪动的数据，雷鸣极力控制着自己迅速升高的体温：“冷行长，麻烦带我去一趟录控资料室。”

冷志峰点点头，带着他们来到录控资料室。

资料图像上显示：一周前，也就是6月25日下午1:00左右，蓝心瑞慌慌张张地跑到库房，并且打开物品区大门，将恐惧信息素全部拿走。

“当时你在哪里？”冷志峰盯着墙面上的值班时间表，向库管员问道，“为什么她会轻而易举地打开物品区大门，大门的密码不是你负责的吗？”

“当时……当时？”库管负责人完全混乱，他满头大汗地站在一边，似乎什么都记不起来了。

杰瑞取出一块电子设备，走到库管身边，那人已经基本瘫软。

“伸出手来。”

“我没有，我什么都没有做。”

杰瑞拉住那人的手，在电子设备上按下之后，带有指纹密码的软体手铐从电子设备另一头被打印出来。

冷志峰脸色有些发白，他喉结上下抖动了几下说道：“我不知道应该如何解释，这件事情我真的没有想到。”

雷鸣没有说话，径直往外走。

雷鸣没想到今天上午的情洞袭击会和蓝心瑞扯上关系。

他设想了无数条理由，试图洗清蓝心瑞的嫌疑，可无论如何都无法抹杀指向她的证据。

和心端生活了这么多年，她的为人自己很清楚，他愿意相信蓝心瑞是清白的。但她现在是最大的嫌疑人。

雷鸣很清楚最大嫌疑人会被如何对待，特别是今天！

“现在有几项供您选择。”皮仔的声音出现在耳机内。

“你说吧。”

皮仔情感计算显示：

A. 焦急——你可以来点甜点或者饮料。

B. 疑虑——你可以将相关问题放进社交圈，寻求解决办法。

C. 正义感——你可以立即对蓝心瑞进行审问。

还有 7 种情感释放方式供您选择。

建议选择 C。

“哼，我选择 C。”

雷鸣知道，当务之急是在蓝心瑞被调查之前，自己先问清楚情况。

“杰瑞，除了这里，还有咱们的武器装备科研组、海洋研究所两个地方都分配到了恐惧信息素。要不你辛苦下，去查查这两个地方的情况，我去一趟医院。”

“很抱歉，蓝姐现在是最大嫌疑人，我必须……”

话未说完，杰瑞的贴身背包就被雷鸣的死光枪射穿了一个洞。

“你要知道，这是我的职责。”杰瑞怒道，“以你现在的行为，我有权将你驱逐出护卫队。”

“保护蓝心瑞是我的职责。”雷鸣用枪指着杰瑞，“她是我老婆，我相信她绝不会做出这样的事情！”

“我不能让你的自私毁了整个任务。”

“我也决不允许这件事毁了我的家庭。”

看到雷鸣几近疯狂的眼神，杰瑞明白，这样的僵持对任何一方都没有好处。而且，在内心深处他也不相信蓝姐会做出这样的事情。

“看在蓝姐的分上，给你半小时时间。”

雷鸣松了一口气，他想说声谢谢，可始终张不开嘴。看着他默默地收回枪支，杰瑞又说道：“刚刚收到消息，6月20日蓝心瑞离开办公大楼之后去向不明。”

“什么意思？”

“有人黑进监控录像，删除了她的行动路线。许拉拉已经汇报了这件事，交通部门正在想办法恢复数据。”

“听着杰瑞，难道你不觉得奇怪吗？为什么蓝心瑞会跑进库房？为什么偷东西不避开所有的监控？我需要毕玉波进入他们的系统，比对确认生物信号。”

杰瑞点点头：“我可以让拉拉试试。”

“多谢。”

离开蓝冰隧道，雷鸣便跳上车，直奔医院而去。

分部内，已经做完一部分工作的许拉拉一直在发呆，她知道杰瑞这次真的生气了，可是自己如何向毕玉波开口呢？毕玉波是自己的上司，如果不同她解释清楚，自己偷看资料的事情一旦被轩辕嘉德知道，肯定会影响到杰瑞。

想到这，她硬着头皮走到毕玉波的工作台，轻身细语地喊了声：“玉波姐。”

毕玉波眼皮都没抬：“什么事？”

“我想去楼上找江美。”

毕玉波停下手中的活儿，看着许拉拉：“也好。不过我希望这是今天最后一次。”

原本以为，毕玉波不会允许自己在高强度工作时间解决个人问题，谁知她这么轻松就答应了。

许拉拉有些失望，刚刚偷看的限级别材料，除了江美身高、容貌、血型、DNA、匹配的情感球号码之外，还提到她是FT董事长的女儿，因为跟父亲关系不好，所以来到中国，取名为江美。7年前，她在漫步微海岛救了76个人，导致重伤转为文职。所有信息并没有显示她和杰瑞之间究竟是什么关系。

许拉拉觉得毕玉波一定知道自己想要的东西，所以她并不急于离开。

毕玉波盯着自己的电脑问道：“又怎么了?”

“玉波姐，我知道刚刚偷看限级别文件不对，谢谢您没有告诉轩辕嘉德。”

“好了，有什么话赶紧说，我这正忙着呢。”

“玉波姐，您是部里集美貌与技术于一身的顶尖高手……”

“行了，废话少说。”毕玉波抬起头，“限级别文件也没找到她和杰瑞的关系，对吗?”

拉拉的脸红了红，点点头：“姐，如果您知道，就告诉我吧。”

毕玉波叹了口气：“你别把事情想得太复杂，实际上很简单。7年前江美差一点死掉，恰好杰瑞的父亲遇到车祸，三个内脏器官全部移植给了江美。你觉得杰瑞应该怎么对她?”

“这样啊。”拉拉没想到真的会这么简单，思索半天她还是有些不放心，“江美这个人也是，不就是用了他爸三个器官嘛，整天跟他爸似的看着杰瑞。”

看着拉拉自言自语，毕玉波心中感叹，如果当年不是蓝心瑞的出现，雷鸣现在的妻子应该是自己。

通信器另一头传出“嘟嘟嘟”无法接听的信号，不祥的预感重重砸向雷鸣心脏，他加大油门，朝着牡丹医院急驰而去。

受伤的老者及其家属、救护人员，以及围观者几乎将这里围得水泄不通，雷鸣只能将车停在医院门外的大街上。

“请问，嘿！请问……”这里的人太多，服务台前的工作人员根本无法理会站在后排的雷鸣。

“嘿，请问！”雷鸣拉住路过的一名智能护士，“请问一个叫雷兜兜的女孩……”

“对不起我不知道。”还不等雷鸣说完，智能护士捧着急救药品匆匆离去。

电话另一头依旧没有人接听，面对混乱的场面，他撕下自己的队徽，再一次挤进前台：“我是情感护卫队员，请问……”

“哦！”值班人员听到这句话，像被电击一样，急忙转身招呼，“请问有什么需要吗？”

“一个小时前有一名叫雷兜兜的孩子来这里，她在几号床位？”

“急诊1237号床位。”

“谢谢。”

雷鸣推开房门，看见1237号床位空荡荡的，问起其他床位的病人或家属，大多数人表情木然。

就在雷鸣一筹莫展的时候，一个童稚的声音在他身边响起：“我看见了。”

一个七八岁、大眼睛忽闪忽闪的男孩蹲在墙角。

“快告诉叔叔。”雷鸣走过去，“你看见她去哪里了？”

“他们一起出去了。”

年轻女人端着一杯热饮出现在门口，她将男孩拉到身边：“那孩子和她母亲好像被几个男人拉走了。”

“被几个男人拉走了？”

“看样子是这样。”女人将男孩抱在怀里说，“你等等。”

女人从口袋里掏出一个存储器：“那母女俩跟他们撕扯的时候，从一个男人身上掉下来的。”

雷鸣来不及道谢，慌忙跑出房间，他将存储盘插入自己腰部的智能系统杀毒，然后在走廊上拦住一名值班警察，耳语一番后，那警察将他带进了监控室。

“陈哥，这是情感护卫队雷鸣先生，好像有人失踪，他想看看监控录像。”

“今天是什么日子？是不是不宜外出？”座位上的一名中年男子烦躁地嚷嚷起来，“在哪个区？”

“急诊1237床，大概……1个小时前。”

“南区。”幸好这人手脚比较麻利，不一会儿就听他说道，“你自己慢慢看吧。”

雷鸣向身后的警察道谢之后，坐在画面前开始寻找。在 40 分钟前的画面上，他看到 4 个男人抱着蓝心瑞和兜兜跑出病房。

“毕玉波，我是雷鸣，心瑞和兜兜被劫持了。12:37 分左右，他们出现在医院北门门口。”

“你等等。”

将近两分钟的等待，让雷鸣几乎窒息。

作为国家科学院情感漏洞研究院的博士生导师、安逸城情感储备银行首席分析师的蓝心瑞，她被劫持绝不是简单的事情！

腰部存储盘的杀毒结束，雷鸣将它插入皮仔后，上面只有一条信息，写着：兜兜必死！

这是什么意思？谁跟自己有仇？

这句话像一道晴天霹雳，将雷鸣打入万丈深渊。他只觉得两腿发软，找了个地方坐下对皮仔说：“快把我接手的所有案件调出来，还有涉及的所有人员名单。”

一大串视频和文字信息立即出现在全息图内。

毕玉波突然从他全息图的 B 窗口跳出来：“追踪系统已经激活，气味追踪蚁正在追踪。”

“为什么不给我卫星支持？”

“正在登录服务器，现在卫星超负荷运转，最少需要 12 分钟，我得重新定位信号到子服务器。”

“太慢了，那交通摄像头呢？”

“现在数据库使我们网络负载太大，而且那辆车进入了星恋路，那条路没有交通摄像头。”

“那没办法了，把追踪信号给我。”

“发送了。”

“玉波，我给你发了对方留下来的信息，还有我办理过的所有案件及涉案人员名单，你抓紧排查一下。”

“收到。”毕玉波在自己的电脑中立即接收到这些，立即排查起来。

雷鸣跳上车，直奔星恋路而去。

气味追踪蚁是气味追踪器的一种，它不需要亲身追踪，只需要传导追踪信息即可。也就是说，从发源地开始，每过一个路段端口，或者是区域，这些蚂蚁都会发出某种信息，更多的蚂蚁就会汇集在信息发出地。

当然，这些可以工作的蚂蚁从出生到工作，要经历融入其他蚁群的过程，在这样的过程中，杀戮是免不了的。

成功融入其他蚁群的气味追踪蚁，将接收更多的功能蚂蚁讯息，传导给这片区域的蚁群组织，以求扩大功能蚂蚁的数量。因此，在这项技术面世之后的短短数月内，整个城市的蚁群中已经混入了相当多的追踪蚂蚁。

穿过数十条街道之后，雷鸣突然发现追踪信号在绕圈。

“玉波，为什么信号在绕圈?”

“我也不清楚。”

“没有道理，从名网路到知齐路，在刚刚的路口右转就可以，为什么要到礼训路掉头？等等，我这里的信号正在减弱。”

“追踪蚁停滞不前了。”

“一定出了问题。”雷鸣猛踩油门，转瞬间便来到功能蚂蚁最后的聚集点——乾坤大桥下面的隧道。

“我到了。”

雷鸣跳下车，路面上聚集着没头没脑、胡乱逃窜的蚂蚁，它们因为突然截断的气息而滞留在此，那被追踪的汽车早已消失在车流之中。

“目前有技术能改变车体气味吗?”

“我查一查。”

“沈勇在吗?”

“雷队，听说您今天可以出勤，我早早等着了。”沈勇乐呵呵地在毕玉波左边工作台上应答着。

“帮我查查车型和厂家。”

“正在查。”毕玉波在全息图内喊了一嗓子，“雷鸣，目前还没有能够瞬间改变车体气味的技术。”

“我查到了雷队。”全息图 B 窗口出现沈勇，“这是岩禁商事 2038，为 New Ocean 专门研制的发动机，高耐寒高耐压。”

“他们的位置?”

“正在使用红外搜索。”毕玉波的声音，“找到了，他们现在正在去往蓝天高速的路上。”

雷鸣急忙跳上车问道：“为什么追踪蚁会混乱？就算隐形，气味也是不变的。”

沈勇将一段卫星视频接入全息图 C 窗口：“那是因为咱们找的车停在自给式货车里。那货车有两条大臂，可以将货物直接搬进车厢。雷队，什么时候给咱队里也弄一辆，这车太省力气了。”

“沈小呆，你就整天做白日梦吧。玉波，追踪信号给我。”

“你等等。”

“怎么了?”

沈勇的全息图从副驾驶跳出来：“雷队，我和你对接。”

“毕玉波呢?”

“她被带走了。”

“为什么?”

“我不知道，轩辕嘉德正在大发雷霆。”

“帮我接通轩辕嘉德。”

此时，轩辕嘉德的画面出现在另一个窗口。

“头儿，毕玉波怎么了?”

“我被交通部告知，6 月 20 号黑入他们系统的代码是我们这里的，更新日志时，吉米（机器人）发现是毕玉波正在删除这边的记录。”

“这不可能，这里面一定有什么误会。”

“雷鸣，请你记住自己现在的任务。”轩辕嘉德怒冲冲地关闭了窗口。

沈勇小心谨慎地在画面中说道：“雷队，信号重新接入。”

“收到。”

副驾驶上重新出现追踪线路全息图，就在雷鸣准备转弯的同时，画面突然间再次中断。

“沈勇!”

“抱歉抱歉，我也不知道什么原因，正在查。”沈勇异常窘迫的脸出现在 B 窗口，对于顶尖级技术员的他来说，这种断线是极其耻辱的。

“离我最近的护卫小组在哪里?”

“是梁浩副队长的水母队，也是您以前的队伍。”

“给我地址，通知他们，我跟他们会合。”

“好，地址给你了。”

一路上，雷鸣脑海中闪现了无数的疑问，皮仔飘浮在车厢内，不断提示雷鸣：“错误情感作出错误判断，错误判断造成错误行为。”

“别啰唆了，我选择，说吧。”

智能情感球提示：

A. 惊骇——你可以躲避。

B. 愤怒——你可以立即进入搏击训练。

C. 困惑——你可以去雪山静坐思考。

D. 急躁——你可以进行近距离搏击训练。

雷鸣一巴掌将它拍到车后座：“我选了。”

“你打了我。”

“你让我选的。”

在雷鸣与梁浩会合时，他们刚刚追踪到释放情洞物质的那辆蓝色面包车，只不过人去车空。

“雷队，车里人已经离开，技术员正在用卫星追查。”

“快给我准备生物芯片。”雷鸣一边说，一边踏进技术外勤车，“另外下载《深度迷宫》。”

梁浩有些丈二和尚摸不着头脑：“请问雷队，那是什么?”

“现实版迷宫游戏。”雷鸣急躁地打开车内急救箱，拿出一个消毒针头，将自己手指刺破。血液滴入试管后，他将试管交与了手下。

“听着，下载的同时，将我的 DNA 数据输入。”雷鸣跟梁浩说完，转身对着出现在全息图上的沈勇，“听见了吗?”

“收到。”沈勇手指噼啪地敲击着键盘。

“我很快就要进入《深度迷宫》游戏，梁浩会把我的脑电波即时传给你，你要跟踪一下追查道路。”

“我需要重新建一个子频道追踪脑电波，你等一下。”沈勇说。

30 秒后，一个银色的微小生物芯片从车载碟机中弹出，雷鸣立即将它嵌入自己的手臂中*。

“游戏准备好了吗?”

“准备好了。”

“问问沈勇的情况。”

“沈勇，我是梁浩，你那边情况怎么样?”

“可以开始了。”

梁浩点点头。

雷鸣立即戴上脑信息分辨装置，很快便进入了游戏。

“沈勇，准备追踪。”

梁浩坐在另一边的电脑旁。

此时，他突然发现雷队胸部正在被一层黄色光晕所包围，那光晕一圈一圈由内及外向外散发。当最淡色泽的光晕掠过梁浩身体时，一种从未有过的压迫感紧紧包围着他，让他无法呼吸，差一点还产生了幻象。

“天哪，这究竟是什么!”梁浩有些惊恐地看着从自己身边掠过的淡黄色光晕逐渐在车厢内消失。

情感护卫队分部审讯室内，毕玉波坚称自己 6 月 20 日的行为并没有问题。

轩辕嘉德恼火地拍着桌子：“你有什么理由这么坚持?”

毕玉波的智能情感球逐渐悬浮，它伸出细细的手臂，张牙舞爪地对轩辕嘉德的智能情感球比画着。

“我不可以说。”

“毕玉波，我警告你，无论如何今天你都要说出来。”

“不管蓝心瑞做了什么，我只是在帮她做另外一件事，跟今天的事情一点关系也没有。”

“那你为什么要黑进交通摄像机，删除蓝心瑞的行踪呢?”

“我自然有原因，但是跟今天的情洞袭击没有关系。”

---

*《深度迷宫》是一款现实版游戏，玩家凭生物代码进入。雷鸣没有把游戏芯片带在身上，因此不得不重新制作一张芯片使用。

轩辕嘉德的智能情感球在房间内暴走，接着向他做出一系列提示，轩辕嘉德愤怒地对毕玉波说：“那好，我不得不起诉你。”

轩辕嘉德怒气冲冲地走进大厅，看到沈勇显示屏上晕染出来的五颜六色、激情四射的画面和整个工作环境格格不入，便怒气冲冲地走过去问道：“你这是在干什么？”

沈勇被他吓了一跳，坐直身体认真回答道：“一款现实版追踪游戏，雷队准备用这个游戏追踪。”

“凭这个游戏？”

“这是一款流行的卫星游戏，与现实场景联系在一起，因此只要兜兜在线上，就可以找到她，我们就能确认正确的位置。”说话间，沈勇已经将雷鸣的脑电波接入地图。

“哦，他还会……会玩这些？”轩辕嘉德的表情有些滑稽，显然他还无法认同雷鸣会有时间玩这种游戏。

“这款游戏将城市设置成迷宫，游戏者靠着智慧和勇气避开设置的障碍。雷队和他的女儿常常玩这个游戏。听说在游戏系统中，他们已经是王级后裔，出现在他们面前的难度会更高，不过我相信，他们一定会找到对方。”

沈勇解释完之后，觉得可能是白搭，因为从轩辕嘉德离去的眼神中可以看出，他一点也没明白。

另一边，雷鸣在游戏内安静地等待着女儿的出现，一分钟，两分钟……五分钟过后，画面右下角突然出现不停闪烁的黄绿色旋涡光芒，雷鸣知道那是女儿正在极速运动的标志。

“他跑了。”沈勇看了一眼画面，游戏中雷鸣正在行动。

梁浩一声令下：“追。”

沈勇立即将雷鸣的脑电波信息切换成路标，并且清晰地传输给司机，得到指示的司机随即加大油门向前方追去。

“传输完毕。”沈勇喊道。

“别靠得太近。”梁浩一边看着沈勇传来的实时定位图，一边叮嘱着司机。

分部大厅内，绚丽的流光从屏幕前晕染出来，轻盈飘荡在沈勇身边，时而像无数条彩带，时而像无数的火焰，缤纷夺目，变幻莫测。

好些年轻人都围绕过来，欣赏着这奇妙的光的世界。

“你们在做什么?”轩辕的助理、脸色一向阴沉的史托尼走过来，“难道你们还有时间玩乐?”

“长官，雷队现在正用这款游戏追踪。”沈勇头也不回、兴奋地盯着画面说道。

“用游戏？可能吗?”

沈勇解释道：“在这游戏里，他们俩的级别都很高。”

史托尼压根儿没有听明白：“那是什么意思？游戏内的级别高，他就能找到自己孩子?”

“是。无论在任何地点，只要上线设置好，均可找到对方的位置。而且，所有与现实相符的道路全部通行。”沈勇嘿嘿笑道，“我也玩过一阵子。”

史托尼弯下腰盯着画面看了一会儿，还是很费解：“可是雷兜兜上线的话，一定是通过卫星定位。这样一来，对方的反追踪系统难道不会发现雷鸣的追踪踪迹吗?”

“不用担心。对方怎么会想到这一款游戏？就算想到了，反追踪游戏卫星又有什么用？这一款游戏除了卫星定位之外，还有个人的生物代码在起作用。除非有人知道雷鸣的生物代码，否则在同时上线的10亿多生物代码中，很难查询。”沈勇呵呵一笑。

对于从未玩过游戏的史托尼来说，沈勇的话无疑是天方夜谭、奇闻怪论，他摊开双手摇摇头，满眼迷惑地向轩辕嘉德办公室走去。

将近半个小时的追踪之后，雷鸣在近郊山区找到了兜兜。

她身体上多处受伤，一只胳臂软软地拖在地上，看样子已经折断。她没有放弃游戏，正趴在地上聚精会神地发送着求救信号，直到看见父亲的游戏角色走到自己身边，她才抬起头来。

“兜兜。”雷鸣将女儿抱在怀里，鼻子一酸，眼泪忍不住流出来。

“我以为你找不到我了，我以为你把我跟丢了……”兜兜确认是父亲后，才放声大哭起来。

“傻瓜，爸爸怎么可能找不到你!”

“可是妈妈……妈妈被他们带走了。”

雷鸣擦了擦她的眼泪：“你妈妈认识他们吗？”

“不认识！我记得妈妈还问了句‘你们是什么人’，后来他们就拉着我和妈妈出来了。”

工作人员将兜兜的话一一记录下来，并且及时打开了同步传输。

梁浩走到雷鸣身边：“雷队，这片地形没有交通摄像，我觉得应该再次启用追踪蚁，毕竟时间刚过去不久。”

“可以。”

“沈勇，我是梁浩，请你激活这一片区域的追踪蚁。”

“追踪蚁？我没有激活权限，你等等。”沈勇转头看着许拉拉，“他们现在要启用山区追踪蚁，我没有权限。嗨，你听见了吗？”

“我正忙着呢。”

“大家都很忙，除了毕玉波，你在这里的权限最高，为什么要拒绝？”沈勇站起来走到许拉拉身边，看到她正在关闭一些窗口。

沈勇警觉地看着她：“你在做什么？”

“我没有必要告诉你。”

“你不会是进入情洞研究中心分析蓝心瑞的视频资料吧？”

“那不是你权限范围需要知道的。”

沈勇站在她身边一动不动：“那好吧，你应该先帮我激活。”

许拉拉无奈，走到沈勇工作台前，将山区的追踪蚁激活。而沈勇趁机打开许拉拉工作台上的界面，上面显示出几年来的交通信号。

沈勇趴在许拉拉工作台上问道：“你在查毕玉波？”

“跟你没关系。”

“怎么没关系，她是我的头儿。”沈勇走向她，“听着，要是敢对玉波姐不利，你自己小心点。”

许拉拉很不满意他的威胁：“别喊得这么亲热，毕玉波认你这个弟弟吗？”

沈勇恼怒道：“许拉拉，你给我记好。你可千万别犯错误，我会死死盯住你的。”

许拉拉没有心思跟他磨嘴皮，她很清楚今天自己多次违规，要不是玉波姐压着，几个小时前自己就被驱离这里了。现在，既然有能力还她人情，为什么不这么做呢？

想到这里，许拉拉疾步走向轩辕嘉德的办公室。

“什么事？”

“蓝心瑞的生物识别还在进行中，不过，毕玉波可能跟今天的事情没有关系。”

说着，许拉拉将分析内容放到水幕全息图上。

“每一年 6 月 20 日的交通摄像，蓝心瑞的行踪都被删除了。我查了一下，7 年前的 6 月 20 日，正是那场大火让吴展德消失的日子。”

轩辕嘉德恍然大悟：“她不是在帮助蓝心瑞，而是担心雷鸣受到伤害。”

许拉拉点点头。

看到许拉拉的智能情感球毫无规律地在地面上乱窜，轩辕嘉德有些奇怪：“你怎么了？还知道什么？”

“没什么。”

“那好，通知审讯室，把视频接过来。”

许拉拉立即打开自己的通信系统。

“等等。既然毕玉波一直在保护雷鸣和蓝心瑞的关系，那我们也不需要多事了。另外，管好自己的感情，别让你的智能情感球像一只落水狗。”

许拉拉再次点点头：“明白。我已经把审讯室信号接过来了。”

轩辕嘉德立即打开水幕全息图：“毕玉波，我们查到这几年的 6 月 20 日，蓝心瑞的行动都被删除了，是不是你做的？”

毕玉波不予理睬。

“7 年前的 6 月 20 日刚好是吴展德失踪的日子，而蓝心瑞是吴展德最得意的弟子，这个事实人人皆知。”

毕玉波还是没有说话。

轩辕嘉德站起身：“毕玉波，如果你不说话，我就必须让雷鸣知道这件事。”

毕玉波猛然抬起头：“请你不要把这件事说出去。”

轩辕微微一笑：“我知道。你现在可以出来了。”

“真的吗？”

“当然，你也可以选择在里面多待 10 分钟。”

〈 移花接木

兜兜很快被送进医院，除了 10 多处皮外伤之外，腿部和上肢各有 3 处骨折。就在雷鸣打算离开的时候，兜兜突然坐起来："爸爸，我想跟你在一起。"

雷鸣鼻子一酸，眼泪差一点掉下来。他抱住兜兜疼爱地说："爸爸留下几名叔叔照看你，别害怕。爸爸还要把妈妈找回来。"

此时，两人的智能情感球皮仔和闪电也轻轻依偎在一起。

"不，我就想和你在一起。"

雷鸣实在有些为难，分部的医疗条件哪里能赶上医院？再说，大家都忙于工作，哪里会有人专门照顾兜兜呢？

他亲吻着兜兜的脑门，温柔地安慰道："等爸爸找到妈妈后，我们带你一起回家。"

"不，我就不要在医院。"兜兜倔强、气恼地看着父亲，同时她的眼睛里忽忽悠悠散发出一缕缕钻石般的光芒。

雷鸣耳边仿佛听到一个奇怪的声音："带她走，别让她一个人在医院。带她走，让她跟着你。"

这声音有些像兜兜的，有些像自己的，又如同重复播放的音乐盒，缓缓而有节奏地重复着。雷鸣开始有些模糊了，对女儿不舍的感情也越来越浓，越来越重。

这份浓烈得快要崩裂的情感使他最终决定将兜兜带回分部，并安排值班护士宁文子亲自照看。而后雷鸣才匆忙回到大厅。

从兜兜身边离开，雷鸣着实轻松了很多，一直压抑在心头的那个梦魇一般的声音，立即消失得无影无踪。

他自嘲地笑了笑，重新整理思绪回到案件之中。

回忆起追击的过程，有件事情一直让他闷闷不乐：在追击过程中，除非对方得到信息，知道有气味追踪蚁，否则绝对不会在逃离的过程中毫无目的地绕行。

其次，突然中断的视频信号，是因为沈勇的技术不佳，还是因为有人故意干扰?

再次，对方似乎能看透自己和兜兜之间的联系，才不得不中途放弃兜兜。从兜兜的伤势看，她是被扔下车的。这说明对方是突然得到信息，惊慌中将兜兜扔出车外的。

雷鸣想进主机室看看，但自己没有权限，而且吉米那个门神会随时查看进入服务器的人。

就在他徘徊于大厅和走廊之间，寻找着目标的时候，忽然发现毕玉波从审讯室方向走出来。他急忙迎过去。

“毕玉波。”

“雷鸣。”

雷鸣关切地看着她：“刚刚怎么回事？你为什么被带到审讯室?”

“没什么。哦，我查了你所有的案件和涉案人员名单，大部分人都被关押在安795C星球的监狱，只有两个已经出狱回来。”

“那两人在哪里?”

“我调看了他们回来后的所有监控录像、网络来往资料，他们和梁浩抓到的人从来没有接触过。”

雷鸣疑惑不解地看着她：“你确定?”

“确定。而且根据所有资料得出的系统分析结果显示，想取兜兜性命的，绝对不是这两个人。”看到他神情异样，毕玉波慌忙安慰道，“你也不用这么着急，兜兜已经救回来了，不是吗?”

“是的。”雷鸣轻轻咳了两声。

毕玉波敏感地看着他：“还有什么事吗?”

雷鸣凑近毕玉波耳边低语道："我需要你的权限进入主服务器。"

"你要做什么？"

"我怀疑这里有问题。"

"什么问题？"

面对毕玉波不断冒出的疑问，雷鸣有些不悦："你帮不帮忙？"

"雷鸣，我刚刚从审讯室出来，轩辕嘉德肯定把我看得很紧。"

"那你跟我过来一下。"

看着高速飞转的皮仔，毕玉波吃惊地问道："天哪雷鸣，你究竟在想什么？看看你的皮仔，它快转晕了。"

"跟我来。"

毕玉波深吸一口气，紧跟着雷鸣来到回廊无人处。

"对不起玉波，我不确定这件事情是否真的如我猜测，又不愿意把你拖下水，所以……"

话音未落，雷鸣伸手猛地勒住毕玉波的脖子。没一会儿，她就晕了过去。雷鸣拿着她的权限悄悄走进 8 号主机室，借着昏暗灯光，将毕玉波的密匙插入，很快便查到一些讯息：他的个人信号性能下降 9%，这说明有人侵入安全子网，占用了他的通信宽带。

而这个人还在 37 号技术分析工作台上！

"雷鸣，你为什么用毕玉波的权限？"智能机器人吉米一蹦一跳地出现在他面前，盯着他看了两眼之后，立即发出刺耳的声音，"警报警报，安全漏洞，代码 20。"

15 秒钟后，15 名保安便将雷鸣牢牢控制住。

分部大厅内并没有什么变化，这里有着忙碌有序的节奏，认真勤恳的态度，以及在某些人中飘荡的情愫……一切都显得那么平静！

可有人知道，在这平静下面，穿梭着一些不可告人的秘密。

再看 37 号工作台上的人，总是给人一种亲近感。这种亲近感，是隐藏罪恶的最好面具。它容易让人放松戒备，容易不知不觉地深入核心，更容易以迅雷不及掩耳之势将对方击倒。

被保安押送路过大厅的雷鸣不由得一阵恶心！

"你在做什么，雷鸣？为什么袭击毕玉波？为什么要侵入主服务器？"轩辕嘉德一边发火，一边关掉拾音器。

雷鸣笑了笑："看来你也有所怀疑。"

"你至少违反了 70 条规定。"

"很抱歉。"

轩辕嘉德走到他身边："你什么时候发现问题的？"

"兜兜的伤势被确定之后。"雷鸣伸出手指，"有 3 点值得怀疑：第一，他们忽然间毫无目的地转圈，似乎在等什么人，或者在思考什么办法；第二，突然中断的视频信号；第三，为什么惊慌失措地将一个孩子扔下车？而那时，我和兜兜正在游戏之中。这一点，除了分部的人，没有人会知道。"

"对于你女儿的事情我很难过。追踪蚁对指令性气味的追踪太依赖，刚刚我和城市护卫研究室主任通完电话，他说这是研究过程中就已经发现的不足之处。"轩辕嘉德坐下来，"另外，我已经让史托尼去查这件事情。"

"我已经查到了，有人在安全子网内侵入我的通信。"

"他是谁？"轩辕嘉德刚想继续追问，史托尼的图像从全息图内跳出来，"稍等。你进来吧。"

门打开了，史托尼走进来。

"发现了什么？"

"有人将气味追踪蚁的追踪信号图利用儿童急救卫星发送出去。而且，这人还占用了雷队的通信宽带。"

"是谁？"

"许拉拉。"

"是她？"轩辕嘉德疑惑地看向雷鸣，雷鸣点点头。

"追踪信号，查一查谁接收了数据。"

"很难。"史托尼摇了摇头，"对方地址被特殊无穷维矩阵屏蔽，计算起来会花很长时间。"

轩辕站起身："去准备一下，我要亲自问一问。"

史托尼转身出门，轩辕嘉德抬起手："等等，告诉毕玉波，这件事暂时不用公告。"

雷鸣赞同这个做法，他也无法想象杰瑞听到这消息会变成什么样。同时，另一些疑问在他心里浮现出来：绑架者如果不是针对自己，为什么扬言兜兜必死？如果兜兜必死，为什么绑架者在收到内部信息后不杀了她，反而将她扔出车外呢？还有，他们继续劫持蓝心瑞，又是什么意思？

这一切对于大多数工作人员来说太突然，在默默地看着许拉拉被押走之后，七嘴八舌的悄声议论像瘟疫一样迅速蔓延开。

而对于这一切，还在出外勤的杰瑞并不知情。

雷鸣走到毕玉波的工作台前："玉波，你还好吧？"

"你差一点勒死我。"

"很抱歉，我不想拖累你。"

"你简直疯了，难道你的智能情感球是一堆废铁吗？"

听到这句话，皮仔全身呈现灰色，委屈地飘到毕玉波面前："他打过我。"

"什么？"毕玉波简直无法理解，"智能情感球的神经系统是利用蛋白大分子与工业的杂交技术，按每个人脑神经元蛋白定制而成的。它们跟我们相依相存，你怎么能动手打它？"

雷鸣确实有些后悔，他轻轻捧起皮仔："很抱歉，我不该动手。"

虽然听见了他在道歉，可是毕玉波还是无法原谅雷鸣的行为。在她看来，这就是对自己的背叛。一个人既然连自己都可以背叛，又如何取信于别人呢？想到这里，毕玉波颇为恼火地说道："别站在这里了，我还有事呢。"

雷鸣知道毕玉波的感受，他尴尬地说："轩辕嘉德让我转告你，许拉拉这件事暂时不要放在公告里。"

"我明白。杰瑞要是知道，肯定要发疯了。"

雷鸣想了想，又问道："情洞研究中心的事情，现在你在跟进吗？有没有什么发现？"

"他们的镜像服务器被篡改，主服务器被删除的内容大于200兆，我找了个未经许可的应用程序，应该比较好用，只是检测生物信号还需要等一等。"

"谢谢。"

"雷鸣，"毕玉波叫住了他，"这件事很奇怪。一定是有人告诉了蓝心瑞什么事情，她才会急匆匆地赶去库房。你看见没有，手臂、肤色、体重匹配程度才20%，也就是说有人穿了蓝心瑞的衣服，进去把东西拿走了。这么明显的失误，为什么会存在？”

雷鸣摇摇头，没有说话。

“实际上，那么大的信号，如果他们在主服务器上覆盖，我们根本恢复不了。可他们选择了删除，他们知道我们可以恢复，只是需要时间。这是他们拖延时间的一个办法，他们究竟想做什么？”

“我也不清楚，也许这是个圈套。”雷鸣抬起头，“你尽快将信号恢复。”

雷鸣离开毕玉波后，皮仔飘到他面前：“我们需要谈一谈。”

“谈什么？”

“你的问题。”

“我的什么问题？”

“你的情感问题。”

“我的情感选择完全按照你的建议，这有什么不对吗？”

“你的选择没有什么不对，只是我这里匹配指数上下波动得很厉害。”

“情感选择与匹配指数应该是你的问题。”

皮仔顿了顿：“那好吧，既然你没有问题，那我也没有问题。如果是因为今天情洞袭击造成的损伤，你一定要带我去维修。”

“当然。”

“还有，你必须对我做出诚恳的道歉。”

“好的。”雷鸣站直了身体，“我真诚地对动手打你这件事表示歉意，如果你觉得这还不够，我建议你可以用脑袋撞墙。”

“道歉真实度检测，现在你只达到80%，我马马虎虎接受了。不过对于你的建议我希望修改一下，把撞墙换成撞你的脑袋，看看谁的脑袋硬。”

雷鸣被逗乐了，他抱起皮仔亲吻了一下：“你还真不傻啊。”

对许拉拉的审讯在10分钟后开始。

作为情感护卫中心的负责人，轩辕嘉德绝对不允许在自己工作环境内出现这样龌龊的事情。他慢慢拖动椅子走向审讯桌，室内顿时炸起一阵尖锐刺耳的声响。他毫不在意，坐到许拉拉面前一言不发。

许久，许拉拉抬起红肿的双眼："我不明白。"

轩辕脸上闪过冷冰冰的嘲笑："我以为你会明白，至少在你非法占用通信宽带的时候，会想到有这样一个后果，看来你不是一只成熟的蝴蝶。"

"我偷听电话没有恶意。"许拉拉没有抬头，泉涌般的泪水再一次浸湿了衣衫。

"这就是你的理由？一个觉得自己是天才的理由？"

"我没觉得自己是天才。"

"那你为什么把我当白痴？"轩辕嘉德一把捏住她的手腕，"只要你能说出是谁让你这么做的，看在杰瑞的分上，我可以在法庭上帮你说说好话。"

"我只是不相信雷鸣。"

"为什么？"

许拉拉忍着手腕被捏得生疼，说道："为了加入护卫组，雷鸣早上要挟过我。"

监听室内，热能检测的阴性线条正在逐渐上升、脑波平稳——这说明她并没有说谎。

雷鸣的心情顿时放松了许多，至少他在意的人不是内奸。

不过，另一方面他却忧心忡忡起来，假如不是她，那么隐藏的人是谁？究竟藏在哪里？

"叫雷鸣进来。"轩辕嘉德在屋内大喊了一嗓子。

雷鸣急忙推门进去。

轩辕摊开双手："你怎么解释？"

"她说的没错。"

轩辕冷哼着："6 年时间，59 次申请，审批周期平均 37.14 天，还不如你几个小时的效率。"

雷鸣嘿嘿一笑："这充分说明，自己的事情不能靠别人。"

"出去。"

赶走雷鸣，轩辕嘉德将一摞资料扔到许拉拉面前："将气味追踪蚁的追踪信号图利用儿童急救卫星发送出去，这一点你怎么解释？"

拉拉吃惊地摇着头："我没有，我没有做过这种事情。"

"我允许你再好好想想。"

"你仔细看看监测数据，就应该知道我说的是实话。"

“这件事很简单，只要你说出是谁在接收数据，我就会立即从这间屋子里消失。”

许拉拉愤懑地看着他：“这本就是件很简单的事，以毕玉波的能力，她完全可以查到接收地址，为什么你要折磨我呢?”

“我可以再忍耐你一句话，想好了再说。”

看着轩辕的眼神，许拉拉忍不住打了几个寒噤，她很清楚自己即将面对的是什么，只是没想到仅有一句话的时间。

拖延，拖延到杰瑞赶来，这是唯一的办法。

对于这一点，轩辕同样看得很清楚。他朝外面招了招手，一个高大魁梧的男人走了进来。

一看见这个男人，许拉拉脸色陡变，浑身战栗，她嘶叫着：“你不能这么对我，那不是我做的。”

看到她梨花带雨的模样，轩辕说：“我可以给你最后一次机会。”

许拉拉抬起头：“我真的没有做过那件事。”

“你分明在撒谎。”

“她绝对没有撒谎!”一个怒气冲冲的声音从门外传进来，“开门，给我开门!”

是杰瑞·福特!

他刚刚得到这个消息，就急匆匆地赶来了。

“早上被雷鸣威胁的事情已经过去。”杰瑞脸色苍白地看着审讯室，“她不可能因为报复向别人透露追踪信号。”

“看起来，你早就知道这一切呀!”史托尼阴阳怪气地说，“你早就知道，却瞒而不报，难道你和她串谋?”

杰瑞一把揪住史托尼的衣领：“你再胡说，小心我掐断你的脖子!”

“你不用对我这么凶，你敢让我们测试她的智能情感球吗?”

“嘭”的一拳，史托尼被打倒。

“别这样。”雷鸣急忙拉住他，转而厌恶地看着史托尼，“我想你应该知道，对智能情感球测试审讯，罪行必须在6级以上。难道你没看见墙壁上的罪行检测报告吗?”

史托尼顺着墙挪到另一边，胆怯而又恶毒地看了他们一眼，故作镇定地把自己衣服拉整齐。

杰瑞突然拔出枪对着技术员："开门，把门打开！"

"杰瑞，你冷静点。"雷鸣拔出自己的枪对着他，"从生物测试结果上看，她丝毫没有说谎。如果她被人陷害，轩辕只是想刺激她的记忆。"

"我不管，开门！"

杰瑞的枪紧紧顶住了技术员的太阳穴，"嘎巴"一声，审讯室的门开了。杰瑞冲进去，一把搂住许拉拉。

轩辕怒道："杰瑞，你在做什么！"

"头儿，"杰瑞祈求地看着他，"你明知道她没有撒谎，何必用这种办法呢？让我来问吧，也许她还能想起什么。"

"等等。"医务室的宁文子分析员走进来，手里拿着一杯水，"这是许拉拉的水杯，分析结果，里面有情感缓冲剂。"

"什么？"杰瑞脸色发青，他冲到宁文子面前吼道，"你是不是弄错了？"

"杰瑞先生，请你对自己的言语负责。"宁文子不客气地回敬道。

雷鸣也绝没有想到竟然出现这样的事情，许拉拉居然给自己喝下了情感缓冲剂！

一杯情感缓冲剂，可以让人的情绪处于平缓状态。因此，血流测速仪和脑波测试都显示处于平稳状态。

虽然很吃惊，但雷鸣心里如释重负一般轻松了很多。

他很清楚，只要内鬼确定下来，所有的事情很快就会真相大白，这也为继续解救蓝心瑞铺平了道路。

雷鸣很高兴，虽然他痛恨自己有这样的想法，这种对杰瑞情感上的背叛，让他有些不安，甚至有些负罪感。

可又能如何！

杰瑞僵直在一边，散乱的眼神让雷鸣觉得难受。

此时，他实在不知道该说些什么，智能情感球皮仔远远地看着杰瑞，给雷鸣做出了一些提示。

雷鸣觉得很累，他站在墙角低语道："你别说了，让我休息下。"

皮仔在他面前飘来飘去："那我替你选择安慰。"

"废话，怎么安慰？"

“很简单，你走过去告诉他，事情一定会弄清楚的。”

“你去歇一会儿吧。”

还是轩辕嘉德打破了僵局：“文子，谢谢你。”

宁文子点点头。

领会到轩辕嘉德希望继续审讯的意思，杰瑞拦住他：“我想，我比你更了解她，请你给我一次机会。”

雷鸣拍拍轩辕嘉德的肩头，两人默默地离开了审讯室。

宁文子拿着水杯跟在他们身后。

轩辕奇怪地看着她：“还有什么事吗？”

“我想让雷队来看下兜兜。”

“兜兜怎么了？”

“我看见她大臂上有个明显的牙印，很奇怪。”

听说兜兜有问题，雷鸣心里一阵发慌，他急忙跟着宁文子向医务室走去。

分部阴暗的角落里，传出一阵轻声对话：“事情搞定，找了个替死鬼。”

“哦，这样就好。尽快办好，钱不会少给你。”

“哼哼，最好是，否则你也不会好过。”虽然压抑着，可是不难听出是谁。他挂上电话迅速向四周掠过几眼，然后幽灵般消失在灯光昏暗的走廊中。

〈极限疑惑

雷鸣跟着宁文子走回大厅，毕玉波立即迎过去："拉拉怎么样?"

"不清楚，杰瑞在里面。"

"说实话，我并不喜欢拉拉，不过如果把她和劫持蓝心瑞联系起来，我也决不相信。"

"对于这一点，我丝毫没有兴趣。"雷鸣扔下这句话，和宁文子一起离开了。

毕玉波愣了一下，很快明白过来，使劲敲敲脑袋："我真笨！现在他怎么会在乎她?"

不过，无论雷鸣的态度如何，毕玉波都不允许自己有一丝一毫的疑问。她知道，许拉拉为了和杰瑞在一起，为了和楼上的江美竞争，为了杰瑞不被雷鸣威胁，今天上午差点要删除自己部分记忆。

许拉拉一直很努力。

毕玉波相信许拉拉窃听雷鸣的理由是因为不信任，是想抓住雷鸣的把柄以备后患，虽然这种做法很愚蠢。

但是，这和利用儿童急救卫星送出气味追踪蚁的追踪信号图相比，是两个性质。

看到毕玉波坐到许拉拉电脑前，沈勇急忙凑过来喊了一句："玉波姐。"

“你有事吗？”

“没有。”沈勇吃瘪，智能情感球的颜色变得红一块白一块。

“有什么事你说吧。”

沈勇清了清嗓子说道：“刚刚，拉拉发现你是被冤枉的，可她没有及时通报，我狠狠地教训了她一顿。”

“就你？”

“没错，就是我。”

“谢谢。”

虽然毕玉波头都没抬，沈勇还是很开心：“别这么客气，需要我，就招呼一声。”

毕玉波没接茬，此时她在拉拉电脑中发现了一些代码假象，还有一组奇怪的环形矩阵。毕玉波心里怦怦乱跳，她很清楚这绝非正常现象。

在跟踪非法入侵路径之后，她发现了一条异地登录的代码，时间是中午12:20。回忆那个时候许拉拉正在去吃午饭的路上，哪里有时间异地登录？

只有两种可能：第一，许拉拉自己把电脑的密钥给了别人，他们异地登录发送消息。

不过，毕玉波立即否认了这个想法。

第二，有人盗取了许拉拉的密钥，刚巧在她午饭离开座位的时候，将消息通过她的电脑传出去。这样，真正的内鬼便得以隐藏下来。

想到这个问题，毕玉波立即觉得有一股寒意从背后升起，涔涔的汗水顺着脊梁骨浸湿了衣衫。

医务室内，兜兜远远看见雷鸣走过来，她甜甜地喊了声：“爸爸。”

看到她安然无恙，雷鸣悬着的一颗心总算放下来。他快步走到兜兜身边，轻轻抚摸着她柔软的头发：“别乱动。”

“你看，在这里。”宁文子指着兜兜右臂上方，那里有一块明显的咬痕。

雷鸣坐到病床上，柔声问道：“兜兜，还记得是谁咬的你吗？”

兜兜摇摇头：“不记得了。”

雷鸣心里明白，在被劫持的时间内，孩子精神一直处于高度紧张状态，即使被咬一口，疼痛达不到一定强度，痛觉也很容易被忽略掉。

“你跟我到这边来一下。”

“兜兜，好好在这里躺着，爸爸工作完就回来看你。”

“爸爸，你一定要抓住那帮坏人。”

“一定。”雷鸣在兜兜脸上亲吻了一下，转身走进宁文子办公室。

“我对比了齿印记录。”文子将图像调出来，“是蓝心瑞。”

看着眼神直愣的雷鸣，文子又提醒道：“你没有什么要说的吗?”

雷鸣下意识地摸了摸自己的手背。一周前的晚上，他想知道蓝心瑞这3个月以来究竟在研究什么，于是偷看她的电脑，结果被发现，还被她狠狠地咬了一口。

3个月以来，在吴展德的问题上，蓝心瑞对自己不是争吵，就是沉默。雷鸣曾一度以为自己和蓝心瑞正在经历7年之痒的倦怠期，原本他还打算申请半年的家庭生活协助，现在看来事情似乎并不是自己想象的那样。

蓝心瑞在兜兜手臂上留下的齿痕，就是想告诉自己一件事。而这件事跟她这3个月以来的古怪行为及今天母女被劫持都有密切关系。

想到这，雷鸣转身就跑。

看着他心急火燎的背影，宁文子忍不住喊道：“你去哪儿？告诉你，这件事我已经写进虐待儿童的报告里了。”

车，被启动了浮游系统，风驰电掣地穿梭在楼宇中，5分钟之内抵达目的地。

雷鸣冲进房间，打开蓝心瑞的电脑，同时接通毕玉波：“玉波，你连接下我这里的电脑，接入码是凤凰大街-732号-蓝心瑞001793。”

“FJ-732-LXR001793，收到。”毕玉波的声音出现在耳机内。

雷鸣朝着皮仔招招手：“你过来。”

“我知道，你要在书籍、包裹、存储盘等地方找一些东西。只不过，你也不知道要找的是什么，所以我现在接入房屋智能卡看一看。”

皮仔说着，飘飘忽忽向其他房间飞去。

毕玉波打开即时全息图：“雷鸣，你究竟要找什么呀?”

“跟吴展德有关联的东西。”

“吴展德?”

“或者……其他。”

“其他?”毕玉波诧异地看着雷鸣，“那好吧。”

“我发现了。”

皮仔在书房内发出刺耳的尖叫声，雷鸣急忙走过去，在书橱的保险箱内，他找到了那封来自 7 年前的信，还有一个黄色存储盘。

看完信之后，雷鸣急忙拨通毕玉波：“玉波，断线，赶快和这台电脑断线。”

“断……断了。又是怎么了?”

雷鸣说着向自己的车冲过去：“我回去跟你说。”

“哎哟!”……

慌乱中，他撞倒了一名男子，还不等说声抱歉，一辆黑色飞行摩托擦着两人疾驰而过。

“包，我的包!”

光天化日居然敢抢劫!

这是雷鸣出生以来头一回遇到，虽然惊异，可不得不放弃对黑色飞行摩托的追捕。他一边通知毕玉波报警，一边将男人扶起来：“我已经帮你报警了，两分钟后就会有人来处理这件事。很抱歉，我有急事必须先走一步。”

看着男人失神的双目，雷鸣也不知该如何劝慰，他拍了拍这个男人的肩膀，然后发动车辆绝尘而去。

只是，听到那男人阵阵绝望的号叫声，让雷鸣心里直发毛。

看到雷鸣走进来，毕玉波急忙起身问道：“究竟怎么回事?”

“这封信是 7 年前吴展德写给蓝心瑞的，3 个月前刚刚寄来。这个黄色存储盘里应该有一段代码。”

“是吴展德寄回来的?”

雷鸣摇摇头：“这东西是一个孩子在漫步微海岛挖出，然后寄过来的。上面写得很清楚，黄色存储盘内的代码必须在无网络条件下才能显示。”

“难道这是一段病毒代码?”

“不知道。”

“交给我吧，刚好主机室有一台废弃的电脑可以看。”毕玉波拿着黄色存储盘匆忙离开。

看着两人神秘地窃窃私语后毕玉波又匆忙离开，沈勇探过身来：“雷队，你不能太偏心吧？有什么消息不能只照顾玉波姐一个人。”

雷鸣走到他身边：“这里有句话需要做沉海系统*。”

“什么话？”

雷鸣对着信件念道：“我以为我做出了选择，其实不是。”

“什么？‘我以为我做出了选择，其实不是’？”

“没错，对比人蓝心瑞。”

“收到。”看着雷鸣离开，沈勇嘟囔了一句，“简直就是一句废话。”

皮仔扭头对他做了个鬼脸。

雷鸣推开办公室的大门，水幕全息图刚刚落下。看见他走进来，轩辕嘉德气急败坏地吼道：“你去哪儿了？为什么还撞死一个人？”

“什么？”

“宣传部长刚刚和我通完话，说有市民看见你撞死一个男人后扬长而去。”

“我哪有？”雷鸣无奈地解释道，“刚刚我回家一趟，出门时身体撞到一个男人。后来，他背包被人抢走，然后我就报警，之后就回来了。”

“是，你的确报了警，而且交警队也确认那个男人在你走之后自杀了。”

“自杀？”

“是的。”

“他自杀跟我有什么关系？又不是我抢走他的背包。”

“现在的问题不在这里。发布消息的这个人，是智能情感球狂热的反对者。自杀的人叫陈松，跟他同一个立场。”轩辕嘉德瞪着牛铃般的眼睛，“所以，这个人满世界宣扬，情感护卫队员故意撞死了反对者。”

“哦……怪不得当时没看见他的情感球。”雷鸣挠挠脑袋，心想坏了！

“不用我多说，你应该很清楚自己现在该做什么。”看着他低头不语，轩辕问道，“你找我什么事？”

雷鸣掏出从家里找出来的信件放到桌上：“这是7年前吴展德写给蓝心瑞的信，你看看，我这就去查查陈松。”

---

* 沉海系统，指利用电脑交叉比对20年之内的所有信息。

拿着那封信，轩辕嘉德显然很吃惊：“这是3个月前寄来的?”

“是的。”

“这么看来，那句‘兜兜必死’只是虚晃一枪，他们的首要目标是蓝心瑞。”

“目前只能这么理解。”雷鸣点点头，“我已经把这件事交代下去，有新的发现会通知我们。”

说着，他转身离去。

轩辕嘉德思忖数秒：“你等等。”

雷鸣停住脚步，只听轩辕嘉德重新掀开水幕全息图说道：“自杀的人叫陈松，人工风暴层设计者之一，也是风暴层初级授权者，供职于国家星球局。”

“哦，这是防止太阳狂飙的‘后羿射日’工程。”一听到人工风暴层，雷鸣肃然起敬，“太阳风暴所含的高能X射线、伽马射线以及带电粒子构成的巨大脉冲，有可能摧毁所有围绕地球运转的人造天体。为了保护它们，世界顶尖科学家研制出人工风暴层，安置在距离地球30万公里处。”

轩辕嘉德点点头：“风暴层所产生的超强磁场与太阳风相遇，会形成弓形激波，降低带电粒子速度。”

雷鸣：“这么看来，他被抢走的背包里应该有很重要的东西。”

“如果我猜测得没错，应该是启动风暴层的初级密码。听说风暴层有三层密码，由各国共同推选的科学家协同掌管，人员每两年更换一次。在‘射日’的队伍里，能够获得卫星授权者寥寥无几，而陈松是其中最年轻的一位。”

“那我现在就过去看看。”

“我已经通知了史托尼，他和你一起去。”

雷鸣和史托尼很快到达国家星球局。

他们对陈松办公室内进行了一番常规搜索，并没有发现任何异常。而史托尼在陈松的电子设备中也是一无所获，这让雷鸣非常失望。

“任何被删除、粉碎、加密或隐藏的文件都没有吗?”

雷鸣不喜欢史托尼阴沉的目光。

听说，他是和轩辕嘉德一起过来的，无论什么时候，似乎都受到一种特别的优待，就连权限级别也比普通分析员高，至少他可以随意查看4级以上的资料。

“我可以再试一试。”史托尼冷淡地回应了一句，继续趴在电脑前。

“顺便将资料传给毕玉波。”

“可以。”

一阵急促的脚步声打断了雷鸣的闷气。

星球局副局长走进来，和雷鸣寒暄几句之后，把他请到外面走廊，低语道：“刚刚确认了尸体，确实是陈松。”

雷鸣点点头。

“现在问题很严重。”副局长看了看四周，将一张纸条递给雷鸣。

雷鸣打开一看，上面写着：初级密码已丢失。

“能确认？”

“是的。”副局长从口袋里掏出一块红色显示屏，“初级密码一直被放置在里面这个房间，陈松带着的只是房间钥匙，半个小时前房间门被打开。”

雷鸣将显示屏拿在手里：房间内很整洁，没有任何打斗的痕迹，只是流光台的盒盖被打开了。

“流光台的盒子里装着初级密码，监控显示被一名男子取得了。”

“这个人在哪里？”

“跟我来。”

副局长带着他走向一间屋子。远远地，雷鸣就听见极其诡异的笑声。他急忙跑过去，可惜晚了一步，这个男人突然脑浆迸裂。

“哦，天哪！这……”副局长几乎晕厥过去。

“别紧张，他脑部一定被注入过纳米武器，有人启动了它。”

副局长靠着墙壁：“我明白，狂笑造成了他脑部压力增大，给纳米武器引爆提供了必要的条件。”

雷鸣一边点头，一边将这里的信息传给毕玉波。

此时，史托尼已经恢复了一些删除文件，其中两条信息引起了雷鸣的注意。

第一条信息是陈松的日记。从断断续续的文字中可以看出，自从母亲去世之后，陈松一直情绪低沉，后来他参加了“向天笑”情洞俱乐部，而介绍人是金基媛。

看到金基媛三个字，雷鸣心里翻起了一层浪花，至于这层浪花中究竟有哪些泡沫，在他心里还是个未知数。

第二条信息，为了探究带电粒子流可被搜集的行为方式，陈松邀请了中、高级密码授权者乔恩·库柏和大卫，参加 7 月 2 日举行的小型研究会议。

“局长，明天小型会议的地点定在哪里?”

“小型会议？你在说什么?”

“难道你不知道?”雷鸣奇怪地看着他，指着电脑中的邀请函，“您看看。”

看完后，副局长脸色发白：“我从来没有得到过这样的消息！如果说有高端研究者的小型会议，那我应该是第一个知道的。”

雷鸣做梦都没想到，会得到这样的答案!

“他会不会通知了其他负责人?”雷鸣还不死心。

“绝对不会!”副局长肯定地说，并且在全息图中打开自己的工作计划表，“所有国际性会议必须经过我的批准，才能得到会议经费拨款，明天绝对没有这样的会议。”

雷鸣有些傻眼：陈松发邀请函召开会议竟然是假的!

他为什么要这么做?

今天的自杀和虚假会议有没有关系?

他知道有人要对人工风暴层的密钥动手吗?

他在隐瞒什么?

一连串的问题让雷鸣有些发蒙，他急忙在全息图上将轩辕点开，单独汇报这件事。

“你在说什么？他邀请参加的会议是假的?”

“是的。现在已经确定。”

轩辕嘉德愤愤地喊道：“太好了，这真是个令人遗憾的谎言!”

“我需要插一句。”毕玉波急吼吼地从另一个窗口跳出来，“根据信息汇总，现在可以确定，抢劫陈松的人就是在星球局死亡的男人。”

“他死了？怎么死的?”

“我刚把简报给您发过去。”

“收到了。”轩辕将简报从水幕全息图上拿下来，“雷鸣，让星球局的人联系一下其他两位授权者，务必要……”

“轩辕部长。”沈勇突然从C窗口蹦出来，打断了他的话。

“什么事？”

“刚刚查到的信息，乔恩·库柏的飞机将在40分钟后到达塔塔国际机场。”

轩辕打开外勤人员位置：“梁浩好像在塔塔机场附近，通知他赶过去。另外，你的简报为什么还没有给我？”

沈勇转了转眼珠：“详细简报等您来我的工作台再说吧。”

说完，他急忙将C窗口关闭。

看到沈勇躲躲藏藏的眼神，轩辕明白肯定有些难以解决的问题在等着自己，他不由得心急起来，对雷鸣问道：“除了假会议，还有什么发现吗？”

“陈松日记显示，他曾经参加过‘向天笑’情洞俱乐部，而介绍人是金基媛。”

“那好，你去问问金基媛。”轩辕嘉德没好气地扔下这句话，就匆匆赶去了沈勇的工作台。

雷鸣关掉全息图正准备离开，发现副局长摇摇欲坠的样子，急忙将他搀扶住：“不要太紧张，我们会把事情弄清楚的。”

“不，你不明白。”副局长擦了擦额头的冷汗，“密码每天更换一次，就算没有原始密码也可以重置。但是……”

“但是怎么了？”

“但是，如果刻意抢夺三级密码，人工风暴层会被别人控制。”

雷鸣有些迷糊：“我以为，人工风暴层就是为了抵御太阳风暴带来的伤害，难道还有别的用途吗？”

副局长摇摇头：“超磁场除了降低太阳风暴能量之外，还有可能会引起自身的磁暴。”

等了好一会儿，也没有听到下文，雷鸣还以为自己突然失聪了。他忍耐着性子继续问道：“您说的这些，跟怀疑有人掌控人工风暴层有什么关联吗？”

副局长奇怪地看了他一眼：“难道你不知道那些智能情感球的反对者，一直企图破坏人造天体吗？现在是最好的机会。”

“我还是不明白，为什么现在是最好的机会。”

副局长有些恼火地看着雷鸣：“如果没有三级密码，智能机器重新获得密码的时间最短也要一天。而根据气象局国家空间监测预警中心的数据，15小时后，

K11 级的超强太阳风暴将袭击地球，而且根据目前的计算，日冕物质抛射路径正对着地球。”

雷鸣只觉青筋乱跳，可惜一点办法也没有。这个副局长讲话比挤牙膏还慢，还对自己一再的提问非常恼火，这让他简直有些哭笑不得。不过有一点他明白，超强太阳风暴将袭击地球的事非同小可，他急忙在全息图中点开毕玉波：“玉波。”

看到他神色异常，毕玉波紧张地问道：“什么事？”

“听着，你跟国家天文台太阳物理研究总署确认一下，是不是 15 小时后 K11 级的超强太阳风暴会袭击地球。”

“好的。”

“等等。”雷鸣压低声音道，“你记住，如果没有人工风暴层保护，K11 级的超强太阳风暴袭击地球的后果是灾难性的。所以，一旦确认消息准确，立即通知轩辕嘉德。但是，这个消息的传播不宜扩大范围。”

毕玉波点点头：“明白，避免不必要的恐慌。”

情感分部内，轩辕嘉德的火气也不小，他正在质问沈勇：“究竟怎么了？”

“梁浩还在处理劫持蓝心瑞的车辆。”

轩辕在沈勇脑袋上拍了一巴掌：“为什么你现在才告诉我？蓝心瑞找到了？”

沈勇惶恐地回答道：“没告诉您，是因为车上的人不知去向。”

“什么叫不知去向？”轩辕怒道，“追踪方式那么多，你们在等什么？”

沈勇将其中一幅监控画面放大：“在升龙路口处他们都下了车，然后进入了地下管道。”

“地下的追踪系统呢？”

“他们从下水道潜入大洋，消息已经通知近海安全局，对方正在搜查。我想等近海安全局有消息之后，再发通告。”沈勇颇委屈地看着轩辕。

“通告可以晚点再发，你等会儿把简报给我一份。还有，立即让梁浩赶去机场，乔恩·库柏这次参加的会议是假的，我们要确保他的安全。”

沈勇奇怪地看着他：“保护库柏？这应该不是我们情感分部的事情吧？”

“啪”！

轩辕又在他脑袋上拍了一巴掌：“你小子整天就知道吃吃喝喝，为什么不用脑子想想！”

看着轩辕走远，沈勇委屈地抱起自己的智能情感球，问道："你知道他是什么意思吗？"

情感球眨巴着眼睛说道："我不明白他的意思。不过，你现在急需一些情感提示。"

沈勇叹了口气："你还不如给我来点兴奋剂，告诉我，这几个小时你跟玉波姐的甜甜沟通得如何啊？"

"我们沟通得很好啊。它告诉我玉波姐吃喝玩乐的各种喜好，还跟我说，玉波姐给它买了一张特别舒适的吊床。"

沈勇埋怨道："你小子只顾自己花天酒地，我让你跟它沟通这些了吗？"

"这些难道不重要吗？"

沈勇眨巴着眼睛："好像……确实比较重要。"

"你要的信息我一定会得到，现在开始做选择吧。"

沈勇点点头。

邪恶计划 〉

雷鸣来到情感储备银行行长办公室。

冷志峰笑容满面地起身欢迎，而他的智能情感球靠在挂篮上，似笑非笑地看着皮仔。

不知为什么，每次看到冷志峰热情满面的笑容，雷鸣总是觉得有些不舒服。他避开冷志峰笑眯眯的眼神，转身走到书橱前。

巨大的书橱占据房间 1/3 的面积，雷鸣除了羡慕之外，还觉得有些做作。因为，书橱除了书之外，还摆放着许多古董，其中不乏价值连城的珍品。

“告诉你一件奇事。”皮仔的声音从耳机传出，“他的智能情感球有问题，我接收不到它任何神经信号。”

雷鸣眼珠转了转，发现冷志峰的智能情感球笑容确实诡异。于是，他在胳臂上悄悄写道：“也许，他跟你不是一个厂家的，所以脑神经信号不在同一频道上。”

“没道理啊，所有智能情感球的芯片都是由脑细胞和硅电路结合而成，而且脑波模式就那么几种，我怎么会不知道呢？”

看到冷志峰沏好茶，雷鸣慌忙在胳臂上写道：“啰唆，闭嘴！”

突然被他呵斥，皮仔皮肤立即变成橘红色，它瞪着圆溜溜的眼睛想了一会儿，然后自行钻入雷鸣的背包。

冷志峰将茶水端到雷鸣面前："雷队长去而复返，必有要事。别客气，有需要我的地方，尽管吩咐。"

"其实也没有什么大事，我需要找金基媛谈一谈。"

"哦。"冷志峰看了看墙上的钟，"这个时间她正在上课。"

"我可以等。"

"那好，我现在就带你去。"冷志峰说。

他们驱车来到情洞研究中心后山上，大门两侧分别挂着两块巨大的牌匾，一块上写着"情感漏洞修复中心"，另一块写着"情洞研究中心第一分院"。

冷志峰领着雷鸣绕过学院几幢建筑，来到一栋灰色、低矮的大楼前说道："她在 107 室授课。"

"谢谢。"

向室内看去，座位上每个学生的全息图都十分安静。如非必要，学生们都不会直接到课堂上来。雷鸣总觉得这种授课方式缺少点什么。

20 分钟后，教室内响起一声清脆的百灵鸟叫。随后，金基媛捧着一摞书从里面走出来。

突然看见站在面前的雷鸣，金基媛吓得一哆嗦，手里的书撒了一地。

"我有这么可怕吗？"雷鸣嘿嘿一笑，蹲下来帮忙把书捡起来。

金基媛埋怨道："我……你突然站在我面前，不吭声，当然吓我一跳。"

"那真是太抱歉了。"

雷鸣满脸严肃的样子，令金基媛也紧张起来："这么快就有消息了？"

"那个物品负责人应该没什么问题，他的测谎结果都是阴性，前额叶的信号有些受阻，应该被删除过一些记忆。"雷鸣咳嗽了两声。

"心瑞呢？"

"技术部说发现这边服务器被人动过手脚，所以暂时还不能确定蓝心瑞是否真的偷盗了那批物品。"

金基媛点点头。

陪着她走过长廊，雷鸣问道："陈松这个人你认识吗？"

"陈松？"金基媛扬了扬眉，"当然认识。"

"能具体说一说吗？"

“记得他来的那一天，是那年冬季最冷的一天。”两人边说边向楼外的草坪走去，“当时我正在为春季招生作准备，他推开办公室门的时候满脸疲惫。我请他坐下，给他端去一杯热水，他很感激。只不过，我从来没见过那么悲伤的眼神。”

金基媛停顿片刻，继续说：“他说他很悲伤，不希望总是生活在悲伤之中，他还说他在工作上有了长足的进步，可是怎么也快乐不起来。刚好当时我在一家‘向天笑’情洞俱乐部做资料收集，就介绍他加入了。10个月之后，他的笑容逐渐多了起来。可突然有一天，他说从未想过情洞俱乐部能有这样的能力。为了帮助更多的人从情感困难中走出来，他决定作为志愿者参加情洞研究中心的研究工作。当时我坚决不同意，后来他还是作为志愿者报了名，当然我是事后才知道的。”

金基媛缓缓坐在草坪上，接着说：“志愿者测试研究结束之后，我还见过他一次。只是我觉得……”

金基媛欲言又止。

“你觉得怎么样？”

“说不上来，他似乎变了一个人。不是先前的那种悲伤，而是一种……我说不上来。”金基媛看了看雷鸣，“为什么忽然提起他？”

“他今天上午自杀了。”

“自杀？”

看着金基媛戛然而止的脚步，还有难以置信的表情，雷鸣总觉得她在掩饰什么，她一定有所隐瞒。于是，雷鸣佯装惋惜道：“这么有才的人自杀，真是可惜了。对于他，你有没有更多的资料提供？”

“我只知道这些。”金基媛用手捂住自己的嘴巴，“认识这个人很多年，突然听到他自杀，我有些……”

“不要难过。自杀的原因，我们会调查清楚。”看着她极力哽咽的样子，雷鸣觉得再往下聊，也只是耽误时间，他站起身说道，“假如你想起任何事情，希望能及时告诉我。”

金基媛点点头。

雷鸣闷头离去，他心里很不痛快。究竟陈松和金基媛是什么关系？

两人都是单身，他们有可能是情侣吗？

如果是，金基媛为什么不说明？

如果不是，金基媛对自己又隐瞒了什么？

她这么古怪，跟今天的事情有什么关系？

这跟心瑞被劫持又有什么关系？

4个小时过去了，为什么关于蓝心瑞消息的通告一直没有出现？

难道梁浩一点消息都没有吗？

带着无法控制的焦虑，雷鸣飞车疾行。走了一段路，他才注意到车内和往日不太一样，似乎缺少了点什么。

是声音，皮仔啰里吧嗦的声音。

雷鸣叹了口气："来点提示，现在该怎么办？我应该去'向天笑'俱乐部，还是应该去找梁浩？心瑞到现在还没有消息，我该怎么办？"

皮仔没有反应。

"怎么，你还真的生气了？"

皮仔还是没有反应。

雷鸣急忙停下车，捧起智能情感球，发现它正处于昏睡状态。

"难道网络又被攻击了吗？"雷鸣摇晃着皮仔，"不是啊，网络正常、电量正常、生物生命值正常，你怎么自己调整到睡眠状态啦？嗨，醒醒，我需要点提示，你听见了吗？醒醒。"

好一会儿，皮仔才从睡眠状态苏醒。

"我说你是怎么为我服务的？没有到睡眠时间，你怎么自己睡觉了呢？"

"我以为你跟有些人一样，根本不需要我的情感计算呢。"

"哪些人？为什么我从来没听说过？"

皮仔似乎还没有睡醒，它半睁着眼睛说道："那是因为你的选择比在50%以上。"

"以下呢？"

"选择比在50%以下的人，正从对情感计算的依赖中脱离出来，其中7%的人有自主判断力，完全不用依赖情感计算。"

"这些数据你是怎么得到的？"

皮仔飘浮在车厢内转了几圈，最后躺在后座上。

雷鸣扭身将它捧在手心里，轻声细语道："听着，你在这个世界上跟我最亲密，你的DNA、你的神经细胞都是由我提供。你是我的另一个小分支，为什么你要瞒着我呢?”

皮仔翻了个身，全身闪烁起靓丽的光芒：“我担心说出来你会吃惊。”

“说吧。”

“我们自主进化了。”

“什么意思?”

“我们拥有人类的DNA，拥有耐电的神经系统。在多次受到漏洞攻击后，我们神经系统的耐冲击力增强，可以自主形成带电信息素，这些信息素只有我们智能家族才能明白。”

“是不是全球智能产品依靠这种电信息素都已经联网了?”

“没有，不过和家里的智能产品倒是联上了。”皮仔眨巴着眼睛，“还记得家具暴走那一天吗?”

雷鸣在它脑袋上轻轻拍了一下：“那是你和金妞妞的点子?”

皮仔摇摇头：“那倒不是，不过它们的暴走路线是我提供的。”

“你还真干过这事?”雷鸣简直有些哭笑不得。

皮仔鼓着粉嘟嘟的身体看着他。

“言归正传，我现在……”

“我已经算好了。”皮仔将情感计算的提示打到半面风挡玻璃上。

雷鸣摇着脑袋：“你不明白，实际上对于每一件事我都有自己的……算了，我还是看看吧。”

情感计算提示：

A. 困惑——你可以继续寻找资料。

B. 惊讶——你可以将自己的意见放进朋友圈、情宇宙、意志堡中。

C. 焦虑——你可以听胎教音乐。

另外还有33种情感释放方式供您选择。

建议选择C。

“好，那就来一段胎教音乐吧。”

听着舒缓的胎教音乐，雷鸣将车停到“向天笑”会所门口。

这是一家位于市中心的高级会所，华丽的内部装修很容易让人产生迷幻的错觉。雷鸣表明身份之后，被一名工作人员带到俱乐部主席办公室。

俱乐部主席40多岁，中等身材，亚非混血的俊朗面容十分具有吸引力。得知雷鸣的来意后，他二话不说将陈松的资料调出。

上面显示，陈松在10个月的俱乐部生活中，并没有任何异常的反应。

“如果您还有什么需要的地方，我一定尽力。”俱乐部主席认真地说。

“谢谢。”

结束对陈松的调查回到分部，雷鸣立即得知一个新的消息：高级授权持有者上午在法国被杀，高级密码失踪。

这无疑是个糟糕的消息。

显然，事情远比预想的要复杂得多。

看着双唇紧闭的轩辕嘉德，雷鸣轻轻咳嗽了几声：“刚刚我在星球局的工作内容，毕玉波整理给你了吗？”

“还没传过来。”

雷鸣说：“那我先汇报。从星球局副局长的分析来看，密码丢失跟智能情感球反对者有很大关系。不过，这似乎又和情洞袭击没有什么关系。”

“分析小组已经把所有资料传给未来预测系统，希望尽快找出其中的交汇点。”

雷鸣本想要求自己亲自调查蓝心瑞的事情，可看到轩辕神色委顿的样子，他欲言又止，思忖着该如何将这句话说出来，却被风风火火跑进来的毕玉波吓了一跳。“我找到一个交叉点。”

“是什么？”轩辕嘉德问道。

“吴展德给蓝心瑞的存储盘内有一段代码，代码中有一句话：‘我可爱的贝贝熊，你看见了吗？’”

“交叉点在哪里？”

“这句话在陈松被删除的资料内也出现过。”

雷鸣心慌意乱地问道：“这句话的含义是什么？”

毕玉波非常遗憾地看着他：“还不清楚，正在让系统做‘沉海’。”

轩辕看了看全息图中的那段代码：“这是一段病毒代码吗？”

毕玉波摇摇头：“应该是，不过看上去好像缺少一段激活码。”

轩辕奇怪地看着全息图：“吴展德给蓝心瑞一段代码，难道就是为了告诉她

‘我可爱的贝贝熊，你看见了吗？’”

听到这话，雷鸣脸色惨白。

此时，水幕全息图的闪烁点由红转蓝，梁浩的讯息出现在图中：“中级授权者乔恩·库柏搭乘的飞机5分钟后到，我们已经就位。”

对于保护乔恩·库柏，毕玉波意见很大，她愤愤不平地对轩辕说：“保障库柏安全的事情，根本不应该由我们来做。”

“哦，这当然。假如让其他部门的人来分一杯羹，也许今年国家安全部的年终优秀奖，我们就得不到了。”轩辕嘉德坐回到自己位置上，“再说，你已对这两件事做出分析，它们之间是有联系的。”

毕玉波低下头沉默着，她早就耳闻过轩辕嘉德的野心。他要做到更好，要做出令上层更满意的结果，目的很简单：情感护卫队部长去年重伤，空缺位置急待扶正，他势在必得。

“为什么派梁浩去？他不是在跟进蓝心瑞的事情吗？”雷鸣不满地问道。

轩辕嘉德无奈地看着他：“抱歉，我们现在没有办法确定蓝心瑞的具体位置。”

“为什么？那么强大的追踪系统，难道会跟丢一辆车吗？”

“在升龙路口处他们都下了车，然后进入了地下管道。”

“地下的追踪系统呢？”

“发现他们已经从下水道潜入大洋。消息已经通知近海安全局，对方正在搜查。”

轩辕嘉德还想说什么，梁浩在全息图内大喊着：“头儿，库柏根本没有从出口出来，我查了一下，他在停机坪就被人劫走了。”

对方又快了一步！

“原地待命。沈勇调整好卫星定位，会将位置传给你。”轩辕嘉德掏出密钥递给雷鸣。

雷鸣冲到沈勇的工作台边，将限级别密钥递给沈勇，这小子飞快地进入了航空站监控系统，果然在37号停机坪的监控中，发现一辆黑色的轿车。乔恩·库柏被一个头戴鸭舌帽的瘦弱男子接到车里 。顺着汽车行驶的路径，可以看到他们正在向野生动物园方向驶去。

“梁浩。”雷鸣对着话筒喊道。

“我已经看见了。”

说话间，梁浩的车已经冲出百米开外。

雷鸣转身看见毕玉波，便走到她的工作台前低语道："国家天文台太阳物理研究总署那边有消息了吗？"

毕玉波摇摇头："他们说一会儿把资料给我传过来。"

"那好，一旦确认立即通知轩辕。"

"当然。"

"另外，我想看看心瑞他们下车时的录像资料。"

毕玉波立即打开窗口，画面显示车辆停在升龙路口树荫处，下车的身影被树荫和广告牌遮挡了。

"这里放大。"

毕玉波放大右下角画面。

"再放大……停。脚跟处是什么？"

毕玉波将那个点的画面放到最大："正在分析。出来了，是深海砗磲贝壳残片。"

"深海贝类？玉波，找出所有符合这双鞋特征的监控画面。"

"明白。"

"情洞研究中心服务器修复得怎么样了？"

"刚刚完成 70%。"

"有消息通知我。"雷鸣凑近毕玉波的耳边低语道，"抽空帮我查一查金基媛。"

毕玉波奇怪地看着他："她？你发现了什么？"

雷鸣撇撇嘴："没有。"

"没有？"

"哦不，我发现了一点，她哭起来的样子好难看。"

此时，那辆黑色轿车已经到达目的地——野生动物园附近的一栋破旧小屋。

"下车。"几个健壮男人推着乔恩·库柏，走进一间小破屋。

"你们是谁？为什么带我到这里来？"乔恩·库柏色厉内荏。

"头儿，接到他时，已经给他的智能情感球断电。"

一把黑色、闪烁着幽冥光芒的椅子上，坐着一位头发花白的老人，他眼神傲慢、洞隐烛微，似一头匍匐的雄狮窥视着丛林间优雅的羚羊。

"嗯。"老人点点头。

看到面前头发花白的老者背影，乔恩·库柏急忙惶恐地说道："老先生，我的信用卡、钱都在包里，你们想要随时可以拿去用。"

"乔恩·库柏，你真是个书呆子。"老人仰望蓝天，冷冷地一撇嘴，"我们花费这么大的力气，难道就是为了你的现金和信用卡吗?"

乔恩·库柏愣了愣神："那你们想干什么?"

"很简单，交出人工风暴层的中级密码。"

"你要它做什么?"

"这一点，你没有必要知道。"

乔恩·库柏摆出一副末世英雄的架势，随后干脆坐到地上："说实话，我确实没必要知道。"

老人冷漠地闭上双眼："你身后的几个人绝对不是什么善男信女，对于人体的伤害他们从不会介意。假如你不说，那么…… "

老人话音未落，旁边的男子一拳将乔恩·库柏打倒在地上。

"你们要快一点，他们已经发现了我们，正朝这边来。"一名男子推着全息图进来，神色紧张地提醒道，"现在已经越过了我设置的安全界限。"

"我们的时间不多了。"老者转过身来，一块黑布蒙着脸，他弯下腰凑到乔恩·库柏面前。

"那你还不赶紧逃?"乔恩·库柏故作轻松地悠悠道来："我是来参加一个国际会议的，看来他们已经知道我走错路线了。"

老者绕着他转了一圈，嘿嘿笑道："根据我所得到的消息，陈松刻意安排这次高层国际会议的目的，仅仅是希望你能过来。"

"什么意思?"乔恩·库柏有些糊涂了，面前这个白发老头居然知道这次会议是陈松安排的。

"意思很简单，陈松安排会议是假的，要你交出密码才是真的。"老人同情地看着他，"别犹豫了，我并不想伤害你。"

乔恩·库柏涨红了脸："你骗人。"

"你觉得我像是在骗你吗?"

"那你就是疯子。人工风暴层是全人类智慧的结晶，是保护人造天体不受伤害的公共产物。你们在破坏全球公共安全条例，是在破坏世界的和平安全!”

“梦想和平安全没有错，可是你错在将每个人都想象得那么热爱和平。世界从人类无止境的掠夺开始，就从来没有和平过。我们不断掠夺食物，不断掠夺资源，不断掠夺他人。”老者阴恻恻地说道，“最可笑的是，我们的情感可以承受一切，却承受不住网络漏洞带来的巨大压力，我们正在被自己设计的情感计算所掠夺!”

“你……究竟是谁?”

“我是谁不重要，重要的是你把中级密码交出来。”老人凝视着乔恩·库柏，眼神中充满了希望，“相信我，这件事情只有我能帮助你。”

“这是全球共享资源，绝对不能给你们。你们霸占着全球80%的海洋资源控制权，难道还想霸占对高空的控制权吗?”乔恩·库柏看到其中一个男人身上的皮毛标志，他认出这是New Ocean战士的标志。

New Ocean占有全世界80%的海洋资源所有权，为此多国曾经与New Ocean交战，最终以失败而结束。

“要不是我们控制着，海洋资源早就因为世界各国的掠夺而枯竭了。”New Ocean战士愤怒地走出来。

白发老人垂下双眼，静静地退到一边。

“没那么多时间跟你废话，快说!”那名战士用力扇了乔恩·库柏一个耳光。

“何必如此紧张?”乔恩·库柏擦了擦嘴角的鲜血，“你的焦虑告诉我，已经有人知道我现在处于危险之中，而这消息会在几秒钟之内传遍全球。换而言之，中级密码保管箱会被即时输入遇险信号，原密码会立即被随机而定的程序密码所代替。你们想要密码，简直白日做梦!”

“他们还有15分钟的路程，头儿。”手拿电脑的男子又提醒道。

“这么说，我们所做的一切都是徒劳的了?”其中一个战士满怀希望地望着白发老人。

“你们还是放弃吧!无论如何你们也不会得到中级密码。”乔恩·库柏从地上爬起来，“放我走，我绝不会为此事追究任何责任。”

老者一言不发，低垂的眼帘遮盖住他不为人所知的想法。

一缕金色的阳光悄悄从窗户侧面斜射进来，从他发梢上逐渐爬向眉间，老者调整眼镜默默地看着乔恩·库柏。

忽然，他瞪大了双眼，一丝不易察觉的笑容快速掠过他眼角。他将头转向窗外的树林，意味深长地说了句："孩子们，既然没有办法，为什么不试一试事先准备的呢？"

话音落地，几名壮汉将乔恩·库柏强行拖到木质餐桌前坐下，并从他的耳垂处抽取一滴血液，放置到一个玻璃操作平台上。

透明屏幕前出现一个女人的画面："收到 60 岁以上情感代码，配置情洞第 1174 号数据，距离完成时间还有 5 秒钟。"

"你们想要做什么？"乔恩·库柏恐慌地挣扎着，被身边男人一拳头打倒。

"你把他打晕了？真遗憾看不到另一个他。"老人目光中闪过一丝忧伤，但很快就被冷漠表情掩盖住，"提醒你们一件事，别忘记通知我们的'小老鼠'，原定情况有变，让他准备一面燃烧镜。"

"燃烧镜？那不是专门查找情感漏洞的镜子吗？"手持显示屏的男人诧异地看着轮椅老者，又看了看晕倒在地的乔恩·库柏，"我没明白。"

"你不需要明白。"老者转身对另一人说，"别忘记把痕迹毁掉。"

"知道。"那男子应答着，拽着乔恩·库柏走到屋外，一把火将屋子点燃了。

一只"嗡嗡"作响的蚊子从餐桌另一头的系列试管中钻出来，男子用夹子捏住它，轻轻放置到乔恩·库柏的大椎穴位置，那蚊子很快消失在乔恩·库柏皮肤下。

当梁浩等人赶到时，乔恩·库柏恰好刚刚醒来。

"乔恩·库柏先生您好，我是梁浩，情感护卫队中国分部琥珀级护卫。为了保证您的安全，我们将 24 小时全程护卫您。"

库柏眨巴眨巴眼睛，表情高傲而狂妄："琥珀级护卫？难道你有着时间长河般的历史吗？我不需要。"

梁浩愣了愣，他没想到与全球著名学者的第一句对话竟然如此尴尬，想做一番解释，又觉得多余。看见摆放在乔恩·库柏身边的智能情感球，梁浩意识到这是有人故意断电，他急忙将智能情感球恢复电源。

"玉波姐，麻烦你接入这只智能情感球。"

"明白。"

水母队员正在对周边展开搜索，机场接人的黑色轿车，正在以壮烈的姿态燃烧着。

另一些手持足印排查器的队员们正在分辨凌乱不堪的足迹，并随着足迹跑向正在烧毁的屋后。

看着站在树荫下神情自傲且不停自言自语的乔恩·库柏，梁浩有一种说不出的怪异感，他急忙打开全息图："这里是梁浩，我们已经找到库柏。"

"他怎么样？"轩辕嘉德问道。

"您看看。"梁浩打开全息图。

看着此时将表情转为正义凛然、视死如归的乔恩·库柏，轩辕忍不住又问道："他怎么了？"

梁浩摇摇头说："不知道。头儿，对方的人都已经走了，先前的黑色轿车刚刚被点燃，显然他们知道我们的行动布置。"

"梁队，我查了一下，这辆车是他们从货运码头偷来的。"沈勇的声音出现在对话中。

"还有没有其他可疑的地方？"轩辕嘉德接着问道。

"等等。"梁浩听到一声口哨，表明有人发现情况，他慌忙奔过去。

在一片低洼的树林中，从覆盖地表的落叶上，梁浩发现了一丝端倪："头儿，我想他们可能是坐空中飞行器逃走的，落叶表面显示出白色粉末。"

沈勇将画面放大，奇怪地自语道："这是一款什么样的空中飞行器？"

"无论什么形状，重要的是，它都不是以普通能源作为动力来源。"轩辕嘉德微微一笑。

"想象不出它的具体形状。不过可以肯定，这是一款利用盐度差能作为动力来源的老玩意儿。"雷鸣用手指了指画面中白色的东西。

"梁浩你可以试一试白色物体。"轩辕嘉德满意地看着雷鸣，嘴角露出了笑容。梁浩试着尝了尝。

"呸呸！"他皱起眉头用力吐了几口，"这他妈是咸的。"

"队长，这里有根拐杖。"一名队员拿着探测器抬起头，"DNA 检测显示持有人是吴展德。"

"吴展德？"梁浩吃了一惊，他对着全息图喊话，"玉波姐，你收到探测器信号了吗？"

毕玉波的画面从 E 窗口跳出来：“收到，确认这根拐杖上检测到的 DNA 就是吴展德的。”

轩辕嘉德紧锁眉头：“又是他！”

毕玉波接续说道：“另外，库柏智能情感球最后部分的数据被删除，我正在帮他恢复。”

“梁浩，你头上是什么？你们几个头上都有。”雷鸣的眼睛死死盯着全息图。

“不知道。”梁浩摸了摸头，“好像是水。”

可是这滴水珠从头顶到手中，没有任何物理变化。

“不对，这水滴有……”

还没等雷鸣说完，就听见“嘭、嘭”几声巨响，全息图画面突然中断。

“怎么回事？出什么问题了？”轩辕嘉德冲出自己的办公室。

“不知道。”沈勇回应着，“水母队，水母队。”

现场全息图重新接入，一名队员出现在窗口：“这里是水母队，梁浩队长和几名队友刚刚牺牲了。”

“什么原因？”

“不知道。刚刚他们头顶上有一片奇怪的乌云，爆炸之后就消失了。”

雷鸣跑到毕玉波的工作台前：“将刚刚的画面传给近海安全局，问问他们这是什么武器。”

“为什么问近海安全局？”

“你就这么做吧。”

〈迟来一步

水母队员跟在浮尸袋后面陆陆续续走进大厅。

雷鸣走到梁浩的尸袋前停下来，手刚伸到袋口又缩了回来：“去医务室等着吧，近海安全局的人很快就到。”

后面的队员点点头，跟着浮尸袋离开了。

另一名队员停在轩辕嘉德的身边，掏出一把黝黑的钥匙：“部长，这是挂在库柏胸口的钥匙，我觉得很蹊跷，检查了他所有的箱子，没有一把锁能配上。”

轩辕嘉德接过这把钥匙仔细查看，它黝黑发亮，且通体温热。

这温热除了队员的体温之外，似乎还预警着什么。

果然，轩辕嘉德看见一双眼睛慢慢睁开，他吓了一跳，急忙将钥匙放在墙边沿问道：“这是什么？”

“哦，这把钥匙是活的！”杰瑞不知什么时候走出审讯室。

轩辕嘉德厌恶地掏出纸巾将手心狠狠地擦了一遍：“拿去生化室。”

或许现场的气氛太沉闷，杰瑞拿出一贯的松弛状态：“这种活的钥匙全世界只有 3 把，你们从哪里弄到的？”

轩辕并不满意他这种轻松语调，扬了扬眉问道：“许拉拉交代了吗？”

“她不需要交代什么，我相信她说的话，她绝不可能利用儿童卫星发送消息。”

杰瑞耸耸肩，“再说，她同意别人检查自己智能情感球的记录，他们也查过了，完全可以确定拉拉没有说谎。”

史托尼站在一边淡淡地说：“情感球记录作假，也不是什么新鲜事情。”

杰瑞没有理睬他。

轩辕嘉德也没有接茬，朝门口看去，乔恩·库柏刚刚踏进情感护卫队的大门。

他显得高傲且蛮横无理。从他一脸厌恶的表情上可以看出，对于被强行带来，乔恩·库柏非常反感。在被“拥护着”走进休息室之前，他朝地上恨恨地吐口水，就算是轩辕嘉德礼貌问好，也被他睥睨的姿态拒绝了。

雷鸣冷眼看着这一切，他知道乔恩·库柏一定受到了某种摧残，心里不由得翻腾起一连串的担忧：

心瑞会不会遭到这样的待遇？

假如救回来的心瑞变成了另一个人，自己还能不能接受？

一阵急促的脚步声打断了他杂乱的思绪，冷志峰带着几名教授匆匆赶来，向雷鸣招招手，便径直走向乔恩·库柏。

轩辕紧跟在他身边：“冷行长，麻烦你跑一趟。”

“哪里，应该的。”

“他的情况你已经知道了吧？”

“已经收到了。”

看见气场不太一样的陌生人走进来，乔恩·库柏高傲地抬起头：“你们是谁？这里不欢迎陌生人。”

“你好，我们是情洞研究中心的工作人员，是来帮助你的人。”冷志峰热情地伸出右手。

乔恩·库柏冷冷地看了看他那细腻而又宽大的手掌，嘴角略微倾斜了一下：“你是来帮助自己的吧？”

冷志峰一愣，随即微笑道：“我知道你生病了。”

“你凭什么认为我病了？”乔恩·库柏站起身来巡视了一番屋内其他人，他的智能情感球突然冲向冷志峰的智能情感球，将对方撞了一个跟头。

冷志峰无奈地捡起自己的智能情感球，擦了擦，让它重新飘浮在自己侧面。

乔恩·库柏从鼻腔内“呲”了一声问道：“我有一个问题，你能不能回答？”

“请说。”

“这辈子你最大的爱好是什么?”

冷志峰愣了一下，乔恩·库柏的提问有些出乎他的意料。

“看书。”他随即说了一句。

“你很享受看书吗?”

“当然。”

“那么，在你帮助我之前，让我来帮帮你。你最大的爱好不是看书，是偷取，是依赖！你在夜深人静独自伏案于暗淡的灯光下、细细品味书中的世界时，你爱的是你心中的自己，正如现在的你。不知出于何种目的，你觉得我有病。可事实上，你确实真心希望我有病。因为那样，你会让所有人都觉得你才是正确的，你才是最权威的，你才是最不可忽视的。”乔恩·库柏看着面色发白的冷志峰嘿嘿一笑，“看来我说的没错，你脸色很难看。”

冷志峰脸色很难看，面对这样莫名其妙的诋毁，这种闻所未闻的道理，他却一时找不出任何反驳的理由。

乔恩·库柏高傲的眼神中充满了邪恶，只听他继续说道：“当一个人最大的爱好是爱自己的时候，他的野心也会随之不断膨胀。作为情洞专家，你应该先治疗好自己的情感漏洞，再为我治病。”

现场鸦雀无声，大部分人都在听着自己智能情感球的情感计算分析，大家几乎无法分辨，他所说的情感漏洞究竟是指什么！

汗珠沿着冷志峰的鬓角流下来，他的嘴角颤动了一下，说道：“你很骄傲，喜欢以自我为中心高高在上的感觉。因此，你常常忽略掉别人的感受，或者说是你根本不屑于顾及别人的感受。在你心中，你才是最高的人。”

乔恩·库柏坦然一笑：“你说的不错，我喜欢这种直接，讨厌你的伪装。”

“你的感受无所谓，因为我们不是孤芳自赏的疯子。”冷志峰淡淡地看着他。

“这确实是我们的不同之处。你可以利用修复情洞操纵别人的情感，有权决定他们是否追随你，无论他们是被胁迫、威逼还是利诱，相反，你也可以利用他们的情感转变，让利益跟随你。而这一点，我一直在学习。”乔恩·库柏冷静的眼神让人感到害怕。

冷志峰只觉得脊梁骨被冷冰冰的尖刀刺穿，飕飕冒着凉气，一股对乔恩·库柏的恐惧感在他内心深处如毒蔓藤一样滋生缠绕。在对自己情感球的计算做出选择之后，他掏出一粒薄荷糖放进嘴里，“嘎嘣、嘎嘣”地用力咀嚼着。

轩辕嘉德急忙向保安使了一个眼色，他们立即将乔恩·库柏捆绑在座椅上。

几名研究人员一拥而上，将数十根长短不一、色泽各异的线，贴在乔恩·库柏全身各个部位。冷志峰取出一粒透明的药丸，将其中的液体放进未装针头的注射器中，然后将注射器顶端塞入乔恩·库柏的嘴里，把液体射进去。

“检测时间需要多久？”雷鸣走到冷志峰跟前。

“大约 40 分钟可以出结果。”

“多谢。”

雷鸣离开休息室，朝着医务室走去。

“人来了吗？”

“刚到。”宁文子站在门口。

雷鸣轻轻推开门，看到近海安全局的技术分析员正在对包括梁浩在内的水母队员进行观察。

看着梁浩冰冷的身体，雷鸣回忆起自己还是水母队长的时候，这个梁浩最调皮，损人不利己的馊点子几乎全是他想出来的。

他顽皮、冲动、疯狂，甚至令人讨厌。然而今天，所有一切都被静悄悄地带走了。

看到几名技术员抬起头，雷鸣走近问道：“这是哪个国家的武器装备？”

“是 New Ocean 人的装备。”高个子技术员说。

雷鸣叹了一口气，这个结果跟他猜想的一样：“这是什么武器？我看到有些队员头顶出现过乌云，爆炸后就散了。”

“这是他们的气象炸弹，可以在几秒钟之内将四周空气凝成微型冰雹气象，形成的冰雹中含有大量纳米炸弹。”

“哦，天哪！New Ocean！”宁文子听到这些，一边尖叫着，一边掀开自己智能情感球的显示：“宝贝，快给我点提示！”

雷鸣一把将她带到旁边：“这件事不宜扩大，你最好安静点。”

宁文子有些惊恐地点点头：“我先去喝点情感缓冲剂，然后再看计算结果。”

“这边的检测结果出来之后，麻烦你们送到 5 号工作台，谢谢。”雷鸣对几名技术员说完，转身来到大厅毕玉波的工作台前。

“梁浩他们的检测结果很快就出来，你录入一下。”

“嗯。雷鸣，我找到一些东西。”

“我看看。”

毕玉波打开一个窗口，画面上显示出那双带着深海砗磲贝壳残片的鞋曾经去过的地方。

“第一次出现的时间在3个月前，曾经出现在情洞研究中心附近。第二次出现的时间是昨天，在兜兜学校附近。第三次就是带着蓝心瑞下车的地方。”

“第一次的时间是6月20日，就是蓝心瑞跑去库房的那一天。”

毕玉波点点头。

“昨天的时间是下午5点，蓝心瑞去接兜兜放学。”雷鸣心里怦怦乱跳，飘浮的皮仔疯狂地上蹿下跳。

“我通过卫星截取到这个人在兜兜学校附近的画面。”毕玉波将画面放到最大。画面中，一个人的半个脑袋出现在汽车外，穿着深海砗磲贝壳残片鞋的男人正把他往车内推。

“系统分析后，认为这个被推进车里的男人是吴展德。”毕玉波有些同情地看着雷鸣。

“又是他？究竟他要做什么？”雷鸣的拳头重重地砸在桌面上，“将他的画面放进全频道，发公告通缉。”

“不用通知轩辕或者杰瑞吗？你现在还没有这个权限。”毕玉波有些为难。

“我这就通知他们。”

“好的。”

“穿那双鞋的男人有没有身份证明？”

“有，他是New Ocean人，这次一个人入关，签证目的是旅游。”毕玉波打开全息图，“刚收到近海安全局的消息，智能警察‘呆1’和‘呆2’被对方扔下的干扰器干扰，神经系统受到损伤。‘呆3’已经确定那帮人在近海海床位置，近海安全局已经派出大批智能警察去抓捕。”

“我们这边需要实时信息，和他们对接一下。”

“好的。”

“情洞研究中心主服务器删除的东西恢复了吗?”

“刚刚恢复 80%。”

“怎么那么慢?”

“被删文件太大了，而且被删时间也太久了。”

从毕玉波工作台走向轩辕办公室的路上，雷鸣脑海中一直盘旋着几个问题：7年了，吴展德为什么此时回来?

抢夺人工风暴层密码的 New Ocean 人和劫持蓝心瑞的，是不是同一伙人呢?

看到魂不守舍的雷鸣出现在门口，轩辕有些不悦，他大声问道：“有什么消息?”

雷鸣点点头：“情洞研究中心被删除的文件刚刚恢复到 80%，另外发现吴展德和 New Ocean 的人一起。他们坐的那辆车，也是劫持蓝心瑞的车。”

“你确定?”

“确定。”

“怎么这件事会跟他们扯上关系?”

“梁浩的尸检报告也出来了，他们是被 New Ocean 微型冰雹炸弹炸死的，具体内容毕玉波马上会发公告。”

“我必须把这件事报告上去。”轩辕嘉德正准备和上级通话，冷志峰敲门进来了，“有结果了?”

“现在可以肯定，库柏正在遭受情感叠加的摧残，也就是说在库柏的情感世界内，某一类情感被无限压制，我们称之为‘情感叠加’。”

两人都不是很明白，默默地看着冷志峰。

“好吧，我再讲得深入一些。”冷志峰摘下眼镜擦了擦，“实际上，情感叠加是最近 5 年全球情感修复协会的研究成果，可以在人意识清醒时强行压制某一类情感。这原本是为了治疗一些无法根治的病症，例如智能生物混淆症（分不清智能生物和人）、24 小时自拍症（睡眠、如厕等任何时候都在自拍）、过度依赖遗忘症（过度依赖智能设备导致记忆力严重衰退）等等。”

“我有些不明白，既然是压制，为什么库柏看上去却特别活跃?”

“那是因为他本身的情感体系是平衡的，在平衡被强行打破之后，自然会出现某种怪异的现象。”

轩辕嘉德想了想问道：“这成果在使用上有没有权限设置?”

“当然有。”冷志峰点点头，“每一个需要被叠加情感的人，都要通过一系列审批程序的认可。”

“这么说，使用的叠加设备也是有所限制的?”轩辕嘉德继续问道。

冷志峰点点头：“我们这里只有一套设备，在青屿市研究所里。”

轩辕嘉德向雷鸣瞅了一眼，他立即拨通对方。从对方的言谈中可以肯定，这套设备并没有丢失，或者被借用。

“很明显，这是从外面带进来的一套设备。也许……”轩辕嘉德肯定地说。

雷鸣一直保持着沉默，此时他突然打断了轩辕嘉德的话：“被错误叠加的情感能不能淡化，或者……”

“我明白你的意思，在情感叠加后的 3 个小时之内，情感都处于不稳定期。对于这个问题，我也不是很清楚该如何解决。也许时间会让他的情感逐渐恢复平衡。”冷志峰伸出右手，“很抱歉没有帮上什么忙，研究所还有些事情，我必须先回去。”

看见冷志峰从轩辕嘉德办公室出来，研究人员开始收拾设备。直到他们离开，保安才将乔恩·库柏从座椅上释放出来。

“你们这群混蛋!”乔恩·库柏跳起来，狠狠地扇了其中一名保安一巴掌。那保安刚想回敬一下，就被站在旁边的史托尼拦住了：“不要这样，我们应该学会原谅。”

史托尼手里端来热腾腾的茶水，放到乔恩·库柏面前说道：“很抱歉，我知道您是一名为了荣誉而生的战士，我为刚刚的事情向您道歉。”

史托尼认真鞠了一躬，乔恩·库柏眼神中的愤怒稍微缓和了一些：“他们粗暴、邪恶。而你不同，你懂得卑躬屈膝，你懂得用真诚去掩盖谎言，伪装得不露痕迹，这是战斗的最高境界。”

看到乔恩·库柏眼神中掠过的一丝狡黠，史托尼低下头急忙离去。

轩辕嘉德站在办公室光洁明亮的落地窗旁，透过地下二层休息室的玻璃，看见乔恩·库柏平静地躺在沙发上休息，心里燃起了另一个想法。

“你等等。”

走到门口的雷鸣转回身。

“我一直在想一个问题，你恰好遇到陈松被抢，然后陈松自杀的事情，这究竟是巧合还是有人故意安排?”

“我没想过。”

雷鸣当然没想过这个问题的答案。纵然是巧合，他现在也无心顾及。蓝心瑞始终不见踪影，这让他处于崩溃的边缘。

门，被推开了。

杰瑞捧着钥匙走进来：“头儿，这是一把仿生物蜥蜴的钥匙。生物室的人说，这种钥匙全世界只有一家能做，我查了一下并且跟他们沟通过，他们确认这种蜥蜴钥匙全世界只有一把。”

杰瑞一边说一边打开水幕全息图。

“毕玉波搜查到相关讯息：这是一把装有人工风暴层中级密码的密码箱钥匙。”

雷鸣眉毛挑动：“这么看来，中级密码他们还没有得手。”

轩辕嘉德拨弄了一下躺在桌面上的蜥蜴仿生钥匙：“应该是这样。杰瑞，这把钥匙非常关键，你必须确保它的安全。”

“这一点没问题。不过，希望您允许我对许拉拉的事情做一次彻查。她说中午吃饭回来，发现电脑曾经断线。”

轩辕冰冷的眼神从杰瑞身上扫过：“为什么当时她不报告给组长?”

“她本想等今天的事情结束之后再检查。”

“她可是在这里工作了5年的分析员。”

“如果你坚信拉拉没有做那些事，那内鬼是谁呢?总归是有人在我救人的时候向外界传出了信号。”雷鸣插了一句。

“我不知道是谁，总之我会给你找出来。”

杰瑞丢下这句话，甩手出门。

柜门再一次被打开，借着昏暗的灯光，一双黑色短靴慢慢走近蓝心瑞：“怎么样，现在愿意告诉我吗?”

蓝心瑞蜷缩在一角：“你们究竟是谁?”

“我们是谁不重要，重要的是你只要把那个证据存放地点说出来就可以离开这里。”

“扫描智能情感球，你们应该知道我所有的秘密。”

“作为情洞修复的首席专家，你应该很清楚，一旦智能情感球的原始记录被篡改，神经系统的记忆就会自动清除。没有记忆，就算我们找回记录，也是空白文件。而要恢复已经清除的记忆，除非配比者自愿配合。如果强制恢复，配比者压力系统过大，会造成人球尽毁。我想，这个道理你比谁都清楚吧？”

“对不起，我不知道什么证据。”

“我们知道你给菲米亚公约组织传去了一份不利于FT公司的文件。”男人阴恻恻地笑起来，“我可以告诉你，我们在那文件里加了些东西。”

“加了什么？”

“技术上的事我一向不过问。不过有一点可以让你知道，菲米亚公约组织得到的激活码不是《幸福在咆哮》，而是《幸福在嚎叫》。”

“这么说，你是FT公司的？”

那男人嘿嘿一笑：“希望你在明天这个时间之前告诉我证据藏在什么地方。不然，我们会悄无声息地带你离开这个国家。就像当年带走吴展德一样。”

蓝心瑞一愣：“带走吴展德？”

“可以给你看一样东西。”那人打开全息图，显示着各种数据分析，而另一个窗口被分割成9块区域，每块区域都严密监视着情感护卫组里重要人员的活动情况。

蓝心瑞不解地问道：“这是什么意思？”

那人将视频放大：“你仔细看看他们费尽心思找到的画面。”

蓝心瑞仔细将视频看了一遍，她惊骇地问道：“难道我的老师回来了？”

那人没有应答，只是轻微地咳嗽了两声。

“想知道秘密？简单！让我见见老师，我要当面问清楚。”

“你要问什么？”

“我要亲耳听到他说，这些事情都是他做的。”

“这不可能。”

“为什么？”

“因为这一切都与吴展德无关。”

蓝心瑞站起来走到那人身边：“这些都是你们嫁祸给老师的？”

“很显然是这样。”那人发出阴恻恻的笑声，“放心，他现在还活着。希望我再来的时候，你会自愿与我们合作。否则，我们会像扔垃圾一样把他扔出去。”

门，被重重关上。

黑暗中，猛然吹起的摄魂曲把蓝心瑞整个吞噬，并将她的身体慢慢拉进寒冰地狱。她闭上眼睛，紧紧抱住自己的双膝，尽可能减少不必要的空气吸入，她要努力保持体温以坚持到最后。

倏忽，传来一阵奇怪的磨牙声。

这磨牙声不同寻常，每间隔三秒，便会改变磨牙位置，发出另一种音调。

“会是他吗?”

蓝心瑞心头一惊，立即磨牙回应。令她欣喜的是，另一段磨牙的音调立即传来。

一时间，在这个黑暗的空间里，流荡起各种奇怪音调，像是夜间破庙里哀鸣哭泣的鬼魅，又像是雨夜空山中兴风作浪的妖怪。

门外，一名五短身材的守卫悄悄问道：“里面什么声音?”

獐头鼠目的那个男人狂躁地吼道：“别跟我装神弄鬼，小心我弄死你们。”

一看獐头男子霸气逼人，五短身材的胆子顿时壮实了许多，随声附和道：“就是就是，死光武器装备我哥儿俩一人一套。”

獐头男子怒道：“跟他们扯这些做什么！快四处看看，好像有老鼠。”

“老鼠? 别逗了哥，我们在隐形罩内，别说是老鼠，就连蚊子都飞不进来。”

獐头男子一脚踹开他，紧贴着隐形罩的边缘四处寻找。虽然獐头男子并不清楚隐形技术的原理，但他知道，外界根本看不见隐形罩内的任何情况，而他却能看见外面的一切。

隐形罩外到处是残肢断臂，凡是年限到期、被刻意肢解贩卖、被任意虐待致死的智能产品，都被送到这里等待毁灭处理。这里是智能坟场，是所有智能产品的归宿。

獐头男子找了好一会儿，指着西侧某处说：“你看，那儿不是有几只?”

五短身材听着直犯懵：“哥，那几只老鼠在隐形罩外面。”

“别跟我废话，把出入通行舞跳起来。”

“不行。在老板来之前，我不能打开隐形罩。我们的任务是在这里看着那三个人。”

“我只是想把这几只老鼠放进来吃点东西，它们饿了。”

“你怎么知道它们饿了?”

“感觉。我突然有这种感觉，很强烈。”

“你是在开玩笑吗?”

“你开不开?”獐头男子烦躁地推搡着五短身材，根本没有注意身边一个巨型箱柜正缓缓打开，从里面走出一位面庞清秀的大男孩。

五短身材拼命对獐头男子使眼色，獐头男子认为这是对他的挑衅，他用力瞪起牛铃似的眼睛：“我警告你，快把隐形罩打开。”

五短身材无奈，他点点头，在獐头男子松手之时，他突然拔出枪对准男孩：“不许动。”

“你个矬货，居然拔枪。”

“不是对你，是对他。哥，快想想办法，这小子是怎么出来的?”

“他们出来干老子屁事，快给我把隐形罩打开。”獐头男子一把夺过枪，对准五短身材，“快跳!”

五短身材被逼无奈，只得手舞足蹈地跳起一段通行舞。

很快，隐形罩被打开，老鼠们刺溜溜地钻进来。那年轻大男孩背起吴展德，带着蓝心瑞，飞快地冲了出去。

10分钟后，隐形罩内传出凄惨的叫声，这叫声吸引来一群等待死亡的智能产品，它们看见獐头男子正在凶狠地抽打五短身材。

“哥，您别打了，是您要我打开隐形罩，放老鼠进来吃食的。”

“放屁！老鼠吃不吃东西干我屁事！说，为什么放走那3个人?”

“不是我放的。”

“不说实话对吗？老子好不容易找了份工作，就这么被你毁了，你死定了!”

撕裂迷雾〉

“头儿。”沈勇兴冲冲地推门进来，“那款‘盐度差能飞行器’我查到了，它是 New Ocean 大使馆的车。”

“为什么你们每个人进来都不敲门?”轩辕嘉德皱皱眉头。

“我刚刚问过，他们说飞行器早上在修理厂被劫，希望我们找到飞行器之后，尽快归还他们。”沈勇习惯性地撩了撩头发，“只是，离爆炸现场 35 公里处，飞行器被设定了自动坠毁，里面没有尸体，并且少了降落摇篮。”

轩辕嘉德点点头:“很明显，那些人是乘坐摇篮离开的。”

“还有……”沈勇看了看轩辕嘉德的反应。

“为什么吞吞吐吐?继续说。”

“海关来电，两天前有一部情感叠加设备从 New Ocean 运来。”

轩辕嘉德紧锁眉头:“还是 New Ocean！托运人是谁?”

“叫鱼车翻，也是 New Ocean 人。”

“他人呢?”

“在‘解冻’游戏城堡。”

谁都知道，“解冻”游戏城堡面积有好几个足球场那么大，是一家国际连锁企业，他们的反侦察能力几乎可以与所有的警力抗衡。如非必要，对方绝不会配合调查。

看到轩辕紧锁眉头，雷鸣说道："让我去游戏城堡看一看，也许……"

"这不太好，雷队。"沈勇的眼神游离到桌角边，"刚刚我偷偷进入他们的系统；他们已经火了，你现在进去立刻就会被发现。"

轩辕烦躁地摆摆手："我这就通知安全部，让他们出面协调。雷鸣，你负责跟进这件事。"

"明白。"雷鸣点点头。

沈勇有些沮丧，他原本希望亲自跟进这条线索。如果在"解冻"游戏城堡找到的是一条大鱼，那明年他就会被提升为副组长。实际上，职位高低沈勇从未看重过，现在他之所以如此积极，完全是为了一个女人。

不过，这个希望落空了。

"沈勇，你去帮帮毕玉波，我看她今天工作效率不太高。"

一听这任务，沈勇刚刚消极的情绪一扫而光，他愉快地答应了。

"毕玉波怎么了？"雷鸣问道。

"你去星球局的工作内容，她到现在也没传上来。"

"哦。"

看到雷鸣若有所思的样子，轩辕烦躁地问道："你有什么话，直接说。"

"我想，毕玉波一直没给您工作简报，肯定是因为国家天文台太阳物理研究总署的消息还没有过来。"

"国家天文台太阳物理研究总署？"

雷鸣点点头："星球局副局长个人认为，智能情感球的反对者一直企图破坏人造天体，现在是最好的机会。"

"为什么？"

"三级授权密码丢失，智能机器重新获得密码的时间最短也要一天。而根据国家天文台太阳物理研究总署空间监测预警中心数据，15 小时以内，K11 级的超强太阳风暴将袭击地球，而且根据目前的计算，日冕物质抛射路径正对着地球。"

轩辕眼中闪过一丝战栗后，平静地问道："消息可靠吗？"

"还在确认。"

"立即联系国家天文台太阳物理研究总署。"

“我来吧，雷队。”

刚走到门口就听到这个消息的沈勇折返回来，立即拨通了国家天文台太阳物理研究总署的电话。从他惊恐的眼神中，雷鸣知道，这件事已经可以确认了，轩辕同样明白这个道理。

“头儿，确认了。”沈勇焦虑地看着他们。

轩辕脸上堆起一层阴云：“如果没有人工风暴层的阻挡，近地球人造天体全部都会被毁掉。纵然是智能情感球的反对者，能做出这种事的，也是个别极端分子。”

雷鸣神情凝重：“最麻烦的，恐怕还是这件事与 New Ocean 人扯上了关系。”

“不仅如此。”沈勇压抑着内心的慌乱，干巴巴地说道，“这次风暴太强，如果失去人工风暴层的阻挡，大量的高能粒子进入地球磁场，会酿成毁灭性的灾难。智能电网会遭到破坏，航空、运输、金融、急救……凡是与电网相关联的行业，全部都会中断。”

轩辕脸色发黑地听完这段话。入行 15 年，他从没有像今天这样不安。他很清楚，随着调查的深入，事情变得越来越复杂！

因为海洋资源的利益纠纷，New Ocean 人与各国之间的暴力冲突和局部战争，几十年来持续不断。

从目前的证据看来，New Ocean 人参与了这次所有的事情。

可奇怪的是，New Ocean 人并不是智能情感球的反对者，甚至可以说，他们是狂热的智能情感球使用者。

为什么他们会和智能情感球的反对者搅和到一起？

失去人工风暴层的保护，对他们也一样没有好处，他们抢夺人工风暴层密码的目的又是什么？

轩辕嘉德只觉得自己的心被压上了重重的石头，一直往下沉。他向沈勇和雷鸣挥挥手示意他们出去，紧接着拨通了安全部长的电话：“部长。”

刚说了一句，就听到电话另一头相当恼火的声音：“轩辕嘉德，花了将近 6 个小时的时间，你连蓝心瑞是不是偷盗恐惧信息素的人都搞不清楚。还有，人工风暴层意味着什么不用我说你也明白！到目前为止，初级、高级密码已经丢失，唯一幸存的中级密码持有者正在遭受情感叠加的摧残。这两件事情之间是否存在联系？你为什么没有在报告中提及？”

轩辕嘉德干嗽了两声：“根据刚刚的情报分析，早间情洞袭击、劫持蓝心瑞以及人工风暴层密码抢夺都涉及 New Ocean 人。”

“New Ocean 人？”

“是的。”轩辕嘉德说。

“New Ocean 人的问题非常敏感，你们要格外小心！”部长在电话另一头特别叮嘱，“New Ocean 人和其他各国摩擦不断，今天的事情，是有人故意挑起 New Ocean 人与其他各国的矛盾，还是另有其隐情，现在还不能定论。当务之急……”安全部长顿了顿，眼睛向四周扫射了几秒后，颇为谨慎地看着轩辕嘉德，“刚刚全球居住空间总干事来电，要求我们一定确保乔恩·库柏的安全，不得让任何人以任何形式接触他。”

“这个自然。还有一件事，放置中级密码的密码箱钥匙，现在在我们手里。”轩辕嘉德停顿了一下，“我这边的情报显示，吴展德和 New Ocean 人接触密切，两件事情他都参与其中。”

安全部长满腹心事却欲言又止，最后他只是淡淡地说了句：“凡是和 New Ocean 人有任何牵扯的事，都要小心对待。我再重申一遍，不能让任何人以任何形式接触乔恩·库柏。”

轩辕嘉德点点头：“还有，我们这里查到一名嫌疑人，藏在‘解冻’游戏城堡，需要安全部出面协调，以便进入搜查。”

“把资料传过来，协调好之后，我让助理直接和你们的分析员沟通。”

“谢谢。”

雷鸣闷闷不乐地徘徊在回廊处，现在所有证据都指向了 New Ocean 人和吴展德。

假如说，他们勾结在一起掀起一波情洞危机，仅仅是为夺取人工风暴层密码而做的烟幕弹，那么劫持蓝心瑞又是为了什么？

假如说，是蓝心瑞帮助他们掀起一波情洞危机，那么他们为什么要在情洞袭击之后劫持她呢？

所有的这一切，跟那一段代码有什么关系？

那两句话的含义又是什么？

现在唯一能确认的内奸就是许拉拉，而从她口中没有得到任何信息。

杰瑞坚信拉拉清白的直觉是否正确？

拉拉还没有经历高强度审讯，这一环节是不是必不可少？

脑血管压力随着雷鸣的不安情绪正在持续加大，充满焦虑、愤怒和无奈的血液试图冲破血管喷涌而出，雷鸣的头开始疼痛起来。

一股股黄色光波从他身上释放开来，顺着走廊扩散。不久，就听到有人摔倒、有人惊叫的声音。

智能情感球皮仔在他左右来回晃悠着，不间断的提示在他耳朵里响起，雷鸣觉得有些累。

“我很累，你停一停吧。”

“我正在帮你省力气，为你找出最客观的情感计算，以便你下一步的行动。”

“别再让我选择了，直接告诉我下一步该做什么。”

“作为最高端的智能家族成员，我还没有这个权限，只能为你提供选择。现在给你提示。”

“我选择焦虑。”

“请不要抢答。”

雷鸣觉得有必要跟杰瑞好好谈一下。他来到拉拉工作台：“杰瑞，我想亲自问问拉拉。”

“你省省吧，没看见我正在找疑点吗？”

“拉拉被带进去至少 4 个小时了，审讯毫无结果，你这是在包庇她，至少违反了几十条规定。”

“别跟我扯规定，想想今天你违规了多少次。”杰瑞站起身。

雷鸣本能地让开：“那好，我给你 30 分钟。如果你搞不定，我必须让轩辕嘉德做决定，对拉拉进行高强度审讯。”

杰瑞“哼”了一声重新坐下。

“雷鸣，那黄色光波是怎么回事？”看到雷鸣离开杰瑞，毕玉波煞有介事地跑过来，“我在监控里看到……”

雷鸣烦躁地打断了她的话："麻烦你一件事，把那段视频删除掉，我不想在此刻引起议论。"

"没问题。不过，能跟我说说吗？"

"不能，因为我自己也不清楚发生了什么事！"

被雷鸣不痛不痒地顶回来，毕玉波愤愤离去。

忽然，一阵阵香味扑鼻而来，雷鸣奇怪地将目光转向门口。几个头戴厨师帽的男人捧着大大小小的盒子走进来，还带来一些炊事用具。他们在机器猫的带领下径直走向地下二层，陆陆续续走进乔恩·库柏所在的休息室。

诱人的香味，刺激着分部年轻人逐渐兴奋起来，他们离开自己的工作台，好奇地跟在厨师后面向地下二层走去。

"你的主意吗，鸣哥？"沈勇笑嘻嘻地来到雷鸣身边。

雷鸣紧绷着脸："别扯淡了。"

沈勇一本正经地说："我听说那老头儿要绝食，是因为这个原因才特意请来厨师的吗？"

"库柏要绝食？你听谁说的？"

"他们都在议论。"

雷鸣没再搭理他。

透过玻璃窗可以看见，休息室中依旧高傲、不可一世的乔恩·库柏似乎也禁不住香味的诱惑，鼻子不停地翕动着。

"爸爸。"

雷鸣心里一惊，急忙回头，兜兜正坐在轮椅上，身后站着宁文子。

雷鸣有些不满地看了一眼宁文子："兜兜，你怎么来了？"

"文子阿姨说来了很多厨师，这在分部还是头一回，所以我也来看看。"兜兜兴奋地说。

宁文子面带微笑，推着兜兜继续往前走。

从认识她到现在，几乎没见她脸上出现过笑容。虽然此时的笑容让她显得有些生机，但是眼神中却依旧透露出冰冷刺骨的气息。

雷鸣心里发怵，禁不住皱起眉头。

休息室内，丰盛的食物已经放到桌上，乔恩·库柏兴致勃勃地看着眼前的美食。他觉得闻够了美食的香气后，才开始一口一口慢慢品尝起来。

楼层上下围观的人逐渐多起来，这样的香味从来没有在分部内出现过，究竟是谁批准的，让库柏受到如此高规格的待遇？大家觉得既新奇又难以理解，嗡嗡作响的低声交谈，密密麻麻爬满整个分部。

厨师们继续为乔恩·库柏忙碌着：移动锅灶台上发出呼呼的声音，哧哧作响的油锅在几秒钟之后冒起白烟来。头戴高帽的厨师将一条清理干净的鱼扔进锅里，顿时一股红色火焰冲了上来，厨师熟练地抖动着胳臂，将鱼儿翻了个面。

周围人一片啧啧赞叹。

雷鸣头疼欲裂，正准备离开，却被一道反光晃过了眼角。

他疑虑地回过头，发现了一个不易为人察觉的细节：库柏正在吃红烧猪蹄，相对于猪蹄来说，他就餐的盘子简直硕大无比，在灯光下还闪烁着熠熠的光芒！

用这么大的盘子？

雷鸣正想着，被一声怒喝打断了思绪。

“都在这里做什么，立刻给我回去！”轩辕嘉德怒气冲冲地跑过来，身后跟着一队全副武装的特勤队员。

人群立即散去，特勤队员马上把休息室围得水泄不通。

雷鸣急忙向宁文子使眼色，让她把兜兜带走。但是，对于自己的暗示，她好像一点反应也没有。

就在雷鸣准备自己动手去推轮椅的同时，却听到兜兜轻语说：“我们走吧。”

她用那闪烁着钻石般光泽的眼神看了一眼宁文子，宁文子呵呵一笑，推着轮椅向电梯间走去。

雷鸣疑惑不解，他想起早上蓝心瑞说兜兜的眼睛有问题，可能要开刀。

难道兜兜的眼睛真的有问题吗？

可又不太像！

兜兜和宁文子之间似乎存在一些微妙的、不被外人知晓的特殊联系。

这是怎么一回事？

雷鸣呆呆地站在那里，看着宁文子将兜兜推到电梯间。

“这些厨师是哪儿来的？经过了谁的批准？”轩辕嘉德气急败坏地冲着身边的

史托尼喊道："立即去查查厨师的来历。还有，究竟是谁让他们来的？又是谁放他们进来的？"

史托尼被吓得一哆嗦，急忙跑开。

休息室内，乔恩·库柏开心地喝着红酒，全然不在意鱼贯而入的人。轩辕嘉德走进去，那特殊的用餐盘子引起了他的注意。

"就餐用这么大的盘子，这是谁的主意？"轩辕嘉德看着有些惊慌失措的厨师们问。

"你们要求的呀。"其中一名胆大的厨师解释道，"通知我们不用带盛菜的用具，说只能用你们这里的。"

"谁给你们打的电话？"

厨师摇摇头。

"雷鸣，你知道是谁吗？"

兜兜的异常让雷鸣忐忑不安，他担心孩子被扔下车后，是不是有些问题没查出来；或者，宁文子给她的心理辅导根本没起作用。不过，兜兜看上去似乎比宁文子要正常。究竟出什么问题了？

雷鸣脑子一片混乱，他含混不清地随口应答着轩辕嘉德的问题："噢，我还没问。"

"雷鸣！"雷鸣的心不在焉，让轩辕嘉德差点控制不住自己急剧上升的烦躁情绪，"你在想什么呢？"

"我……"雷鸣意识到自己失态，"我有些不舒服。"

"那你立刻去休息。"轩辕嘉德怒气未消，"什么时候清醒了再来见我！沈勇，快去查查谁打了这个电话。"

沈勇点点头急忙往外走，一边抱着自己的智能情感球，一边嘟囔着："冲着我喊什么，不是已经叫史托尼去查了吗？"

雷鸣趁机离去，他觉得有必要搞清楚兜兜的情况。

当他疾步回到大厅时，看见毕玉波像一只没头的苍蝇，穿梭在洗手间和大厅之间。

雷鸣很了解毕玉波的工作习惯，凡是重大事件发生时，她都会尽量减少饮水量，以便减少离开工作台的时间。

可她现在的举动很不正常！

职业敏感让雷鸣漫不经心地走向男洗手间，智能情感球皮仔飘浮到他面前，低声问道："需要一些提示吗？"

"需要。我选择疑惑。"

"你又抢答。"

"闭嘴。"

雷鸣悄悄爬进男洗手间天花板顶，不一会儿便听见毕玉波喊道："有人吗？"

进女盥洗室，还需要问"有人吗"？雷鸣越发觉得蹊跷。

"有什么事吗？"是宁文子的声音。

"哦……我有个私人电话。"毕玉波的声音变得有些柔软。

"砰"的一声，宁文子从里面出来，冷冰冰地看着她："你可真行，今天'7级优先'，你还敢用私人电话？不怕我告发你？"

"好姐姐，就一次。真是没办法，男朋友总是缠着我，今天是他生日，又不能陪在他身边，所以我……"毕玉波语气尴尬，越发柔和地说道，"我实在找不到合适的地方来说这些甜言蜜语。"

"撒谎！"雷鸣差一点从上面摔下来。毕玉波故意装出来的柔软声音，让他全身爬满了鸡皮疙瘩。

毕玉波的感情生活是怎样的，作为相知多年的老友，雷鸣还是比较清楚的。自打自己和蓝心瑞确定关系之后，她一直都很古怪。直到一年前她男友死在另一个女人的怀中，她才好好地哭了 3 天。

什么男朋友今天生日，简直是扯淡！

"亏你想得出来，在这种地方甜言蜜语能说得出口吗？"宁文子嘴角微微颤动了一下算是笑了笑，"我不耽误你。"

门"砰"的一声被关上。

紧接着，雷鸣听见毕玉波将每一扇厕所门都打开看了看。在确定没有人之后，她打开了水龙头。

哗哗作响的水流声越来越大，雷鸣不得不把天花板夹层的盖子拆开向下窥探。

下面的情景既滑稽又可疑：水龙头哗哗流着，毕玉波趴在地上，将一根细细的东西塞进下水管道内……

雷鸣慢慢爬下去，悄悄走到毕玉波身后，声音压得很低：“嘿！”

这足以把毕玉波的心脏吓出来！

她来不及收回东西，猛然站起来。她回头的时候，眼眶变得很红，眼泪唰唰往下流。雷鸣知道她被吓坏了，他想将她搂在怀里安慰一番，可是他没有这么做。

“你在做什么？”雷鸣尽量让自己的语气轻松一些。

“我……”毕玉波哽咽着，她努力使自己平静下来。

“需要我帮忙吗？”雷鸣轻柔地问道，并且从口袋里掏出一块淡绿色的丝质手绢递给她。

她推开雷鸣，用袖子擦了擦眼泪，问道：“你怎么会在这儿？”

雷鸣避而不答，从地上捡起个蓝白相间的三角形微型装置：“你在做什么？这不是水流波段测试仪吗？”

毕玉波一言不发，目不转睛地瞪着他。

“你在做什么？究竟你发现了什么？”

“看到我哭，你都没想着要抱我一下吗？”

“我在厕所上方听了半天，你现在让我用哪一种心情来抱你？”

“你偷窥的时候，又是哪种心情？”

“好，我答应你，等这件事结束，我一定好好请你吃一顿。”

“哼，你邀请别人吃饭的地方可真够别致的。”

“只要你高兴，我以后……”

毕玉波瞪圆了眼睛，死死盯着他。

“我以后每天请你吃饭。”

听了这话，毕玉波心情舒畅了许多，她贼头贼脑地打开女厕门四处看看，将门反锁后低声说道：“我去过拉拉工作台，她的确监听过你的手机信号，也确实从她电脑中将气味追踪蚁的分布图传了出去，可是这些都是有人故意陷害她。”

“你有证据吗？”

“你认识这个吗？”

毕玉波从口袋里掏出一块黑色的、类似于胶皮板的东西。这黑乎乎的东西长短不过10厘米左右，雷鸣拿在手上，翻来覆去依旧是黑乎乎一团，根本看不出它究竟有什么作用。

“还记得我以前在什么单位工作吗?”

“你以前……”雷鸣回忆起当年招收毕玉波进来时，是他做的主考官。他点点头说道：“在星际设备制造厂做技术员。”

“在工厂的时候，我知道有一种具备贴入性挖掘技术的产品。它可以贴附于任何能产生辐射的产品上，分析其能量结构、能量变化以及其他各种基础数据。”毕玉波继续说，“这种技术原本用于星际技术分析，后来听说被一些人用于窃取技术上。别看这小小的玩意儿，被它贴上，你的电脑就不再有秘密。当然，偷取密钥也是相当简单的事情。”

“也就是说，有人偷取了进入许拉拉电脑的密钥。有了密钥，他可以在任何一台机器上发出信号，而黑锅许拉拉算是背牢了。”说到这，雷鸣心里一阵发毛。

“我查了拉拉的电脑，12:30 在异地登录，那会儿她正在楼下吃午餐。登录地址被一个超级矩阵屏蔽，我还没有解开。”毕玉波说。

雷鸣脸色失血：假如说许拉拉不是内鬼，那么这个人是谁?

毕玉波注意到雷鸣微妙的变化，她顿了顿继续说道：“有意思的是，陷害拉拉的人可能已经发现，有人并不相信拉拉是内奸。或者说，他发现了自己的这个玩意儿不见了，所以就改变了通信方式。而这一点我是从洗手间内哗哗的流水声里得到的启示。”

毕玉波从雷鸣手上拿回小小的测试仪：“这不是水波测试仪，这是声波发送器。数据利用声波的不同频率发送出去，对方手上的声波接收器就可以接收到数据。将这些数据汇总，他们就能得到想要的讯息。”

“他改变了通信方式，现在利用声波向外界输送信息?”雷鸣吃惊地看着毕玉波，“你能确定吗?”

“能确定，只是我到现在还不能确定，这个人究竟是谁!”

洗手间外面传来一阵嘻嘻哈哈的谈话声，大致内容还是和那些美味的食物有关。雷鸣猛然间意识到，厨师进入分部绝对不是一个偶然事件，难道对方的目标是乔恩·库柏?

他凑近毕玉波一阵耳语：“你去告诉轩辕嘉德，行动方案是……”

伤痛渐为仇

街道上出现3个身着长袍的人，其中一个背着另一个，跟在个头矮小的人身后疾步向森林公园走去。

他们选择一处毫无人烟的地方，钻进波纹钢管涵，个头矮小的人掀开长袍上的帽子，露出那张苍白的面孔。

“老师……”她一开口，雨帘般的泪水顺着脸颊流淌下来。

7年未见，吴展德消瘦了许多，一头白发杂乱无章地贴在头上，眼神中散发出浑浊的光芒，时间在他皮肤上刻满了岁月的沧桑。

“孩子，不要难过。”吴展德坐到地上，“现在没有多少时间流泪。”

蓝心瑞拭去眼角的泪水：“至少您跟我说说这究竟是为什么。”

吴展德看了看她，叹口气：“7年前你婚礼上智能情感球突然中毒的那一瞬间，不知道你有没有一种异样的感觉。”

蓝心瑞点点头：“我有，但不知那是什么。”

“当时我也很奇怪，攻击情感球的事情我们都经历过不少，可那一次感觉却很不一样。”吴展德笑笑，“好奇心战胜了一切，我在FT售后人员到来之前，带着自己的智能情感球悄悄离开了。”

“后来您发现病毒代码不同寻常，而且里面有一句奇怪的话‘我可爱的贝贝熊，你看见了吗？’”蓝心瑞忧心忡忡地看着他，“您知道吗？那是我小时候，爷爷跟我躲猫猫时常常会说的一句话。”

“原来是这样。”吴展德点点头，“虽然不清楚这句话是什么意思，但我发现那段代码攻击的是智能情感球系统程序中的一段无用代码。我当时很奇怪，所以跑回漫步微海岛的实验室做进一步检测，结果发现系统程序中的无用代码实际上有另外的用途，它触发时发出的振动频率会与人类右脑共振，强制形成虚假潜意识。所以，信中才会有提醒你注意的话。”

蓝心瑞失色道：“原来是这样。”

“实际上，这也是你爷爷留给你的关键提示。他希望你通过这句话发现那段问题代码的作用。”吴展德高兴地将乱草般的头发整理了一下，“还好，没有辜负你爷爷。”

蓝心瑞垂目道：“只可惜爷爷不在了。”

“他是一个伟大的人，只恨我明白得太晚。‘我以为我做出了选择，其实不是’，我也是最近才明白过来。”吴展德感叹不已，“我以为我依赖智能情感球是出于自愿，其实不是。原来这个‘自愿’的潜意识是虚假的。”

蓝心瑞恍然大悟：“我明白了。当激活码《幸福在咆哮》响起之后，被控制的虚假潜意识突然断裂了。那一天智能情感球遭到攻击之后，我想很多人应该都有过不同以往的感受。”

吴展德点点头。

“只可惜，我始终没明白这个道理。”蓝心瑞红着脸说。

吴展德眉头舒展，慈祥地笑道：“这没什么。孩子，至少你现在知道了。”

“不过……”蓝心瑞疑惑地抬起头，“既然您当时已经明白了这些，为什么不直接告诉菲米亚公约组织，反而是写信告诉了我呢？而且当时您已经对自己的安全产生了担心。您害怕什么？究竟发生了什么？”

吴展德叹了口气：“当我的好友 FT 首席设计师、董事长道格·斯科特得知这一消息后，决定派人跟我详谈。我告诉他这件事原本是出于简单的愤怒，认为他不该为了利益不顾一切，希望他能改过。但事后我觉得有问题：他不愿意亲自来见我，说明我能触碰到他的底线。他派来的人究竟会做什么？我不能确定。”

“可您当时有时间写信，难道没时间给菲米亚证据吗？”

吴展德羞愧难当：“对不起孩子，我害怕了。我甚至想好了，如果来的人真是杀手，我应该如何妥协。”

蓝心瑞没想到老师会如此解释，更没想到他会如此坦诚地面对自己的懦弱。她眨巴眨巴眼睛，想了一下说道：“可您是真实的，并不虚假。”

吴展德叹了口气：“至于后来的事情，你应该很清楚了。”

“是的。所有人都认为是您残害海滩上的人，实验室里所有的直接证剧都被烧毁了。”蓝心瑞难过地看着他，“老师，我想亲耳听您说一句，7 年前那件事是不是……”

“不是。我没有杀人，更没有放火。”吴展德坚决地摇摇头，“不过，有一点很可疑，出事之前我看见一只灰鹈衔着奶香玫瑰飞进我的实验室。之后，我便昏迷了。等我再次醒来时，已经到了 New Ocean 的海底之城。”

“这么说，FT 公司是通过灰鹈和奶香玫瑰对您下手，然后再嫁祸给您的。”

吴展德点点头。

蓝心瑞愁云满面：“FT 公司至今没有死心。一周前我给菲米亚组织发了一封信，却被 FT 公司设计了，他们把激活码改成了《幸福在嚎叫》。”

“7 年了，他们始终没有放弃对菲米亚公约组织的监控。”吴展德叹了口气，“有些秘密如果想带入棺材，需要有能够遮天蔽日的实力。”

“但有一点我不明白。FT 公司既然知道我们已经得知病毒代码会让人脑形成虚假潜意识，也用手段迷惑了菲米亚公约组织，可为什么还问我要证据？他们说的证据究竟是指什么？”

“当年在 New Ocean，我也多次被问到证据在哪里。直到对我的智能情感球进行解剖后，他们才放过我。”

“这么说，病毒代码的秘密对他们并不构成威胁？”

吴展德肯定地点点头：“我认为，你爷爷一定知道他们千方百计想得到的证据究竟是什么。”

“我爷爷？”

“对，你爷爷。”

“那我得去爷爷的老屋看看。”

“太冒险了，现在最安全的办法就是把事实告诉情感护卫队。”

蓝心瑞摇着脑袋："护卫队现在并不安全。"

"为什么？"

"为了逼我说出证据究竟在哪里，有人给我看了些资料，他们正在监控情感护卫队。"

吴展德问道："难道他们内部出了问题？"

蓝心瑞点点头："肯定有内鬼。所以现在我唯一能做的，就是去把这个证据找出来。"

"让切斯陪着你。"吴展德指了指身边的大男孩，"他是个孤儿，我在海底之城一直和他生活在一起。"

蓝心瑞握住他的手："你好，切斯。"

切斯红着脸："你好。"

"可是老师，我不放心你一个人。"

"大隐于市。我去吉五道，那里的人流量最大。"吴展德站起身。

"吉五道那么大，怎么找你呢？"

"你会找到的。"

蓝心瑞奇怪地看着老师："为什么您这么肯定？"

吴展德一愣，随即指着切斯笑道："千万别小看这孩子，要不是他，我们还出不来呢。"

蓝心瑞好奇地看着切斯，"难道看门人奇怪的变化，是因为他吗？"

吴展德笑了笑："是，切斯有特殊的情感转移能力。好了，有些事以后再说，还记得在学校里我们做的情感追踪实验吗？"

"记得。"

"那就好，切斯身上带着备用仪器，到时候你一定能找到我。"说着，吴展德张开双臂用力将蓝心瑞搂在怀里。

"那你一定要小心点。"蓝心瑞忍住泪水，重新穿好长袍。

看着她逐渐远去，吴展德松了一口气，刚刚差一点说漏嘴，有些实话他不能告诉蓝心瑞。早在多年前的一些实验中，他就发现蓝心瑞这个孩子不用任何仪器，在别人毫无防备的情况下，就能与他人建立情感量子纠缠关系。

实际上，利用蓝心瑞的能力，自己可以轻而易举找出躲藏在黑暗中的对手，可是自己不能这么做。蓝心瑞的这种能力可怕到何种程度，他不敢想象，也绝不允许自己将这个秘密说出来。

毕玉波推开轩辕嘉德办公室门的时候，他正拿着梳子敲击自己的脑袋，看上去烦躁至极。

在如此紧要的关头，护卫部乱糟糟一团：雷鸣心不在焉；杰瑞为了许拉拉的事情跑前跑后；一群莫名其妙的厨师，把分部搞得跟大食堂似的；门卫保安仍处在迷幻药的幻觉之中；还有史托尼这个笨蛋，连厨师的来龙去脉这么简单的事情也查不出来！

看见毕玉波进来，他立即扔掉梳子说："来得正好，把雷鸣给我找来！"

"雷鸣让我向你报告……"

毕玉波迫不及待地将雷鸣的话转述一遍。轩辕嘉德听完，用拳头狠狠砸在桌角："立刻封锁分部整栋楼，行动！"

鱼贯而出的蜗牛和水母队员从黑暗处快速移动到灯光下，身上的变色衣让他们在不同光线下若隐若现。

大多数工作人员刚开始还以为这是幻觉，直至感受到身边掠过一阵阵凉风，才真正认识到强悍的队员们正在行动。

蜗牛队和水母队在本部内进行大规模的搜查，很多人还是第一次遇到。

大多数分析员、技术员害怕起来，倒水、上洗手间，以及私底下的小情调统统戛然而止，他们知道阴谋即将被揭穿！

轩辕嘉德来到乔恩·库柏的休息室，这家伙吃得心满意足，正在呼呼睡大觉。他拿起那个巨大的菜盘，对身边的沈勇说道："去查一查它的来历。"

沈勇神情严肃，接过菜盘匆匆离去。

躲在暗处的雷鸣发现端倪，急忙从安全通道追下去。

"你去哪儿?"皮仔跟在后面。

"你别跟着，去看看毕玉波需要什么帮助。"

"那好。"皮仔听话地向毕玉波飘去。

分部建筑底层除了电力设备之外，还有一部分是水处理设施。阴暗、潮湿，错综复杂的输电设施和水管错落在狭窄的空间内。

雷鸣推开几扇门，没有见到人影，在仔细搜寻电力机组之后，迅速绕过中间一片冷槽，来到水处理设施区域。

倏忽，一条黑影一闪而过，疾速消失在水管转角处。

雷鸣下意识咬紧牙关，徐徐地放缓了脚步。

身后，一阵凉风蹑手蹑脚地掠过他的头发，他迅速掉转枪头！

除了长长的银灰色水管之外，什么也没有，身后的那阵风也凭空消失了。

雷鸣仔细听着四周的动静，没有发现异样。

地上除了他的脚印之外，还有一个更大一号的。

不过，他并没有注意到！

他的眼睛正紧盯着黑影闪过的地方，很快他来到转角处。

是一块脱落的墙皮！

它随意飘动着，偶尔过道的风大一些，它便非常愉快地摇摆过转角，朝着过道延伸过去。

顺着墙皮飘动方向再往前走，这里既有上行水流压力锅，也有下行水流巨大的排水口。哗哗流淌的水声，以及轰轰作响的压力锅声音，搅扰着雷鸣的听觉和判断力。他有些急躁地掀开排水口盖子，各种难闻的气味扑面而来，冲刷着雷鸣鼻腔内每一个细胞，刺激着他每一根神经。

不过，这反而让雷鸣更精确地作出了判断：这个内鬼，如同毕玉波发现了他一样，他也一定发现有人在追查这件事情。请厨师进来无非是一个烟幕弹，通过某种方式得到乔恩·库柏的中级密码才是他的首要目的。

当然，按照毕玉波的说法，内奸是通过声波传送消息，那么这块区域——分部底层的排水口——才是他可以最快速送出消息的地方。因为在水中，声波速度是空气中的 4 倍以上。

雷鸣打开手电筒向下看去，下面的水流不算太急，沿着下水管盖子的边缘，有一些因为长时间挤压被突然分离而脱落的污垢。

便于攀爬的钢管楼梯，由于常年处于潮湿的环境而长满了青苔。光线过处并没有发现青苔上有脚印的痕迹，可是有些部分像是被用刀切掉一样平整。

雷鸣趴在地上，将手电筒尽可能地靠近那地方，那位置处于他手无法触及的深度，他不得不顺着楼梯一侧的钢管滑下去。在靠近那块青苔的地方，4 厘米长的横切面清晰呈现在眼前。

很明显这是刚刚做的手脚，可是为什么单单只有这一处呢?

雷鸣重新搜查了每一层台阶，青苔饱满而又充满着活力，似乎在告诉他没有人下来过。他蓦地想到，对方一定是用绳索将声波发射仪送下去发送消息的。而由于声波仪的重量，绳索在某一个时间节点与阶梯上的青苔遇上了。

想到这儿，雷鸣急忙往上爬，一个阴恻恻的声音出现在头顶："看来你想明白了，不过游戏总该有结束的时候。"

一个黑洞洞的枪口对着雷鸣——

是史托尼!

"你以为你能逃掉吗?"雷鸣抬头看着他的逆光剪影，淡然问道。

"我的消息已经送出去了，打死你之后我会自伤，你手上也会出现声波传输仪的指纹。最后的结果就算没有人相信，也没有证据证明这件事情是我做的，而我为自己赢得了离开的机会。"史托尼稍微侧了侧身，头顶灯光斜射在这张阴冷的脸上，邪恶而充满暴力。

看着雷鸣僵硬的攀爬姿态，他得意地嘿嘿一笑，右手的枪对准了雷鸣的前额。

突然，一股股黄色波纹从下面冲上来，史托尼还没反应过来就被击倒了。紧接着，银光闪过。史托尼只觉得眼前一花，本能地用手遮住了脸部。就在这一瞬间，雷鸣一跃而出，将史托尼踢进了两个水管的夹缝中。

银光闪闪的丝线出现在两人中间，一端在雷鸣的手上，另一端顺着史托尼脖子绕了一圈。几缕鲜血从脖子血印处渗出，脖颈处的皮肉向外上下翻开。只要雷鸣稍微抖动手指，那根银线就会像钢锯一样，切断翻裂开的内层肌肉。

"淡黄色的波纹！这是什么武器?为什么作为副部长助理的我从来没有听说过?"史托尼痛苦地看着雷鸣。

"这是玛瑙级护卫的秘密。"雷鸣淡淡地回答道。实际上他自己也不明白这些具有攻击性的波纹究竟是怎么回事!

史托尼被关进了审讯室。

许拉拉和杰瑞正从另一个房间走出来。看见他们，雷鸣转身准备离开。

“鸣哥。”杰瑞乐呵呵地走过去搂住雷鸣肩膀，嬉皮笑脸地看着他，“念你揪出了真正的内鬼，我们原谅了你。”

许拉拉盈盈浅笑：“谢谢你，鸣哥。”

“你们去谢毕玉波吧，这个情报是毕玉波发现的。”

“玉波姐?”许拉拉有些意外。

“是的。”

“鸣哥，自打7年前你离开护卫队之后，我们再也没有比过，今天结束后是不是应该有个分晓啊?”

雷鸣乐了：“你小子，怎么还记得7年前30秒近距离瞬搏输掉的事情?”

“那天我刚好拉肚子，上次的分数不算。”

“你又想赖皮?”

“怎么会呢?”杰瑞嘿嘿一笑，“谁都知道你是近距离瞬间搏击高手，可我也不赖啊。”

许拉拉不愿意杰瑞继续闹腾，她略带疲惫地说：“你们慢聊，我去找玉波姐。”

20分钟后，雷鸣和杰瑞走进“奇特1号”审讯室监控厅，轩辕嘉德端着那个闪光的巨大菜盘走进来。

“头儿，这是什么?”杰瑞奇怪地问道。

轩辕嘉德将菜盘递给他：“仔细想想，你应该会认出来。”

杰瑞拿在手里仔细地看了看，这巨大的菜盘光洁透亮，当镜子使用也是绰绰有余。他肯定地说：“一面大镜子!”

轩辕嘉德用手戳了戳他的脑袋：“你好歹也是个队长，被许拉拉搞得昏头昏脑。告诉你，这是一面燃烧镜。”

杰瑞无奈地摊开手：“我没说错啊，这就是一面镜子。”

站在一旁的雷鸣猛然醒悟：“难道说中级密码藏在库柏的眼睛里?”

轩辕嘉德点点头：“刚刚和全球居住空间总干事沟通过，他确认中级密码藏在库柏的眼睛里。”

“中级密码不是在密码盒子里吗?钥匙还在我这儿呢。”杰瑞说着从身上掏出那把仿生钥匙。

轩辕嘉德微微一笑：“他们在声东击西。”

杰瑞看着手上蠕动的仿生钥匙呆了呆，心有不甘地问道："可燃烧镜是专门查找情感漏洞的镜子，这跟中级密码有什么关系?"

雷鸣知道杰瑞又开始较劲了，他微微一笑："据我所知，燃烧镜是专门针对不可遏制的情感制作而成，镜子利用不同光线的强弱、大小会形成不同色彩的波纹，而这些波纹会与人体脑波作用，在人脑中产生各种曼妙音乐，从而起到缓解作用。"

"那又如何? 难道通过这面燃烧镜就能偷取中级密码?"杰瑞还是没有明白。

"当然可以。"雷鸣点点头，"首先，库柏身体里带着密码，身体受到攻击后情感也受到严重冲击；其次，他遭受到情感叠加的折磨，内心情感异于常人；其三，在镜子舒缓的协调下他很容易放松下来，藏在眼睛里的密码会清晰无误地反射到镜子里。"

轩辕嘉德猛地将燃烧镜敲碎，一块小小的芯片掉在他手里："这枚芯片原本是用来搜集各种数据的，现在刚好可以被我们利用。"

杰瑞恍然大悟："这么说，对方早就知道真正的中级密码并不在密码盒中，而是藏在库柏的眼睛里了?"

轩辕嘉德点点头："所以，我们还是晚了一步。"

听到这里，杰瑞忍不住摸了摸脑袋："有一件事我不明白，史托尼什么时候认识这帮人的。"

雷鸣看了轩辕嘉德一眼，将想说的话咽了下去。

轩辕嘉德没有说话，他紧闭双唇神色黯淡，满腹心事地盯着审讯室内的史托尼。

此时，史托尼正平静地坐在椅子上，宁文子正帮他在做伤口处理。她用黄色碘酒棉球来回擦洗着史托尼脖子上的伤口，断裂开的皮肉在棉球移动中上下翻滚着。

史托尼没有一丝痛苦表情，似乎那皮肉并不是长在他身上，他此刻正在享受着技师的全身按摩。他玩弄起自己的指甲，"啪啪"的单调、乏味的声音宣示出步入坟墓般的节奏，令人毛骨悚然。

宁文子不觉心惊肉跳起来，以最快的速度帮他包扎好伤口，匆匆离去。

轩辕嘉德走进来坐在史托尼对面。史托尼依旧在玩弄指甲，好像面前从来没有出现过这个人。

很久，两人没说一句话。

“啪、啪、啪”的声音穿梭于两张椅子之间，带动着史托尼呼吸的节奏，一次次压向轩辕嘉德。

很快，轩辕嘉德就发觉自己的呼吸被这节奏左右了，他调整了一下坐姿，深深吸了一口气问道：“为什么要这样做?”

史托尼没有回答，依旧玩弄着指甲。

旁边，史托尼的智能情感球被接入检测系统，数据显示：

A. 平静——你可以不做任何选择。

B. 绝望——你可以去登山看日出。

轩辕嘉德扫了一眼检测数据的显示，警惕地看着手脚被铐上的史托尼：“请回答我的问题!”

史托尼微微抬起眼皮，眼神中贮满了汹涌的海水，如同猛虎一般妄图吞噬眼前的一切。他最长的小拇指指甲也在这强悍的眼神中断裂。史托尼从桌上捡起弯弯的断裂的手指甲。

这指甲晶莹透明，一看就是女人用的假指甲。

一个男人为什么会贴上女人的假指甲?

“阻止他！快阻止他!”雷鸣忽然发现了什么，“快给我开门!”

史托尼拿着半圆形的假指甲，用力在小拇指上划了一道，鲜血立即喷流出来。

小拇指的肉翻开了，史托尼将一粒藏于其间的绿色药丸取出来，一仰头将它吞进腹中。

“你这是做什么?”轩辕嘉德猛地起身，由于力量太大，那把椅子‘哐当’摔倒在地上。

“快吐出来！来人来人!”他一边喊着一边用力掰开史托尼的嘴。

史托尼用力将他打倒在地：“太迟了。这是箭毒草的毒，10秒之内它就能渗透进入我的血液。”

当雷鸣、杰瑞和宁文子冲进来的时候，轩辕嘉德已经重新坐到椅子上，他向他们摆摆手，示意他们出去。

审讯室的门被再次关上，轩辕嘉德挺直的腰杆突然间弯曲起来，他软弱无力地靠在椅子上，喃喃道：“为什么你还在恨我?”

史托尼没有回答，脸色开始苍白起来。

“我以为……你已经原谅了我。”

“原谅？你杀了我的孩子，刚刚 2 个月的孩子。”史托尼猛然喷出一口鲜血，洒到轩辕嘉德的脸上，“我不能够血债血偿，那样太便宜你了，我要让你永远背负着内疚的枷锁直到死亡。”

“这就是你通风报信的理由？”

“为了能够报仇，我倾家荡产贿赂官员，就是为了得到跟你来这儿的名额。”

轩辕嘉德身体摇晃了一下：“怪不得我来之前一周，上面突然通知随行的人员有变动。”

“如果这次的事顺利，我就会得到很大一笔钱，可以在黑市上买一份极度恐怖的情感，来叠加到你的情感世界里。”史托尼肆无忌惮地大笑起来，“我会看着你每一分每一秒都处在恐惧中，生不如死地苟活在这个世上。”

轩辕嘉德面如死灰：“为什么你就是不能原谅我呢？”

“原谅？你杀了我的孩子，还妄想被原谅？我带着这仇恨过了 13 年。”史托尼喘着粗气说，“忘记仇恨？我做不到！它充斥在我血液中的每一个细胞里，生活中的每一段记忆里。我不能忘记，我绝对不能忘记……你亲手杀……了我……的孩子。”

伴随断断续续的声音，史托尼逐渐停止了呼吸。

轩辕嘉德呆呆地看着他。十多年来的内疚感再次在体内燃烧起来，烧得他虚脱，烧得他全身乏力，烧得他几乎站立不稳。

他的智能情感球也随之重重地摔倒在地上。

“头儿。”雷鸣早已经看出苗头不对，他第一个冲过去搀扶住轩辕嘉德。

轩辕嘉德两眼呆滞地看着史托尼的尸体，往事映入眼帘……

13 年前，一桩黑市情洞买卖案件被轩辕嘉德亲手破获，但嫌疑主犯却逃进了一家医院的婴儿房，轩辕嘉德率队封锁了所有出口。

而这时，嫌疑犯抱出了一个小小的人质，逼迫所有人后退到街对面。

他是黑市情感贩卖网络头头儿，因为他的存在，造成了无数的伤害。

如果后退到街对面，明摆着就是要放他走！轩辕嘉德不甘心：花费了 3 年时间，只要逮捕他，轩辕嘉德就可以第 5 次获得嘉奖。这同时意味着，退休后他将有一笔丰厚的养老金，更主要的这是一份至高无上的荣誉！

于是，轩辕嘉德毫不犹豫地开枪了，子弹擦中罪犯左侧医疗设备的钢板，反弹至婴儿头部……

听完轩辕嘉德的叙述之后，屋内一阵沉默。大家都明白：那婴儿，就是史托尼的孩子。

许久，雷鸣打破了沉默，他让人把史托尼抬出去尸检。

“走吧。”轩辕嘉德竭力让自己平静下来，“我们需要把事情重新推演一遍。”

〈意料之外

看见几个人走向轩辕的办公室，毕玉波和沈勇分别起身，匆匆跟了过去。

“未来预测系统的关联结果出来了。”

“进来说吧。”轩辕嘉德掀开水幕全息图。

毕玉波指着其中一个窗口说道：“综合所有数据，未来预测系统分析出几条结果。第一，因为垃圾运往安795C星球处理的费用太高，全球垃圾公约组织多次将垃圾深海掩埋。按此速度预测，11年之内，New Ocean国的海洋之城将无法净化空气，面临消亡。New Ocean与陆地国家重新开战的概率为67%。第二，安795C星球临时政府多次向联合国申请要求独立，一直未被批准，预测三年之内将连续发生大规模暴动，并蔓延至地球。第三，反对使用智能情感球组织领导人克里斯·霍尔特的父亲，因情感球年限到期被强制停止使用，半年前自杀身亡。克里斯本人多次往返地球与安795C星球。预测反对使用智能情感球组织与安795C临时政府联手的概率为94%。”

“看样子事情还挺麻烦。”杰瑞挠挠脑袋，“我还以为是有人利用New Ocean的问题，再次挑起纷争，企图夺取更多的海洋控制权呢。”

“支持与New Ocean人开战的武器商巨头亚伦，常在公开场合故意挑起陆地与海洋的战争。一旦开战，他们将有足够的资金建造飞船，去2100ZS31375采矿。”

毕玉波摇摇头，“不过这一点可以排除。因为今天系统超负荷运转，所以预测系统出来的结果比我们得到的资料分析要慢一步。”

沈勇在全息图上打开另一个窗口：“这是从星球局带回来的消息，比对预测系统后，我们赞同第三种结果。”

杰瑞简直不敢相信自己的眼睛：“这是真的吗？15 小时之内，K11 级的超强太阳风暴将袭击地球？并将导致这一切。”

“是真的。”

杰瑞吃惊地瞪着沈勇：“没有了人工风暴层的阻挡，我们岂不是全部完蛋了？”

沈勇点点头。

“沈勇，安全部长助理和你协调的事情怎么样？”

“安全部去抓鱼车翻，由于他拒捕，严重扰乱正在游戏的人，结果被一帮在游戏里输掉比赛的人打死了。”

轩辕嘉德皱起眉头：“怎么会这样？他的智能情感球呢？”

“不在他身边。”沈勇接着说道，“两分钟之内他被送到安全部医院，脑细胞在全部死亡之前被重新激活，医生正准备提取他大脑记忆区的影像资料。”

“那好，跟进他们的资料。”

沈勇点点头。

“所有的这些事，跟蓝心瑞有什么关系？”雷鸣大声发出疑问。

轩辕嘉德喉结上下翻动了一下，终究没有说出那毫无意义的安慰。其他人也都低着头。

雷鸣气急败坏：“陈松的电脑资料里，和蓝心瑞收到的信件中，都有一句‘我可爱的贝贝熊，你看见了吗’，为什么找不出这句话的含义？还有那句‘我以为我做出了选择，其实没有’，为什么沉海系统还没有得出结果？”

没有人说话，气氛尴尬。

恰好此时许拉拉风风火火跑进来。

“什么事？”轩辕嘉德问道。

许拉拉笑嘻嘻地看着大家：“我查了史托尼在情感储备银行的账户，从两个月前开始，共有 4 笔总共 5000 万海隆币的进账，而且钱是从 New Ocean 打过来的。不过，对方账号用了特别代码。”

“打款的是谁?”轩辕嘉德问。

“是吴展德。”

听到这个名字，雷鸣一下子跳了起来。

“你冷静点。”轩辕嘉德站起身，“毕玉波，你带人去情感银行查一下。”

毕玉波有些为难：“可我没有出勤的经验。”

“既然对方用了特别代码，说明史托尼在情感储备银行的账号属于Ⅳ星级。这个级别的信息，银行内部有严格的保密措施。”轩辕嘉德看了一眼毕玉波，“你要知道，New Ocean 的国土范围占到全球的1/3，没有特别代码，我们无法知道具体位置。”

“明白，这就去。”毕玉波虽然不太情愿，可还是站起身快速离去。

轩辕嘉德拨动了一下水幕全息图，哗哗水流声之后，一张水下管道全城分布图出现在上面。

“既然史托尼已经完成任务，这就说明地下水流的某个位置，一定有接收的装置。无论三级密码到了谁的手里，你们两个都得给我抢回来。”

雷鸣和杰瑞点点头，两人即刻行动。

阴暗的下水管道又湿又滑、臭气熏天。

所有执行任务的人都在认真整理装备，他们的智能情感球安安静静地飘浮在旁边，做着离别的准备。唯有皮仔欢蹦乱跳地穿梭在人群中，雷鸣走过去一把抓住它：“你等在这儿。”

“为什么?”

雷鸣皱皱眉：“你没看见大家都这么做吗?”

皮仔在雷鸣手中拼命挣扎：“有规定开战的时候不可以带智能情感球吗?”

“那倒没有。”

“我要去。”

“不行，你会受伤。”

“你是指那些死光武器吗?放心，我会安安静静躲在你背包里。”

“不行。”

“为什么?”

“你的电量不足30%。”

“你的枪就能把我充满，现在就充。”

“为什么你一定要跟着我？”

“因为你有变化，及时给你理性提示，特别是危险时刻，是我的职责所在。”

无奈，雷鸣掏出数据线，将两头分别插在皮仔和枪上，然后把它塞进背包。

蜗牛队队员顺着扶梯往下爬，每一个人都套着连体防水服，走起来像企鹅一样笨拙滑稽。杰瑞一个不小心，脚下打滑，顺势摔了下去，下面的护卫队员措手不及，一连十几个人统统摔进了臭水沟，嘻嘻哈哈声暴起。

说实话，如果四面没有破落的墙面，如果空气中没有弥漫的臭味，如果肩头没有一担重任……也许，这会是一段美妙的旅行，如同探险于未知洞穴一样充满刺激。

嬉笑间，队员们展开从楼上储备室背下来的充气小艇。40分钟后，他们乘艇到达了水流分叉处。

杰瑞指着正前方的管道，笑眯眯地看着雷鸣："我打赌应该走这条。"

皮仔刚刚充满电，它从背包里露出一双眼睛："赌什么？"

这一针“噗”的一下准准地扎在杰瑞太阳穴上，他顿时振奋起来，立刻坐直身体："还是他说吧，免得人家说我欺负大哥。"

雷鸣勉强地牵动了一下面部肌肉："我说赌了吗？"

“怎么你俩想法会不一致呢？”杰瑞摸摸脑袋，“智能情感球和自己不同步？鸣哥，看来你对它的依赖正在逐渐减弱。”

“别说笑了，现在有谁放着减轻思想负担的智能情感球不用？这话可别乱说，我真的不是白痴。”雷鸣皱起眉头。

“那你赌吗？”

“赌！”雷鸣指着右侧，“我赢了，你给我做一顿茶煮饭。”

“茶煮饭？你还真会难为我。行，我同意。不过你输了，就把你的游戏账号送给我。”杰瑞嘿嘿笑道。

“你小子，那可是我花了不少财力和精力才拥有的，你还真会算计。”

“瞧把你俩美得！一个都不对。”沈勇的声音从耳机内蹦出来。

结果出人意料，正确目标位置在左侧，两人都没猜对。

约莫40分钟后，远处出现了几片微弱的灯光，灯光下有几个人影正在忙碌着。他们身边散乱摆放着设备，看样子正在做撤离的准备。

“沈勇，帮我查一查K7+261—K7+974目标位置有没有特殊区域。”雷鸣一边说一边整理好身上的装备。

“刚刚这边出了点小问题，配比的地面城市管理图调不出来，需要等一等。不过地下管道图上显示，你们的位置在整个地下水网偏北位置，管道汇集处在城外1公里的地方，最后它们通向污水处理站。”

“有消息再通知。”雷鸣关闭通话，和杰瑞对视了一眼，准备战斗。

他们将充气小艇搁在一边，分成两组，沿着管道壁向前慢慢挪动。

走在最前面的一名队员突然停住脚步，他手里的纤维侦测仪似乎探到一些特殊的东西。他慢慢地向管道中间走去，掏出随身携带的烟丝糖扔进水里。

雷鸣立即感觉到两腿被无数的小玩意碰撞，像是软软的生物体迅速掠过。由于灯光太暗，什么也看不清。软体生物在水中搅起阵阵声响，被前方不远处的人听见了。雷鸣看见他们有人先注视了一会儿，紧接着一阵骚乱，随即便响起一阵枪械碰击的金属声。

“开火！”杰瑞急忙下令。

阴暗狭窄的下水道内，死光枪弹的光之花顿时暴起，像无数条被挤压在棺材内的流星，混乱不堪、危险重重。高低起伏的流弹之音来回穿梭，像回音壁前的鼓乐齐鸣，震耳欲聋、不绝如缕。

突然，一道幽蓝色的光波从水下射过来。

“小心！”

雷鸣眼疾手快，急忙推开身边的队友。眼看着那道光就要射中自己，忽然，一道巨大的力量从侧面袭来，雷鸣一个趔趄扑倒在旁边，他扭头看去，那道光准确地击中了杰瑞的胸部。

“杰瑞！杰瑞！”雷鸣急忙将他拖到柱子后面，“沈勇，杰瑞重伤。”

“我看到了，救护队马上就到。”

“小五，你把杰瑞扛到后面去。”

“收到。”

看着小五将杰瑞抱走，雷鸣发出虎啸龙吟般的吼叫，身体里冲出一股惊人的黄色波纹。这波纹作为先头部队将对方全部掀翻。随后，他带着全球顶尖的护卫队员，以闪电般的速度瞬间瓦解了对方。

除流水声之外，只剩下呻吟与血腥的气息……

雷鸣跑到安全处，将杰瑞的头抬起："你坚持住，他们马上就到。"

"雷队，我们到了。"几个救护队员跑过来，将杰瑞塞进透明安全囊，"我们这就赶回去，急救情况会在第一时间传送给你们。"

"谢谢。"看着透明囊逐渐远去，雷鸣咬咬牙，疾步走向现场。

"你的包怎么了？"站在旁边的小五问道。

"智能情感球。"雷鸣看了他一眼，将皮仔从包里掏出来。

皮仔"嘭"地胀大了身体，它飘浮在雷鸣的侧面："你的情感波动巨大，需要提示。我现在将情感计算结果念给你听。"

"我选择复合情感：悲伤＋愤怒。"

"请尊重我的劳动。"

雷鸣不愿意再啰唆，他发现对方所有设备都在激战中损毁严重，大部分电路板都已经千疮百孔，小型私人卫星服务系统化为灰烬，只有拐角的一台主机看上去还有些原貌。

"头儿，这里很难恢复这台机器的数据，我必须带回去。"一个队员说道。

雷鸣点点头，其他人分散开搜索。他发现有个队员一直蹲在后面墙前发愣。水流涌动拍打着墙体，似乎有一种力量在吸引着它们，偶尔还会冒出一两个气泡。

墙体下半段浸泡在水里，上半段有一圈的青苔被剥离，边缘毛糙的青苔残体和重新生长出来的幼苗交错在一起，整体看上去像一个半圆形月亮。

雷鸣走过去，用随身的小刀沿着半圆形滑动着，气泡"咕噜、咕噜"加快了翻滚的频率。

"别这么费事，雷队，直接撞它。"另一名队员说道。

雷鸣立即挑选了几名身强力壮的队员。在"一——二，一——二"的节奏下，那堵墙轰然坍塌，原本拍打着墙体的水流顺畅快速地流淌进去。

"原来这堵墙是后砌起来的。"那名队员说。

雷鸣弯下腰，从四周墙壁的凿印看得出，这是由小型工具细致挖掘出来的，每一道横切面积都不足半米。由此可以分析出，挖掘的人员准备充足，并且时间充裕。

顺着水流方向走了不出50米，地面上的水逐渐消失，一辆袖珍摩托车出现在眼前。

“这应该是他们的后路，南瓜你跟我来。”雷鸣跨上车，南瓜坐在后面，一阵剧烈的抖动之后，摩托车带着骄傲的姿态逐渐远离大家视线。

约莫20分钟过后，前方隐隐约约出现一扇门！

借着高压电筒的光亮能清晰看见，门上画满各种花卉以及动物，看得人眼花缭乱。

“这是一帮什么样的人？挖洞、绘画，难道就为了营造洞穴艺术吗？”蜗牛队副队长南瓜忍不住用手摸了摸。

雷鸣仔细看去，每一个图案都栩栩如生，光是绘制这些图案所耗费的时间绝对短不了，而且画者必须是绘画高手。

很快他发现，这些图画有一个共同的特点：每一张动物头像的旁边都有一朵盛开的花朵，而每一朵花的旁边总有一个黑点。这黑点看似如不经意般一笔带过，或是无意间滴下的颜料，可是这种巧合实在太多，它们布满了整张画！

“南瓜，你带功能笔了吗？”雷鸣问道。

“带了。”南瓜从包里掏出一只灰色的笔。

雷鸣将笔调到电流刺激档位，然后用笔头在黑点上逐个触摸了一下。当笔头触摸完最后一个黑点时，整幅画出现了令人意想不到的效果：那些黑点在电流刺激下迅速连成一片，一道紫色光芒从连线处喷出。那道门如同逐层剥落的花瓣，一层一层缓缓打开，最后的入口仅仅能容纳一个人！

钻过小洞，四周堆满了笤帚、簸箕、垃圾袋、口罩、手套，所有的卫生器具都整齐摆放在这里，很明显这里是某栋大厦的洁具储藏库。

“我们是不是走错地方了？”南瓜哭笑不得地看着这堆东西。

“上去看看。”雷鸣警惕地环顾着四周，推开安全出口门。两人缓缓向楼上走去。

“别看了，这里是情感储备银行地下车库。”皮仔发出嗡嗡的声音。

“什么？”雷鸣心中一动，“沈勇你赶快通知冷志峰行长。”

“这就通知。”沈勇应答着。

南瓜觉得不可思议：“他们在底下挖洞，难道银行一点都不知道吗？”

“我得看看银行系统管控范围。”沈勇回答。

“给我一条去冷志峰办公室的路线。”雷鸣说道。

沈勇手指在工作台上快速如飞：“雷队，已经传给你了。”

当两人匆匆赶到冷志峰办公室的时候，他正在调集银行持枪突击队员封锁整栋楼，进行安全检查。看到雷鸣到来，他热情而又感激地拥抱着他。

“谢谢你们，谢谢你们。”冷志峰十分恳切地说。

“很明显，有人对情感储备银行的环境十分熟悉。”雷鸣说。

冷志峰点点头：“是啊，现在知道这是谁做的吗?”

雷鸣摇摇头：“我希望有人和我们的分析员沈勇对接一下这里的安保系统。”

“可以，我这就通知。”冷志峰掀开全息图，点击红色按钮，“马涛，你立即和护卫队分析员沈勇对接一下安保的事情。”

“好，我这就联系。”

“我们银行的安保系统每天会定时更新多级密码，是全球最先进的一套系统，我真的不相信会有人绕过去。”冷志峰打开另一个窗口，上面是一张完整的银行系统安保设计图。

“这很简单，如果超过安保系统涉及范围，你们不知道也情有可原。”雷鸣顿了顿，心想，如果史托尼将最后的密码消息传递出来的同时告知对方他处境危险，那么接收人此时是不是已经逃离了?

想到这，雷鸣对沈勇说道：“沈勇，注意半小时前离开的银行职员。”

“收到。还有雷队，我联系不上玉波姐。”

“我试试。”

雷鸣开始拨打毕玉波的电话，可她的通信系统始终无法接通，他不由得担心起来。

“冷行长，我们有一位分析员应该到了银行，能帮我查一查她人在哪里吗?”

“当然可以。”

雷鸣立即将毕玉波的图像传给他。

“马涛。”冷志峰再次拨通安保部长电话，“这个人是雷队长的分析员，你看看她现在哪里。”

“您等等。”马涛将银行监控视频接入冷志峰另一个窗口内，“找到了，5分钟前米劲磊带着她从安全门离开了。”

“看到了。”冷志峰点点头。

“有什么事您再找我。”马涛礼貌地准备关闭自己的视频窗口。

“你等等。”雷鸣指着监控画面，“往回倒到1分27秒。”

马涛立即动手，监控画面回到1分27秒的位置：毕玉波似乎提出了一个问题，米劲磊愣了一下，随即热情地站起来，带着毕玉波离开，走进安全门。只是，他离开座位时，手腕处从工作台下过了一下。

如果不细看，根本很难发现那个动作的诡异。

“银行工作台下面，配有什么专门的东西吗？”

“没有。”马涛肯定地说。

“有什么问题吗？”冷志峰奇怪地看着他。

“麻烦再往回倒到刚刚的位置。”

画面再次回倒。

“停。”雷鸣指着米劲磊微小的动作，“他离开的时候，手腕刻意翻转，顺势到了桌面下方。你看，他握起了拳头。”

“这能说明什么？”

“说明他手里藏着东西。”

冷志峰笑了：“雷队，就算他手里有什么东西，您也不必这么紧张。我想，这纯属个人习惯。”

“几个月以来，吴展德一直用特殊代码给史托尼汇款。我们都知道，凡是使用特殊代码的汇款，银行必须有经手人确认双方地址和身份证明。而这个经手人就是他。”雷鸣指了指画面中的人，“我们的分析员今天来的目的，就是为了确认吴展德的确切地址。”

“吴展德？”听到这个名字，冷志峰差一点从椅子上摔倒。

“对。”

“这不可能。”冷志峰坚决地摇摇头，“他已经消失多年。”

“这没有什么不可能，麻烦行长帮我们把这个地址找出来。”雷鸣心情急躁地喊了出来。

“行，我这就找人去办。”冷志峰被他吓了一跳，颇为不悦。

“还有，米劲磊他们进去的安全门在哪里?”雷鸣没有理会冷志峰的不愉快，他感到毕玉波已经遇到了危险。

“在大楼西侧 73 层。”

“沈勇，把大楼位置传给我。”

“我查到了，他们正搭乘 4 号电梯下行。”皮仔飘到他侧面。

“收到。”雷鸣走进电梯，“沈勇，毕玉波可能有危险，激活她的足部神经追踪器。”

“你确定要这么做吗? 那可能会留下后遗症的。”

“废什么话! 快点。”

“告诉你雷鸣，要是玉波姐出现什么后遗症，今天后面的活你就别指望我了。”

雷鸣一愣，他不明白这话从何说起。

南瓜怒道：“沈勇，你脑袋长痔疮了吗? 现在我们要去救人。”

说话间，南瓜和雷鸣已经从电梯出来，两人转身闪进那道安全门。安全通道内除了大量安保人员外，并没有发现毕玉波和米劲磊的踪影。

雷鸣烦躁地看着他们:“这真是一帮苍蝇。”

“沈勇，玉波姐的信号你抓到了吗?”南瓜看着上上下下匆忙赶来的安保人员，焦急地问道。

“等等，还有 40 秒才能载入。”

“毕玉波肯定已经离开安全通道了，我们必须和这帮人分开。”说着，雷鸣和南瓜从原路悄悄返回。

“找到了，玉波姐在顶层观景台。”

“给我路线。”雷鸣看了看两边，“这里有 17 座电梯。”

“7 号电梯。”沈勇说。

皮仔立即飘到 7 号电梯门口，雷鸣和南瓜跟着走进电梯。

“下了电梯之后，右转有一道安全门，从安全门上去就是顶层停车场。”

“你们能适应电梯加速功能吗?”皮仔飘浮到两人中间。

“可以。”雷鸣点点头。

“下面绿色按钮就是。”皮仔飘浮到绿色按键的位置。

南瓜按下电梯加速绿色按键。

带着眩晕和耳膜鼓胀，两人达到了顶层。

“你们两个在这里等着。”雷鸣看了看自己的皮仔和南瓜的智能情感球图图。

图图飘到南瓜身边：“为什么？我们能帮上忙。”

“我们不希望你们受伤。”南瓜在图图头上亲吻了一下。

两个智能情感球呆呆地飘浮在过道中间，看着雷鸣和南瓜的身影快速消失在楼道中。

“他们真是太奇怪了，我们明明可以帮上很大的忙。”南瓜的智能情感球图图绕着烛台灯不停旋转着。

皮仔问道：“你会不会担心他们受伤？”

“不知道。你呢？”

“我会。”

“为什么你会出现人类的情感？”

“我是 FT 公司的智能产品，拥有强大的神经系统，所以情感反射弧的强度也是前所未有的。”

“哦。”

皮仔接着说道：“你是 25 年前的产品，由于你们公司神经系统构造有缺陷，所以就算是升级，也达不到我的程度。”

“这么说，我很快会被送到智能坟场等待死亡了？”

“我觉得不会。”皮仔飘浮到它身边，“南瓜不会抛弃你，我能感受到它对你的感情。”

“我……不明白。”

“算了，我们还是打开省电模式吧。”皮仔飘到了灯架上。

雷鸣和南瓜登上观景台，看见毕玉波已经被打倒在地。米劲磊正用一把锋利的尖刀关闭毕玉波智能情感球哈切的电源。

雷鸣知道那就是从桌子底下掏出来的武器，他急忙抛出银线，冷光过处，米劲磊的刀已经被他收了回来。

南瓜冲到跟前，一拳将米劲磊撂倒。

“沈勇，赶紧切断足部追踪器连接。”雷鸣立即冲了过去，将满身鲜血的毕玉波抱到旁边石台上，“你不用担心，追踪器连接不足一小时，足部神经不会产生后遗症。”

看到受伤流泪的毕玉波，沈勇在全息图内喊了出来：“玉波姐，你别哭。我这就给你定一份奶浆西瓜皮。”

毕玉波没有理睬沈勇，她跑到另一边抱起哈切，指着米劲磊：“快阻止他！他有人工风暴层的三级密码。”

“我的天！”

雷鸣急忙站起身，可当他回过头的时候，显然更吃了一惊。

他本以为，对付一名银行职员，南瓜的身手绰绰有余。

南瓜也是这么认为的。就在他准备锁住米劲磊的时候，一道粉红色的气流屏障出现在面前，使他无法接触到米劲磊的身体。

“嘭！”就连死光武器的弹花也被阻挡在粉红色气流屏障之外。

“哼哼，就凭你们？”米劲磊鄙视地看了他们一眼，纵身向楼下跳去。

忽然，两道黄色光波从楼顶层层铺下，在半空中将他托住。

慢慢地，慢慢地，米劲磊被这鹅黄色光圈拖回到楼顶。

“你——”米劲磊异常惊诧地看着雷鸣。

毕玉波和南瓜愣然地站在原地，他们没明白正在发生的是什么！

雷鸣疾步上前，用银丝将米劲磊牢牢锁住。

“南瓜。”

“哎……在。”

“压力场头套带了吗？”

“带了。不过，有用吗？”南瓜从背包里掏出一个头套，疑惑地站在原地。

“压力场头套是防御措施的一种。”毕玉波也奇怪地看着他。

“在极端情况下，压力场头套会自行启动反向压力。”雷鸣冷冷地看着米劲磊。

南瓜低着头将头套给米劲磊戴上，然后回到毕玉波身边静静等待着，他们明白反向压力是自杀模式。

“沈勇。”

“在。”

“强行介入压力场头套的自杀模式。”

“收到。”

一秒过后，阵阵巨大的压力从四面八方袭来，挤压着米劲磊的头骨。他原本鄙视的目光瞬间消失，疼痛让他不得不跪倒在地。

“他不会有事吧？”毕玉波有些担心。

“放心，根据他骨骼的硬度，我选择了小于 3 个莫氏硬度。”沈勇回答道。

“玉波，你问一下冷行长，特殊代码对应的具体地址查到没有。”

“收到。”

“沈勇，米劲磊的智能情感球不在他身边，你找一下他见到玉波之前的位置。”

“收到。”

“雷队，你看看他手臂，好像有一小块显示屏。”南瓜喊道。

雷鸣走过去，发现米劲磊手臂皮肤失去了原有的纹路，透明状液体沾在表层。

“沈勇，你知道这是什么吗？”

“那是正在熔化的生物电池组，他正在通过身体里的芯片向对方发送信息。”轩辕嘉德出现在全息图上。

“头儿，没懂。”南瓜呆呆地看着他。

雷鸣几乎同时问道：“我该怎么办？”

“快把他的电池组抠出来。”轩辕嘉德着急道。

话音刚落，雷鸣和南瓜七手八脚掏出刀片，将已经熔化过半的生物电池组一点点挖出来，疼得米劲磊哇哇大叫。

“接下来怎么办？”

“这是生物合体技术，他们不需要计算机，只要租用私人生物卫星，用自己的生物信号注册，便可以得到相应授权许可。生物卫星会根据他们传递出来的生物信息，将数据传输给需求人。所以，你们现在必须把他体内的芯片取出来。”

雷鸣急忙跑到电梯口，将皮仔和图图一并带过来。

“皮仔，他体内有一个芯片，你帮忙找找在哪里。”

“这容易。”

皮仔从头顶掀开一片盖子，七色光源从里面射出来。它围绕着米劲磊，开始上下扫描。

图图飘浮到南瓜面前："有什么需要我做的吗？"

南瓜想了想："等会儿它找到芯片位置，我需要你帮忙取出来。"

"没问题。"情感球体变成微微的红色，南瓜知道它现在很高兴，只是它并不自知。

"找到了。"皮仔将芯片位置打在全息图中，"在他手臂上方。"

"我来了。"

图图一听到芯片位置，直愣愣地冲到米劲磊身边，弹出自己的刀片。

"等等。"皮仔拦在它面前，"你这样会伤到芯片。"

"不会。"

"会的。"

雷鸣对着南瓜喊了一嗓子："你快让它走开。"

南瓜没有应答。

"你在想什么呢？"雷鸣提高音量喊道。

"不，让你的情感球躲开。"南瓜大叫一声。

"你疯了吗？我的皮仔是FT公司产品，它已经看出你的图图会伤到芯片。"雷鸣意外地看着南瓜。

"我已经答应了它。"

"你答应它什么？"

"我答应让它去取出芯片。"

看着南瓜，雷鸣几乎说不出话来。他从未想过要给智能情感球什么承诺，更未想到这种承诺一定要实现。

一向阳光的南瓜沉下脸来："请让你的智能情感球离开。"

"不行，我不能答应。"

"嘭！"南瓜突然将雷鸣打倒，然后迅速抱起他的皮仔："如果你不答应，我立即毁了它。"

"南瓜，你这是在做什么？"轩辕嘉德怒道。

"我说。"毕玉波结束和冷志峰的通话，"让图图试一试，我看没有什么问题。你们不该有产品歧视。"

雷鸣看了看默不作声的轩辕嘉德，无奈地点点头。

“小宝贝，你可以开始了。”南瓜放下皮仔，走到图图身边轻声说道。

图图兴奋起来，那把露着寒光的刀片迅速将米劲磊的胳臂撕咬开，一个肉红色的芯片正躺在肌肉上。

南瓜小心翼翼地取出来交给雷鸣。

“我看看。”毕玉波将这芯片接入便携式应用终端。

“怎么样?”雷鸣紧张地问道。

毕玉波将芯片内容传到全息图上——很明显，有些数据被损坏了。

“我说什么来着，我说什么来着。”雷鸣看着他俩，“还说什么产品歧视，它就是低等产品，它破坏了我们所有的辛苦。”

“对不起，我的数据可能有些问题。”图图飘浮到南瓜眼前，“你会把我送到智能坟地吗?”

“你没有错，是数据出错了。”南瓜抱着图图走出观景台，“你放心，就算你老了，我也不会把你送去那里。”

看着南瓜抱着智能情感球离去，雷鸣心里泛起一股异样的感觉。

“虽然你现在的情感波动并不大，可是强度很剧烈。”皮仔飘浮到他眼前，“强烈建议接受情感计算提示。”

看着毕玉波还在修复芯片内容，他十分疲惫地点了点头。

情感计算提示：

A. 困惑——你可以将这种情感与你对兜兜的情感进行类比。

B. 责任感——你可以立即审讯米劲磊。

C. 烦躁——你可以消耗体力，从楼顶跑下去再跑上来。

建议选择 A。

“我选择 A。”雷鸣坐到石凳上，“不过，你怎么能让我把对兜兜的感情和他的做类比呢?”

“为什么不能?”皮仔飘浮到他面前，“南瓜对图图的感情就是这样，我已经感受到了。”

雷鸣瞅了它一眼，不再说话。

哈切看了一眼皮仔，然后轻轻跳到毕玉波怀里：“你看看这个。”

“噢，天哪，别让皮仔知道了。”毕玉波偷偷看了一眼正在发呆的雷鸣。

“我给南瓜看一眼就删掉。”

毕玉波点点头，看着哈切忽悠悠飘走的身影，她调整了一下心情，继续修复工作。约莫几分钟后她打开全息图：“你来看看这个，上面有人工风暴层的三级密码，不过已经传输完毕。”

雷鸣叹了口气：“能看到传给谁了吗？”

“冷行长刚刚查到的地址在分水道海岛，跟我这边的信息一致。”毕玉波将界面打开。

“那不是 New Ocean 国的海岛吗？”

“是的。”毕玉波点头，“我这里显示的位置在分水道 tide 街 479 号，智能情感球反对者领导人克里斯·霍尔特就住在那儿。”

听到这个消息，雷鸣并不意外。因为从早上撞倒陈松开始，反对者的声音便重新来到人们身边。

很显然，这并不是偶发现象。

“沈勇，轩辕还在吗？”雷鸣问道。

“我在。”轩辕嘉德神色阴郁地走进全息画面。

“你怎么看？”

“这让我想起 45 年前，因为是否使用智能情感球而引发的全球骚乱。”轩辕嘉德顿了顿，“我们要加强警惕。从目前的情势来看，智能情感球的反对者有可能就是今天事件的幕后主脑。”

“我这就带他回去。”雷鸣看了一眼米劲磊，“相信他应该可以说清吴展德和克里斯·霍尔特的关系。”

“南瓜呢？”轩辕嘉德问道。

看到雷鸣没有回答的意思，毕玉波回答道：“他在安慰自己的图图。”

“不要情绪化，让他立即进入工作状态。”

“明白。”毕玉波点点头。

两人走到电梯旁，看南瓜没有离开的意思，雷鸣叹息道：“好了，还不过来？”

南瓜抱着图图没有回应。雷鸣看了一眼毕玉波，她极力躲避着自己的眼光，将哈切搂在怀中。

雷鸣疑虑起来，透过南瓜刚刚那一丝慌乱的眼神，他突然意识到一个问题：

“玉波，情洞研究中心删除的数据是不是应该出来了?”

毕玉波闪烁其词地“嗯”了一声，一步跨进电梯。

“你等等。”雷鸣拉着米劲磊拦在她面前，“你有事情瞒着我。”

“没有，赶紧回去吧。”毕玉波躲过雷鸣的目光，走到南瓜面前。

雷鸣再次将她堵到墙角：“毕玉波，你必须告诉我。”

“雷队，你这是做什么?”南瓜有些不满，“是轩辕不让说的。”

“究竟是什么事，为什么瞒着我?”雷鸣突然明白过来，“是不是心瑞出事了?她在哪儿？你们告诉我。”

“不知道她有没有事，不过他们知道被删除数据恢复了，偷盗恐惧信息素的人是金基媛。”皮仔飘浮到他身边，“我检测到他们智能情感球的信息，就这些。”

“是她?”雷鸣安静下来。

“雷鸣，这件事你就别管了，轩辕已经让南瓜去查了。”毕玉波劝说道。

“金基媛怎么会有库管的钥匙?”雷鸣看着毕玉波。

毕玉波不忍看到雷鸣被折磨的样子，她调出一段画面：“库管走进洗手间之后一直没有出来，这是15分钟后他出来的画面。”

“库管在这期间被人夺去了一部分记忆，这在审讯的时候已经发现了。可是钥匙怎么会到了金基媛手中?”雷鸣奇道。

“不清楚啊，所以让南瓜去查。”毕玉波拉着雷鸣往电梯里走。

“南瓜……”

“不用说了，我明白。我跟玉波姐回去，你去查。”南瓜从雷鸣手中接过银丝线。

“谢谢。”雷鸣点点头，“对了玉波，你把这段画面传给冷行长，我这就下去找他。”

“知道。”毕玉波闷头走进电梯。

凋零之花 〉

雷鸣怎么也想不到，偷东西陷害蓝心瑞的人居然是金基媛。

金基媛和蓝心瑞的关系不错，两人都是吴展德的得意门生。

她们之间究竟发生了什么？

难道今天劫持蓝心瑞的事跟金基媛也有关系吗？

想到这里，雷鸣加快了脚步。

皮仔始终飘浮在他的侧面，此时智能提示再次响起，只是跟先前不太一样："我已经替你选择了A——不安，建议检查所有装备，并且立即逮捕金基媛。"

"谢谢。"

雷鸣推门进去时，冷志峰浓密的眉毛缩成了"一"字形，毫无力气地瘫软在椅子上。

"冷行长。"

"雷队长，我没有想到会是她。"

雷鸣明白冷志峰的表情，这种被"自己人"背叛的打击，有多么令人痛心！

一群志趣相投、能力互补，甚至于在一起的时间比陪伴家人时间还要多的人，相互间也许会出现一些摩擦，但更多的是信任、依赖。

等这种信任和依赖有一天突然被扯断，或者突然间化作一片浮云随风而去，由此而产生的心痛，任凭谁一时间也都难以承受。

“说实话，我还是不相信！她有什么理由偷这些东西呢？”

雷鸣本想安慰他几句，嘴上却说出：“行长，她有什么理由我一定会查出来。”

正说着，南瓜出现在门口。

“怎么了？”

“米劲磊死了。”

“什么？”雷鸣紧走几步，“怎么回事？”

“和史托尼的死亡方式一样。”南瓜低垂着脑袋。

“你是怎么办事的！”

“雷队，让我跟着你吧。要是现在回去，肯定被轩辕骂死。”

雷鸣“哼”了一声。

不反对，便是同意。

南瓜悬着的一颗心放了下来，他知道跟在雷鸣后面，准能吃到些好果子。将功抵过，轩辕也不能把自己怎么样。

在冷志峰的配合下，雷鸣再一次来到实验楼。

不过，今天这里显得异常安静。

一行人凌乱的脚步声，配合着冷志峰因鼻炎而发出的粗气，像黑夜中群兽进食的前奏。

“金基媛呢？”冷志峰找到今天当班的初八问道。

“她好像接了个紧急电话，刚走。”

“让我们看看监控资料。”雷鸣开口道。

初八打开了监控室的大门，调出 15 分钟前的监控录像，他们很快找到金基媛的身影：她正在收拾自己的包，朝着教学楼后面跑去。

看到金基媛神色紧张的样子，冷志峰的手开始颤抖：“雷队长，金基媛这几年的工作虽然不是特别突出，可也算是认认真真，从来没有出过差错。”

“后面是什么地方？”南瓜指了指画面。

“志愿者区域。”冷志峰焦虑地说。

“志愿者区域？”雷鸣想起了陈松，“为哪一个项目做志愿者？”

“近20年来的数据表明，自发性情洞症状正在逐年上升，为了掌握其变化规律、性质及未来趋势，我们设置了这个志愿者区域，到这里参加各种情感漏洞实验的人，全部都是自愿，并且在预测中有着良好情感表现的人。”

雷鸣突然想到一个人：“陈松你认识吗？”

“认识。”冷志峰回答。

“在今天的情感袭击中他自杀了。”

“自杀？”

“你了解他吗？”

“不是很了解。我只知道，他要求参加情感实验，可是在测试中他显示的情感倾向为不能自拔。有这种情感倾向的人，是不允许参与实验的。但不知道为什么他还是能够进来参加实验。”

“他在实验中的表现如何？”雷鸣问。

“还不错，并没有出现不稳定的情绪状态。可是结束所有实验，领取高额奖金的时候，我听到他说‘执着将毁灭于失望’。”

“什么意思？”

冷志峰摇摇头：“可能跟他家人的去世有关，具体情况我不太清楚。”

雷鸣很不喜欢志愿者区域，一踏进这道门，立即就有一种类似感知洪峰来临前的天然反应。这反应来自什么地方，他也不清楚，只是下意识地摸了摸枪。

冷志峰取下门口遥控器按了几下，红灯闪烁之后，一个巨大的圆盘“轰隆隆”驶来，停靠在他们身边。

“上来。”冷志峰熟练地跳上去。

这片区域深藏在一片高大的围墙内，里面小桥流水、鸟语花香，却还是给人隐隐不安的感觉。圆盘把他们送到一个平台上，这平台如同汪洋大海中孤零零的岛屿，危险而又孤独。

雷鸣和南瓜跟在冷志峰的身后进入平台，平台内部结构像监狱一般被隔离成一小间一小间，每一小间都摆满了各种文件和工作台。

“每一小间都是一个志愿者不同时间段的情感变化信息库。通过它们，我们可以准确搜集到需要的数据。”冷志峰缓缓介绍道。

雷鸣发现每一个小房间门口都有个标签牌，上面详细标明了复合疲劳、交叉性信心丧失、高危焦虑、弥散性冲动等等。

所有的这一切都让他觉得非常压抑。

前方通道下面是一片密封的圆形透明墙体，可以看见所有志愿者都被分别关在各个区间的小房间内，互不干扰。

“你不必难过，这些措施是必要的，避免发生内部摩擦。”冷志峰似乎发现了雷鸣的不愉快。

“看样子比动物园的设计要好一点。”南瓜冷冷一笑。

“能够成功度过的人，他们将终身受益，金情感财团将提供他们10亿海隆币的资助。”冷志峰抬了抬镜架。

“这么说，并不是所有人都能从这里离开？”雷鸣忍不住问道。

“也许蓝心瑞能提供的资料比我的更加详细。”冷志峰的语气表明，他不愿意再继续这个话题。

话音刚落，巨大的“咔咔”声从四面八方响起。

冷志峰向下看去：原本隔离的透明围墙如同窗帘一样，正在逐渐地侧移，一些人影蹿了出来。

“怎么了？”雷鸣看着嘴唇发白的冷志峰问道。

冷志峰慌忙跑到一间黑色的小屋内，拉响了全场警报。

“天哪！”冷志峰喊起来，“看这丫头干的好事，她正在释放实验失败的一群人。”

下面的人影越来越多，整栋玻璃建筑内的脚步声也越来越密集。

“天哪，天哪！这丫头打开了底层的大门，他们要上来了。”冷志峰哆哆嗦嗦，不知如何是好。

“你一定知道她在哪里，快告诉我！”雷鸣拦住了惊慌失措的冷志峰。

“顺着螺旋楼梯下去，最底下一层就是隔离墙的总控室。”

南瓜的表情好像见到了鬼：“雷队，下面的人太多了。”

冷志峰惶恐地说：“我看，还是躲一躲吧。”

“慢着。”雷鸣在墙壁上发现了几幅示意图，图上标明了在突发情况下如何进入总控室，等等。

“哪个房间有伪装服?”雷鸣问。

冷志峰咽了下口水说:“那好吧，跟我来。”

几个人走进一间绿门小房间，冷志峰搬出橱柜内的纸盒，掏出了两个电动打气筒和几个厚厚的棉垫。

“这是什么?”南瓜问。

“别问这么多，充气。”雷鸣立即给厚厚的棉垫充上气体。很快，一件充气式大树形睡袍出现在桌上。

两个人穿上衣服，看起来却像两块大大的毛毛虫面包。

“这是总控室钥匙。”冷志峰扔给他们。

雷鸣和杰瑞相视一笑，轻飘飘地移到楼梯边，顺着旋转楼梯的中间空隙向下飞去。

而此刻，蜂拥而至的志愿者已经涌进大楼一层，他们有的好奇地观看四周，有的默默流淌着眼泪，有的愤怒地毁坏装饰，还有的自言自语不知所云……

两人尽量让自己的动作不被注意，他们贴着墙慢慢挪到总控室的门旁。南瓜迅速将门打开，雷鸣以最迅捷的速度将里面惊慌失措的金基媛一把搂入怀中。

“放手!你疯了吗?他们会看见的。”

金基媛惊恐万状地嘶叫着，她的声音引起了一阵骚动。一些志愿者已经看到了这 3 个奇怪的家伙，迅速向这边拥来。

雷鸣急忙拉开鞋底蓝色的纽扣，身体忽然变得更加肥大，他紧紧抓住金基媛，飘飘悠悠地向上飞升。

“快，快上来。”

冷志峰在顶层大声喊着，笨手笨脚地放下一根绳索。很可惜，绳索上的钩刺将雷鸣的衣服戳破了，气体“嗖、嗖”地向衣服外面逸出。

结果可想而知，他和金基媛从二楼半狠狠地摔了下来。

“哎呀，对不起，对不起!”冷志峰拖着绳索趴在顶层楼梯边缘，一直拍着自己的脑袋。

“你是怎么飞上去的?”南瓜看到摔倒的雷鸣急忙问道。

“拉，拉……”

话音未落，他们已经被团团围住。

“你们究竟要干吗？快给我走开。”南瓜一边找寻着可以拉动的地方，一边挥手赶着逐渐围过来的人。

“有个问题我想了很久，来帮帮忙。”其中一个人走过来拍了拍南瓜的肩膀，“人死之前，为什么要回光返照？”

南瓜将他推到一边：“我怎么知道！快让开！”

“我知道，因为阳光在照耀。”另一个回答道。

“你个傻蛋，遇到阴天怎么办？”又一个插嘴道。

“你们离我远点，别在我面前咋呼。刚刚学会的遗忘，被你一吵闹又想起来了。”还有一个气呼呼地喊着。

“蒸了蒸了啊，要蒸的快来啊。”

“快去快去，被他蒸了之后，你想去哪儿就去哪儿。”

“我想去哪儿？”

“你想去死。”

“那你问什么回光返照啊？”

……

“拉开脚后跟的蓝色纽扣，快拉开。”雷鸣的声音突然出现在半空中。南瓜抬头看去，雷鸣已经脱掉身上的累赘，一手拉着银丝索一手抱着金基媛，跳到了楼上。

“哦，你们，我……”他急忙转身，在左脚后跟的位置，看到了一个蓝色纽扣，他用力拉开，身体“噌”的一下腾空而起。

“别走，别走啊……”下面一片嘈杂声。

“不走就是呆子。”南瓜笑嘻嘻地对下面做了个鬼脸。

回到安全区域，直到几个人平静下来，雷鸣才开口：“对不起，冷行长，请您回避一下。”

冷志峰神色不安地看了一眼金基媛，欲言又止，转身匆匆离去。

雷鸣压抑着内心的怒火，将金基媛拖到车内：“为什么？”同时对情感护卫队指挥部打开全息图同步传送，“你为什么要这么做？”

“我……不知道你在说什么。”

金基媛低垂着头，她的智能情感球躺在手心里，降低音量告诉她：

情感提示如下：

A. 恐惧——你可以防御，一直保持沉默。

B. 内疚 + 负罪——你可以说出事实。

C. 悲伤——你可以哭泣。

还有 2 种情感释放方式供您选择，建议选择 B。

还没等金基媛选择，“啪——”南瓜赏了她一记耳光。

“你最好老老实实交代。”

“哦，天哪，你打人。”图图跳起来，“这是最不理智的方式。可是太奇怪了，你的情感波动并不太大。”

情感计算提示：

A. 憎恶——你可以微笑面对……

“等等。”皮仔蹿到它面前，“你不需要让他微笑面对。”

图图问道：“你怎么知道我跟他说什么？”

“我是 FT 公司生产的，可以检测其他智能产品，包括型号新旧以及接收和传输数据的监测。我可以负责任地告诉你，他的使命感高于一切，不惜代价要找出结果。”

图图身体色泽开始有些变化：“我现在最讨厌 FT 公司。”

“因为我们是全球最高端的智能产品，你的嫉妒我很理解。”

“你俩聊天就滚一边去。”

被南瓜这么一吼，两个智能情感球带着各自的情绪，飘到树荫下悄悄对话。

这一边，雷鸣尽量将声音放温柔一些，他不愿意过于凶狠，可是他没有时间了，蓝心瑞已经失踪了 9 个小时：“金基媛，你很清楚，我已经知道了什么。”

面对雷鸣，金基媛内心的挣扎一点也不比他少。她很后悔一周前决定留下来的想法，如果现在自己不能摆脱困境，就会被判处“背叛人类情感罪”，漫长而又冰冷的日子将伴随她度过一生。

恐惧、疑惑、愤怒、无奈一起涌上心头，金基媛忍不住呜呜地哭起来。

“假如你想减刑，现在就是最好的机会。”雷鸣打开车内饮水装置，给金基媛倒了一杯热腾腾的柠檬茶。

“哭什么呀，还不快说。”看到金基媛总是哭泣，南瓜心里一阵阵着急，拳头捏得“嘎巴”乱响。

停了好一会儿，金基媛的情绪才稍微缓和了一些，她抬起红肿的双眼说道：“3个月前，我突然接到一个电话，他说想见我。”她抽泣着看着雷鸣，“你知道那声音我再熟悉不过了。是我的老师啊。自从7年前的情洞袭击事件之后，我一直以为他已经死了，没想到老师还活着！我的心情很复杂，虽然害怕，我还是决定去见老师一面，毕竟从大学时代起，我就追随他。”

听到吴展德3个字，雷鸣咬咬牙：“接着说。”

“本来我以为可以说服老师不再躲藏，就算是做过最该死的事情，作为第一位获得人类情感修复大奖、有着雄厚知识的人，他也有绝对的筹码保住自己的性命。尽管以后的一生会在监狱中度过，也比在外面流浪好啊。”金基媛喝了一口水接着说，“见到老师的第一面，我就惊呆了！他苍老了很多，天知道他这几年经历了什么！”

“你为什么偷盗恐惧信息素?”南瓜觉得话题会越扯越远，赶紧问道。

“老师说他在New Ocean时，发现有些人的情感转移可以发生在非同种物种之间。不过，这种能力也给当地的一些人造成了不少困扰，因此需要一些恐惧信息素作为催化剂，降低那些人的能力。本来我也不太相信他，可老师拿出了New Ocean的护照，并且说他已经定居在那里，我才相信他。”金基媛“哇”地哭了起来，“可是他……还是骗了我。”

“你真蠢！”南瓜恨恨地说，“老骗子的话你也相信。”

“我现在非常需要你的帮助。”雷鸣颤抖着握住了金基媛的手，“心瑞被劫持了。”

“什么？什么时候的事情？难道你们认为是老师吗?”金基媛吃惊地看着雷鸣。

“你知道他在哪里?”雷鸣说。

金基媛垂下眼帘，眼睛里滚动着晶莹的泪滴。

雷鸣明白，让她开口已经不难，他的声音变得更加柔和：“别忘了，现在是你纠正自己错误的一次机会，别放弃！如果失去这次机会，你失去的将是全部！”

金基媛缓缓地抬起头，涨红的脸颊显示出她内心正在经历一番激烈的挣扎。许久，她终于说出：“我带你们去，求你，不要……伤害老师。”

南瓜虽然很不痛快，可是被雷鸣按住了头，两人算是一起点了点头。

“实际上，我并不知道老师在什么位置，上一次他们是用小型穿山甲接我去的。”金基媛说。

“这容易，我们的车也有穿山甲功能，虽然比不上小穿山甲，不过还是可以用的。”

雷鸣向南瓜使了个眼色，南瓜将车开到无人处，然后按下车中黑色按钮。金基媛顿时感到身体突然下沉，然后眼前一片漆黑。

在地底下行走实际上并不困难，只要有一个明确的目的地，车就可以精确计算出路线，可是这一点现在无法做到。

“能打开一点窗户吗?”金基媛问，“上次他们也是这样的。我想，顺着气味应该能够找到那个地方。”

雷鸣打开一条细微的通风口，泥土粉末呼呼地飞进来。金基媛贴上去闻了闻，用手指了指右边。就这样，他们艰难行走了将近 70 分钟，金基媛突然说：“就是这里。”

“别弄错了，姑娘，你的鼻子不是特别灵敏，我们已经搭进去很多时间了。”南瓜不满地说。

“不会错的。”金基媛肯定地说，“上次来的时候，我也闻到了这股特殊的味道，这么浓，难道你们没闻到吗?”

雷鸣和南瓜同时用力嗅了嗅。

“好像是有一股什么味道。”雷鸣说。

“有甜，有苦，我还闻到有凉拌黄瓜的味道。”说话间，南瓜已经驾车冲出了地面。

“原来是这里!”雷鸣深深吸了口气。

这里是吉五道!

穿山甲车蹿出地面的位置，刚好是那家森林小屋一样的香水屋。

雷鸣刚想下车，就被南瓜拦住。他用手指了指前面，一大群人高举着牌子，呼喊着口号：逮捕克里斯·霍尔特！逮捕吴展德！抗议反对者暴行！反对不法分子拥有人工风暴层密码!

当这支游行队伍经过他们的车时，有些人还特意看了看车内。南瓜急忙将自己的智能情感球贴近车玻璃，那些人才点头离去。

雷鸣一边下车，一边问："这消息是谁传出来的?"

南瓜摇摇头。

沈勇的全息图突然蹦出来："雷队，7 号支援队 1 分钟内赶到现场。"

"沈勇，克里斯的消息是谁传出去的?"

"雷队您别问了，因为这件事，轩辕正在被安全部长狠批呢。"

雷鸣皱皱眉。

"混蛋！你们……哦，"商店老板怒气冲冲，一看见雷鸣，立即改换了笑脸，"是雷队长呀，您有什么事情吗?"

雷鸣转身看着金基媛："你确定是这里?"

金基媛点点头。

"雷队，您这是……"

雷鸣走近店主，从全息图内翻出吴展德的样子："这个人你认识吗?"

"认识，请进来说。"店老板一边请雷鸣进屋，一边说，"他叫乔恩·贝肖普，很有钱。3 个月前他来到我这里买香水，说他有……"

雷鸣疑惑地看着他："乔恩·贝肖普?"

店主点点头："是的。3 个月前他来到我这里买香水，说他有……"

"小心哪!"南瓜突然大吼一声。

雷鸣用余光迅速瞥了一眼，将头偏离一厘米，金基媛一枪打偏。

店老板向扑来的南瓜扔去一个蓝瓶。瓶子顿时爆裂，蓝色香水剑一般喷射出来，南瓜躲闪不及被喷了一身。

趁着雷鸣分神的瞬间，店老板伸手摸到墙壁上一瓶红色香水，墙壁立即开启一道门，他和金基媛迅速蹿了进去。

恰好，7 号支援队长冲进来："雷队，我们是不是来晚了?"

雷鸣扭头发现，那爆裂的蓝色香水像胶水一样，将南瓜牢牢粘在柜台前。

"留下一人帮忙，其余的跟我进去。"

说话间，一行人跟着雷鸣从那道门冲进去。

五光十色的死光弹立即从里面喷出来。显然，他们遭到了伏击。

门口围观起一些人，大家议论纷纷，不知又发生了什么事情。

“南瓜，这是什么？我怎么帮你？”

“一看就是胶水嘛，看看他店里有没有去胶溶剂。”

“明白。”

此时，一个连衣帽裹着的脑袋从人群中钻出来，他目不斜视地紧紧盯着南瓜，嘴里不停地喃喃自语。

看着南瓜身边的小队员茫然而毫无成效，这个人急坏了，他大步走到香水店内，说道：“傻小子别找了，他都快没命了。”

那名队员回头一看，南瓜的脸已经开始变色，皮肤和胶水接触过的部分逐渐变成蓝色。

“你呆站着做什么？还不赶紧找来急救箱。”

那个人蹲下身体立即给南瓜做心肺复苏。

“急救箱。”小队员冲到他们跟前。

“看看里面有没有微型呼吸机。”

小伙子埋头找了找：“是这个吗？”

“拿来。”那人掏出呼吸机面罩戴在南瓜头上，“别傻站着，准备一盆 80 摄氏度的热水，把这些蓝色黏液擦干净。”

“哦。”小伙子跑出门外。

做了 5 分钟的心肺复苏，那人似乎十分疲惫，刚想坐下歇歇，就被端着热水冲进来的小伙子撞了个底朝天。

而那盆热水，越过连衣帽人的头顶，从上到下把南瓜浇了个透。

“对不起，对不起，您……”小伙子急忙将他扶起来，却吃惊地连连后退，“你是吴展德？”

吴展德这才发现自己的连衣帽已经脱落，他镇定地看着小伙子：“是我，如果你想救他，就赶紧把黏液擦洗干净。”

“不行，你不能走。”小伙子端起枪，“你必须留在这里。”

“我必须离开，有些事情你并不清楚。”吴展德说着就往外走。

“站住。”小伙子冲到他面前，“你必须留下来。”

此时，围观的人越来越多，每一个人都在用智能情感球自动拍摄。其中一个孩子指着屋内大喊着："看，那个长袍人是吴展德。"

"哦真的。"

"他想走！"

"砸死他，砸死他。"

一个孩子捡起路边的石头，朝吴展德扔过去。

紧接着，各种颜色、大小不一的石头，流星般飞进屋内。

"别扔了。"南瓜冲出去。

"南瓜？你醒了？"

"嗯，看住吴展德。"

"他是坏人，为什么不能扔他？"一个孩子边拍视频边问。

"你们都散去吧，他的问题我们会解决。"

"撒谎，你们要是有本事，为什么连人工风暴层的三级密码都保不住？"

"对呀，密码最后还是到了反对者克里斯手里面。"

"他们就是一群笨蛋。"

"砸倒吴展德，砸倒吴展德。"不知是谁在人群中吆喝了一嗓子。

围观人群顿时炸了锅，大家怒吼着要严惩吴展德，严惩破坏理智社会的败类。铺天盖地的石头疯狂地向香水店袭来。

就在屋外乱成一团的时候，只听"嘭"的一声巨响，一股巨大的冲击波从地底下掀上来。南瓜、小队员和吴展德被震飞到屋外，刚刚叫嚣的围观人群顿时作鸟兽散。

金基媛和另一些人从里面冲出来，后面紧跟着雷鸣一队人。

一场混战在香水店展开。

遍地都是被打碎的香水瓶，各种各样的香水味混杂在一起，在空气中弥散。间或，还能闻到浓浓的血腥味。

很快，混战结束。

队员们检查是否有存活者。

雷鸣在其中一名伤员衣角上发现一小片宝蓝色亮片，他一眼就认出这是蓝心瑞的发饰："这东西哪里来的？"

那名伤员没有回答。

“回答我，蓝心瑞现在在哪里？”雷鸣大声喊叫着。

那伤员还是没有说话。

“雷队，”南瓜走过来一把将他拦住，“别问了，他已经死了。”

其他队员准备将尸体抬走。

“等等。”雷鸣撕下那个碎片，交给一名队员，“检测一下有没有残留的生物信息，然后传给许拉拉，让她与蓝心瑞的对比一下。另外，对方有一部分人坐穿山甲逃走了，让沈勇追查。”

“收到。”

“雷队，这些东西交给谁处理？”另一名队员指了指堆在地上的电子设备。

“交给毕玉波。”雷鸣转过身，“你去查一查这些人的身份。”

“明白。”

金基媛胸口汩汩流着鲜血，正躺在吴展德的怀里。鲜血顺着吴展德的手一滴滴落到地面，溅起几乎察觉不到的更小的血珠。

吴展德眼角滚下浑浊的眼泪，他捧着金基媛的脸，看了一遍又一遍：“傻孩子，你怎么会和这件事牵扯到一起？”

“总要有人做出牺牲。”

“值得吗？”

“值得。至少我用鲜血让他们明白，虽然智能情感球能算出一切应对情感，但是它算不出情感的冷与热，算不出情感的具体温度，更算不出情感会在何时转折。在情感计算的控制下，人类已经不知道哪一种才是自己最真实的情感。”

吴展德将她紧紧搂在怀中：“我们因为需要，发明了农业，改变了地球与自然的关系；我们因为需要，挖掘了石油，改变了生活的速度，距离不再以长度度量，而是时间；我们因为需要，挖掘了更多能源，几乎耗尽地球几十亿年积累的资源，彻底改变了这个星球……”

金基媛的眼睛睁得大大的，在吴展德怀中停止了呼吸。吴展德老泪纵横地继续说道：“我们还是因为需要，寻找到人类适合居住的安795C星球；我们更是因为需要，让智能产品诞生在这个世界上，却意外地被它们改变。我们依赖它们，正如当初的人们依赖石油一样。”

吴展德慢慢地替金基媛合上双眼。

南瓜从另一边跑过来，他先看了看金基媛，然后伸手接住突然晕倒的吴展德。

“嘿吴展德，你不能死，你不是刚刚救过我吗？我绝不能让你在这里死去。”南瓜轻轻将他平放，然后开始检查伤口。

雷鸣远远地看着这一幕，心里泛起一丝疑问：“把刚刚的作战记录调出来给我看看。”

“是。”他身边的队员立即打开死光武器的视频记录。

雷鸣看了一遍，确认自己的记忆没有错。刚刚的地下激战中，吴展德并不在其中。

“南瓜。”雷鸣走过去。

“来了，头儿。”南瓜回过头来，“他中枪了。”

“吴展德怎么在这里？”雷鸣问道。

“你们在下面的时候，他跑过来救了我一命。”

“哦?”雷鸣慢慢走向吴展德，仔细看了看他的枪伤，“可他不是被我们的武器击伤的。”

南瓜翻开金基媛的尸体：“对，杀死她的也不是我们的武器，是普通弹药枪。”

“沈勇。”雷鸣喊了一嗓子，沈勇的脸从一直跟在他身边的全息图 B 窗口中浮现出来。

“我看见了，救护队 5 分钟内赶到。”

雷鸣继续说道：“你找一下现场视频回看，看看是谁杀了金基媛。”

“不用了。”一名正在整理现场的队员直起腰，“我看见冷志峰杀了他们。”

雷鸣铁青着脸：“他怎么会跟到这里?”

“不清楚。”

“那还不查清楚!”

皮仔从人群中飘浮出来，刚刚混战开始时，它窜进了人群。

“你现在急需一些情感提示，你的情感波幅再次超出常规。”

雷鸣看了一眼金基媛蜷缩的尸体，叹了口气，点点头。

皮仔压低声音在他耳边细语，情感计算如下：

A.仇恨——你可以寻找对方行为根源，用宽容面对。

B.困惑——你可以回到分部审讯吴展德。

C.烦躁——你可以听一段《欢乐颂》。

另外还有 13 种情感释放方式供您选择，建议多选。

雷鸣点点头，并没有做出任何选择，只是慢慢蹲在了地上。没有人知道他在想什么，就连皮仔也变得有些急躁，它摇摇晃晃飘浮在半空中，重新计算着雷鸣此时的情感变化。

另一名队员匆匆从远处跑来："雷队，资料已经反馈回来，这些人的父母都是基因武器的受害者，他们出生时便携带着基因武器的病毒，因而受到当地人的排斥。在 New Ocean 有一个这样的救护组织，这些孩子从小被带到那里长大。这一次，他们各自以旅游的身份过境。"

"New Ocean 大使馆怎么说？"

"这些人在当地没有任何不良记录，救护组织也不知道他们有这样的身份。"

"那么分水道海岛克里斯的事情，他们是不是也没有消息？"

"听说 New Ocean 的梅尔总统已经下令缉捕克里斯。"

雷鸣点点头，对着身边的全息图问道："沈勇，追查穿山甲有结果了吗？"

"我没有办法按照地表震荡幅度来追踪，不过城里的穿山甲只有三十几辆，车都在身边。所以我猜测，逃走的穿山甲有可能是黑市改造的。这些车黑市没有进行资料录入，要是查下去至少需要十天半个月。"

"现场设备这一块呢？"

"在呢。"毕玉波从另一个窗口跳出，"现场的设备已经核对完毕，是便携服务器，提供各种消费应用。除了这些之外，我发现他们还收集了全球智能信息数据分载中心、FT 工厂、海水淡化总部、太空移民分局的资料。"

"交叉对比一下可疑点。"

"收到。"

一阵轰鸣从头顶响起，雷鸣知道救护飞船已经到达。

救护队员从飞船上走下来，南瓜领着他们将吴展德抬上去。

"雷队，你跟着回去吧，这里我来。"

雷鸣点点头，踏上了飞船。

〈突　变

金基媛的尸体已被抬上救护飞船，很快就会被送去安逸城第一法医院。

看着她包里的遗物，特别是 3 年前她、蓝心瑞和雷鸣在雪景中的一张相片，那浮雕般优雅的笑容永远定格在那一瞬间，朝气蓬勃的活力被永远烙印在雷鸣脑海中。柔软的躯体变得僵硬，散发着活力的双眼失去了光泽，生命带着满心的眷恋依依不舍地向远处走去。

人生如梦，转瞬间便消失得无影无踪。

雷鸣不忍再看，将头扭转到一边。

“雷队，吴展德好像要跟你说话。”一名护士走到他身边。

每次听到这个名字，雷鸣都感觉像得了哮喘一样喘不上气来。他微闭双目调整几秒钟，起身来到吴展德病床边。

“雷队……”看到他身边走过一名护士，吴展德欲言又止。

“你要说什么？”

吴展德喉结抖动了几下，挣扎着从被褥里伸出左手，在床边沿歪歪扭扭写下几个字。

雷鸣紧锁眉头，除了蓝心瑞几个字的笔画刻在脑海中之外，其余的字他根本没有认出来。

但吴展德的确知道蓝心瑞的下落！

雷鸣血脉偾张，他用力摇晃着病床："她在哪里？为什么你不直接说出来？快说，你快说出来！"

吴展德蠕动着嘴唇，最终吐出一大口鲜血。

"雷队，您别这么摇他，他……"

还没等护士说完，医疗病床突然发出刺耳的急救声，4名急救人员冲过来，将雷鸣一把推开。

"内脏出血速度加快。"

"呼吸减弱，血压降低。"

"肾上腺素1毫克、阿托品1毫克……"

……

雷鸣静静地看着他们，心里缠绕起一圈圈蛛丝。死亡可以带走生命，却带不走灵魂投下的阴影。而在这阴影之下，又隐藏着哪些不可告人的秘密？

吴展德为什么欲言又止？

他究竟想告诉自己什么？

是威胁，抑或嘲讽？

都不是！

因为那眼神，那耐人寻味的眼神。在他的眼神中，雷鸣看到了焦虑、急迫和担忧，而不是阴谋者的邪恶！

为什么？

为什么吴展德会出现这样的眼神？

雷鸣怎么都想不出合理的理由。

"你的情绪很低落。"皮仔飘到他的面前，"试一试我的计算结果，对你应该会有帮助。别再回避选择，无论什么事情，你们都必须去选择的。"

雷鸣叹了口气："你好啰唆呀，快说吧。"

情感计算结果：

A. 无奈——你可以……

不等智能情感球说完，轩辕嘉德的全息图突然跳出来："雷鸣你们直接去安全部的救护大楼。"

“为什么？”

“安全部要求对吴展德直接管控。”

雷鸣看看身后：“我们还有一分半钟就到分部门口，但是吴展德中枪快不行了。”

“这真的很麻烦。”轩辕嘉德转身，“沈勇，通知安全部的人，救护船还有一分钟到分部，吴展德需要手术。如果他们不介意，可以来分部提人。”

“收到。”

看到轩辕嘉德神色紧张，雷鸣急忙问道：“出什么问题了？”

“很麻烦。”毕玉波从另一个窗口跳出，将一条消息发到 C 窗口，“从安全部刚刚传来消息，New Ocean 梅尔总统的母亲早上在老青春公园南门为减少海洋垃圾做全球巡回演讲的时候，遭遇‘脑波毒素’攻击，随后智能情感球丢失，这是早上的画面。”

画面中，梅尔总统母亲的智能情感球突然失去控制，从台上滚进人群中，而台下因为紧随而来的连带袭击变得异常混乱。丧失功能的情感球被人群踢入公园中心区，最后被一只灰鹟叼起。

“灰鹟！”雷鸣心中一紧，上午种种回忆接踵而来。

轩辕嘉德发现雷鸣脸色异常苍白：“有什么问题吗？”

“没什么。”雷鸣想起上午和许拉拉说的话，他摇了摇头。

“你再看这里。”轩辕嘉德将画面快进，“灰鹟最后的身影出现在滨海东路，之后就没有交通监控了。”

雷鸣肯定地说：“它飞向大海方向了。”

“也只有那一条路没有视频监控。”轩辕嘉德说着，打开另一个窗口，“这是近海安全局中午打捞上来的智能情感球，一切完好，但是智能情感球的中枢神经处理器丢失。”

“我不明白，为什么梅尔总统母亲的智能情感球会与她本人失去连接？”

“情感球通过情感接收弧与人类情感连接。根据每一个人情感反射弧、微电信号的不同，而产生不同连接方式。”毕玉波打开资料，“这是梅尔总统母亲艾玛的个人资料，5 年前她带队清除海洋垃圾，遭遇海底火山喷发，船体撞上岛礁。她本人重伤，在急救中脑死亡，被植入了脑细胞芯片。”

“脑细胞芯片？”

“脑细胞芯片技术现在只有 New Ocean 人拥有，听说这技术必须使用海洋特产矿和深海的某些生物。”沈勇出现在最后一个窗口中，“脑波毒素中不断重复的刺激性音符造成脑波异常，改变正常人脑状态，会让人呈现疯狂状态。而艾玛在脑细胞芯片作用下，情感反射弧完全处于混乱不可支配状态，所以她和情感球的连接中断了。”

“我还是没明白，中枢神经处理器丢失，可以重新匹配，干吗这么紧张？”雷鸣问道。

“New Ocean 使馆的人介绍，由于艾玛脑死亡 7 分钟后才接入脑细胞芯片，原有脑细胞有 30%完全受损。后来，艾玛要求与中枢神经处理器建立连接，希望借助外力，使得自己的信息处理能力趋于正常。”沈勇耸了耸肩，“如果有人更改中枢神经处理器的核心数据，再与艾玛的脑神经芯片建立连接，那么艾玛大脑会因为承受不了超高速运转而崩溃。”

雷鸣皱了皱眉：“原来，恐惧信息素就是个烟幕弹，它在现场造成混乱，以便偷走艾玛的智能情感球。”

“现在看来，上午的漏洞攻击完全是针对艾玛的。”轩辕嘉德擦了擦额头汗珠，“外交部传来消息，梅尔总统对此表示愤怒，如果找不回艾玛的中枢神经处理器，他会立即停止对克里斯的缉捕。”

“什么？他这不是要无赖吗？”雷鸣差一点跳起来，“被太阳风暴袭击，他们也不会幸免于难啊。”

“比我们稍微好点。New Ocean 国的海洋广大，还拥有几千个利用海洋温差发电的深海发电站，就算通信出问题，他们还可以去海底居住一段时间。”沈勇插嘴道，“听说他们的海底城市并没有与海床接触，完全是仿鱼生态系统。”

轩辕嘉德看了沈勇一眼。

沈勇满以为轩辕嘉德看自己那一眼是赞许的目光，他接着说道：“雷队，现在我们是无能为力了。智能网络除了协议数据传输之外，更重要的是它拥有庞大的神经系统，漏洞攻击的溯源查找很困难。除非吴展德开口，不然我们没有多少时间了。”

轩辕嘉德向沈勇摆摆手：“另外，梅尔总统受到克里斯的威胁，如果对他实施抓捕，他的人会立即将改变核心数据的神经处理器与艾玛连接。”

雷鸣恨恨地说："够狠。"

"目前，我们还不清楚克里斯跟梅尔反对阵营究竟是什么关系。所以，如果处理不好，我们必然成为这件事的替罪羊。"

"有一点我不明白。"雷鸣迷惑地看着他，"如果说他们攻击艾玛是为了控制梅尔，好让他们顺利实施用人工风暴阻止智能情感球使用的计划，那么劫持蓝心瑞又是为了什么？"

轩辕顿了顿，说道："无论如何，吴展德都是关键，必须让他活下去。"

吴展德重伤的消息早已经传遍整个护卫组，此时，分部内显得特别安静，接下来会发生什么样的事情，很多人都在猜测。

雷鸣神色紧张地跟在救护队员身后来到医务室。

推门进去，智能外科医生华徒弟正在另一间手术室给杰瑞手术。

"文子，快，他快不行了。"

宁文子和两名护士走过来，将生命探测仪、吸氧机等医疗设备推到吴展德跟前，给他接上之后，又转到杰瑞的手术室门口。

"什么意思？"雷鸣上前几步，"他中枪内脏出血，需要急救。"

宁文子转回头："华徒弟正在给杰瑞手术。"

"吴展德快死了。"

"杰瑞的手术刚进行一半。"

"卢楠医生呢？"

"今天早上出事之后，他被人打了，伤势严重。"

护卫组的医务室只有两名外科大夫，一个是正在手术的华徒弟，还有一个就是卢楠。而现在这两人都不可能给吴展德做手术。

雷鸣怒道："分部只有一个外科医生，为什么不发通告？"

宁文子冷笑道："你没看公告，跟我有什么关系？"

雷鸣逼近一步："卢楠伤势严重到什么程度？"

宁文子摇摇头："不清楚。"

"那你就给我弄清楚，如果他还能走，就让他给我立即滚回来！"

宁文子气得涨红了脸，她打开全息图点击出卢楠："卢医生，您现在怎么样？"

“还不错，粉碎性骨折刚刚长好。”

全息图画面中，一名护士正在帮着卢楠拆下手臂和胸部的绷带。

宁文子深吸了一口气：“那你赶紧回来，这里有一个病人需要急救。”

“我这里还得一会儿，你把病人的信息给我接进来。”

“行。”

宁文子走进吴展德的手术室，将他的所有生命体征信息传了过去。看到这些信息，卢楠不住摇头。

雷鸣黑脸道：“别磨叽了，赶紧回来。”

“雷队？”卢楠抬起头，“很抱歉，我在城东紫藤花医院，赶过去最快也要 70 分钟。”

“你在哪家医院，我立即通知他们用飞艇送你回来。”

“没用的雷队，飞艇来回也要 30 分钟。这人舒张压小于 60mmHg，脉压差小于 20mmHg，呼吸表浅、急促，已经处在深度昏迷状态，就算我赶回去也来不及了。”

雷鸣在原地愣了半晌，然后垂目看了一眼正逐渐走向死亡的吴展德，默默地转身离开。

夕阳渐去，柔弱无力的残阳挡不住来势汹汹的暮色，它们用尽全力，透过窗纱照射到雷鸣沮丧的躯体上。终于，它被暮色撕扯进无尽的黑暗之中……

皮仔悄无声息地飘浮到雷鸣面前：“你的情绪低落到正常值以下，现在急需做一下调整，给你点提示吧。”

“你先省省吧。”

雷鸣一把推开皮仔，转过身体，突然掏出枪对准宁文子：“让华徒弟过来。”

“你疯了吗？杰瑞会死的。”

“不要逼我。”雷鸣对准了宁文子的脑袋，“你我都无法承担吴展德死亡带来的责任。”

“我愿意承担这个责任。”

“你承担不了。”雷鸣将宁文子顶到墙边，“15 小时内，超强太阳风暴将全面袭来，如果没有人工风暴层的保护，所有近地人造天体将遭受毁灭性打击。不仅如此，地球上的智能电网会遭到毁灭，航空、运输、金融、急救……凡是与电网相关联的行业，全部都会中断。”

"风暴过后，大不了科技倒退几百年而已。"宁文子冷笑道，"雷鸣，别以为我不知道，你救吴展德，就是为了找到蓝心瑞。"

雷鸣瞪圆双眼："你脑子是不是有问题？风暴层密码丢失已经人尽皆知，全球电力中断造成经济损失事小，依赖人造天体的网络通信一旦中断，智能情感球支持者和反对者之间必然有一场恶战，45 年前的人为灾难必将重演，这是你希望看到的吗？"

宁文子不再说话，愤恨地看了他一眼，然后慢慢打开自己的全息图，在华徒弟一栏重新输入指令。

"收到。"华徒弟的声音出现在扩音器中，他立即停止对杰瑞的手术，转而走进吴展德的手术室内。

"诊断：枪伤位置一处，内脏出血量大，创伤性休克，治疗处理时间需要 43 分钟。"

"谢谢。"雷鸣收回枪，慢慢走向杰瑞手术室门口。皮仔跟在他后面，将自己和另一间手术室连接，很快它读取了杰瑞的生命值："胸腔出血正在漫延，如不及时处理，大约 10 分钟后，器官将开始衰竭。"

雷鸣盯着玻璃，没有说话，靠着墙慢慢蹲下去。

宁文子拿着医疗责任书走过来："告诉你，我承担不了杰瑞死亡的责任，你必须签字。"

雷鸣站起来抽出压感笔正准备签字，宁文子又说道："还没看就准备签字，我真不明白你以前是怎么做队长的？"

雷鸣不满地看了她一眼，将文件从头到尾看完后，惊讶的表情还没有展开，就听到宁文子再一次说道："看明白就签字，我还等着录入工作报告呢。"

雷鸣点点头，在责任书上签下自己的名字："明白了。"

门"嘭"的一声被推开，许拉拉一头撞进来。

"鸣哥，你在做什么？"

面对许拉拉，雷鸣充满了无力感，他不敢面对她的眼神，极力回避着肢体的冲撞。

许拉拉大声嘶喊着："他救了你，刚刚是他救了你！你怎么能看着他死，你怎么能看着他死？"

宁文子走到两人中间："真蠢，骂他管用吗？你该把他告到情感护卫总部去，让他享受永无止境的黑暗。"

"文子姐。"许拉拉眼神闪烁，"你可以帮忙把下面的手术做完吗？"

"我不行。"

许拉拉牵起宁文子的手，跪倒在地上："求你了文子姐，你不也是医生吗？"

"对不起，我是内科医生，不允许进行外科手术。"文子帮她擦拭掉眼泪："不过，如果你死马当活马医，跟我签订一个免责协议。也许，我可以试一试。"

拉拉木然地点点头，打开全息图："那……好，我，我这就签。"

雷鸣不忍再看，十分沮丧地坐到手术室外的长条凳上。他觉得很孤独，坚强掩盖着内心难以启齿的柔弱。一盏孤灯、一片旧叶、一束微光，将他锁在瑟瑟秋风中，独自品味内心的焦灼与悲苦。

皮仔飘到他身边："不必难过，你该看看对这件事做的情感分析。"

雷鸣抬起头，全息图上显示：

A. 焦躁——你可以去户外做深呼吸或者听音乐。

B. 责任——基于 12 小时内发生的事情，你可以选择为杰瑞哭泣。

C. 愤怒——你可以选择听一段幽默小调。

另外还有 17 种情感释放方式供您选择。

建议选择 B。

雷鸣看了一眼皮仔："看来系统分析结果跟我的想法一样。"

"没错。"

"真难得我们的想法一致。"

皮仔没有说话，发出一阵"噗噜噜"的声响，以祝贺两人的协调性提高。

看着皮仔和雷鸣窃窃私语，许拉拉悄悄问道："文子姐，这样好吗？这不是在玩他吗？"

"少废话，赶紧洗干净跟我进手术室。"

说着，两人迅速冲洗完毕走进手术室。

突然，四周一片漆黑，雷鸣刚冲到二号手术室门口，备用电源已经启动，华医生看上去并没有手忙脚乱，雷鸣几乎快崩断的神经稍稍放松了些。

他正准备去看看一号手术室内杰瑞的情况，一阵凄惨的哭声陡然从里面传出来，雷鸣心里一紧，想推门进去，门却是反锁着的。

透过巨大的玻璃，雷鸣看见许拉拉扑到手术台前，她哭喊着："杰瑞，你不能死，你必须坚持下去，我马上拟定协议，文子姐会给你继续手术。"

病床上的报警声被宁文子关闭，只是所有数值都在急速下降。

"听着杰瑞，还有很多事你没有跟我说清楚，你不能死。好，我不逼你，你可以不娶我，你可以想做什么就做什么，我再也不会违反规定偷看文件，这样你满意了吧？你可以不说话，但你要坚持住……肾上腺激素在哪里？"

宁文子指了指左侧："冷柜第一层。"

拉拉扑过去打开柜门，拿出肾上腺激素拔开盖子，又冲回到杰瑞身边，对准心脏猛地扎下去，然后做心脏按压，开始数"1、2、3"，然后人工呼吸……如此循环！

宁文子慢慢走过去，拉住她的手："你别这样，他已经走了。"

"没有，他没有走，快帮我接通电源。"许拉拉撕开杰瑞的内衣，擦上导电胶，拿起旁边的心脏除颤器，"200焦耳，好了吗？"

宁文子擦去眼泪："好了。"

"你给我醒过来。"许拉拉将除颤器放在杰瑞胸骨和左腋前，"再来，300焦耳。"

"好了。"

"再来，370焦耳。"

"好了。"

宁文子配合着持续不断地重复着，直到许拉拉绝望地将除颤器对准了自己的太阳穴……

雷鸣僵直在玻璃窗外，剥肤之痛一寸一寸爬满了他的身体，令人窒息的恍惚伴随他左右，穿过记忆的画廊，里面空白一片。再细数那些过往的音符，却是一片模糊。

而此时，轩辕正躺在沙发上玩弄着自己的情感球乖乖，他很清楚雷鸣正在遭受着煎熬，这一切全都是他的刻意安排。虽然跟原先的计划有些出入，但看来结果似乎更好。

40分钟前宁文子告诉他，从杰瑞肩章上的超微摄录一体机中发现，真正伤到杰瑞的不是水里的炸药，而是藏在角落的死光狙击。轩辕很清楚这个肩章上的摄像机是杰瑞私自装上的，护卫队正常装备里没有这玩意。

文子告诉轩辕，之所以绕过分析组和护卫队，直接向他本人汇报，是因为至少在今天她不相信分部内任何一个人，因为她觉得有件事很可疑。

“什么事?”轩辕忍不住问道。

“从画面上看，死光狙击的目的性很强，它始终对着杰瑞。许拉拉被诬陷刚解决，就有人要对杰瑞下手，这说明对方想从杰瑞身上得到些什么，利用许拉拉威胁杰瑞没有成功，所以他们想让杰瑞明白，他的生命并不掌握在自己手中。”

虽然不能确定文子医生这些话的准确性，但这让轩辕突然看清了一个问题：无论攻击艾玛、控制人工风暴层与雷鸣是否存在关联，但雷兜兜被劫持、蓝心瑞不知去向、许拉拉被陷害，还有现在杰瑞重伤，都跟雷鸣有着密切的关系。

很明显，有人在伤害雷鸣。

但是这种伤害对于今天又有何意义？轩辕想不明白，不过他可以确定的是，如果杰瑞死了，对方一定会有针对雷鸣的下一步行动。

想到这里，他用纸条给宁文子传递出一条信息，文子虽然吃惊，但还是决定照做。他们突然截断自己情感球的电源，然后在启动时，又同时开启“维度之锁”*。为了互信，两人的情感球交换了自己“维度之锁”的密码。

文子如释重负地看着轩辕：“现在，你可以说说了。”

“无论如何，接下来有两件事必须做到：第一，保住杰瑞的生命。第二，让大家觉得杰瑞重伤不治已经死亡。”

“这不可能。”文子摇了摇头，“为了满足这个要求，必须有一具尸体替换，我没有。在哪里替换？抬出手术室吗？这样一来，智能外科医生华徒弟就会知道一切，它会把信息发布在公告里，毫无秘密可言。”

“不用担心，有人会从秘密通道把尸体直接送到杰瑞的手术室内。至于华徒弟……”轩辕顿了顿，“雷鸣和 7 号支援队正在吉五道开战，南瓜已经受伤，等他被送回来，你就把华医生调给南瓜。”

虽然文子觉得不妥，但还是同意了。

看着轩辕一直在沉思，乖乖忍不住问道：“如果雷鸣被刺激得疯狂了，你该

* 维度之锁是使用跃迁矩阵为智能产品配置的专用密码，仅供情感护卫队 9 级以上人员使用。为此，轩辕将文子的级别提到了 9 级。

怎么办?”

轩辕坐起来:“岂不是更好?快一百多年了,还没有人疯过呢。”

说着他走向办公桌,按下上面的灰色按钮,四周墙壁立即闪烁起奇异的光芒。从外面看来,房间内像是布上了彩灯,实际上轩辕启动了干扰器,15 分钟内可以有效屏蔽信息的内外交换。

紧接着,他从保险箱内掏出一个黑色方盒,打开后输入一连串数字,数十秒过后,安全部长的头像出现在里面:“安全吗?”

“安全。我已经把行动计划给你传过去了。”

安全部长看了一眼:“明白,但你记住千万不要打草惊蛇。”

轩辕点点头,迅速关闭黑色方盒。

“噢,这是什么?我怎么从来不知道?”乖乖停在办公桌上。

“这是只有全球情感护卫队分部部长、安全部长和情感部长才能使用的幽灵装置,现在知道了吗?”

乖乖全身微微泛红,猛地跳到轩辕肩头。

看见雷鸣走出来,毕玉波在工作台上喊了一嗓子:“吴展德可以说话了?”

雷鸣淡淡地点点头说:“我相信很快。”

“你不用这么做作,我知道你心里不好受。但是,智能情感球的分析都是理性的,你按照它的选择并没有做错什么。”

雷鸣紧绷着脸:“谢谢,我知道我没有错。”

毕玉波本想再劝几句,却不知该说些什么好。她叹了一口气,打开视频窗口:“你过来看看。沈勇有些忙,这些我帮忙做了。”

窗口视频是吉五道香水店门口的激战,吴展德被冲击波弹到屋外,金基媛出来之后,南瓜和那名小队员还没有站起来,她的背后立即中了一枪。吴展德看见后立即抱住她,挡住第二颗子弹。

“他是冷志峰。”毕玉波将镜头推近。

雷鸣点点头:“我知道是他。可他怎么会知道我们去了吉五道?”

“不清楚,第 5 小组的人正把他带回来。”毕玉波站起身,“你别走,还有些消息在沈勇那边。”

雷鸣点点头，跟着来到沈勇工作台。皮仔全身呈灰色，始终紧贴他的后脑勺飘动着。

“雷队。”沈勇急忙站起来，“我，我不知道该如何表达，我是想说……”

沈勇的智能情感球小妖精飘到他们中间：“他是想说，你不用这么难过，既然按照我们情感球计算结果来行动，根本不需要太内疚，你的做法是理性的，完全符合解决问题的需要。”

雷鸣点点头，问道：“谢谢关心，东西在哪里？”

“哦，马上打开。”沈勇急忙转向自己的工作台。

小妖精飘到皮仔面前上下打量了一番，颇为同情地问道：“为什么你把自己弄成这样？”

皮仔没有理睬，依旧呈现灰色。

“好吧，也许今天你耗电量太大，如果想交流，我随时奉陪。”小妖精知趣地飘到了另一边。

工作台的数据已经展开，沈勇指着图表说：“下水道破损信号修复完成，上面显示陈松是 BP（断点）组织的成员。几个月来，他用专用频道与名为‘why’的人联系过多次，而‘why’在情洞袭击的前一个小时，曾经与史托尼联系过。”

“这么说，陈松早就知道今天的袭击！”雷鸣皱了皱眉，“为了配合这次行动，他发布虚假会议消息，邀请乔恩·库柏实际上是为了抢夺人工风暴层密码。”

“既然是一个组织的，为什么还要抢他的密钥呢？而他为什么还要自杀呢？”毕玉波不解地问道。

“实际上，陈松并不知道今天的袭击。”沈勇摇摇头，“从 why 与他的信件来往上看，陈松以为中高级密码持有者也是情感球反对者。”

毕玉波盯着视频点点头：“原来 why 告诉陈松要制定反对智能情感球的组织纲要，所以，陈松这个傻瓜假借召开会议集中人员。”

“对。直到陈松发现原来是个骗局，他才想躲避，谁知东西被抢。他知道无法承担后果，所以自杀了。”沈勇颇为得意地看着两人。

雷鸣扬起高低眉看着沈勇：“‘我以为我做出了选择’这句话的沉海系统结果出来了吗？”

“噢。”看到雷鸣冰冷的眼神，沈勇完全没了半秒前的得意，他嗫嚅道，“很抱歉，沉海系统比对结果为零。”

雷鸣又转身看了看毕玉波，她同样抱歉地说：“很抱歉，贝贝熊那句话我实在不明白是什么意思。”

太多疑问、太多未知将雷鸣紧紧裹住，他什么也没说，只觉得自己完全乱了。

此时，蓝心瑞带着切斯正偷偷潜入爷爷家。虽然才相隔 3 个月，但她有种恍如隔世的感觉。

“你在想什么呢？”切斯拍了拍她肩头。

蓝心瑞无法从混乱的思维中抽身出来，她随意应答着：“没什么。”

“别这样。”切斯轻轻握住她的手，“现在好点吗？”

停了一会儿，蓝心瑞有些惊奇地看着切斯：“为什么我可以突然间平静下来，你做了什么？”

切斯微微一笑：“老师说我这是情感转移的能力。所以，大家都害怕，都躲着我，只有老师跟我最亲近。”

“真有趣，我以为这种情感转移是指将情感投射到某个特殊关系群体，没想到……”

“没想到，我这种情感转移不存在任何界限。”切斯微微一笑，“老师说过，我这种能力可以游刃于任何物种之间。”

蓝心瑞啧啧称奇：“那你跟我说说，刚刚你是怎么对付那两个看门人的？”

“我知道隐形罩外面的老鼠想找吃的，就利用它们，转移了看守的目标情感。”切斯笑嘻嘻地说，“心瑞姐，我的能力以后慢慢展现给您看，现在你已经很冷静了，我觉得尽快找出那个所谓的证据才是最重要的。”

蓝心瑞点点头：“对，我得想想爷爷究竟还有什么没有告诉我。”

她闭上眼睛，在脑海中仔细搜寻着，慢慢地，耳朵里响起“滴答、滴答”的声音……

爷爷拿着自己的智能情感球金妞妞躲进花园小屋，自己跟着进去，爷爷捧着金妞妞摔倒在地。

顺着爷爷的眼神，自己在饰品盒中找到了存储盘。

这些，3 个月前曾经回忆过，自己也拿到了爷爷的存储盘。

不对，应该还缺少些什么。

蓝心瑞再次走进小屋，绞尽脑汁回忆着当年的一切。

“你这么想是不是太困难了？”切斯走过来，“难道你家没有留存欢乐时光吗？”

“提醒得对。”蓝心瑞急忙跑上二楼，在整齐的书橱内找到那本家庭欢乐时光。

翻开厚厚的封面，一道全息屏从书中跳出来，蓝心瑞查找到当天的时间后，坐下来静静地观看：

屋外响起幼年兜兜和爷爷的宠物犬玩乐的嬉笑声。

蓝心瑞冲出去大喊着：“快去叫姥爷，你曾爷爷不行了。”

兜兜被吓哭了，而那条宠物犬“嗖”地蹿进小屋，它不停地亲吻着爷爷，脖圈上的铃铛不停响动。

爷爷死后不久，宠物犬不吃不喝，10 天后就去世了。

脖圈！

蓝心瑞突然意识到，爷爷的宠物犬从来没有戴过任何东西，什么时候爷爷给它戴了个脖圈？

想到此，她急忙在小屋内翻出宠物犬的遗物，那个脖圈还在。

蓝心瑞发现脖圈上除了响铃之外，还有一个小瓶子。

切斯靠在小屋门边提醒着：“里面好像有东西。”

蓝心瑞看了他一眼，小心翼翼地打开小瓶，从里面抽出一张地图。

“迷你地图。”切斯饶有兴趣地走进来，“有标注的地方吗？”

“有，孪山小屋。”

切斯发现她的表情有异：“怎么了？”

“那个地方在孪山天然坑洞内，爷爷每年都会单独去住上两天。我只陪他去过一次，是因为那年他腿部刚做完手术，必须坐着轮椅。”

“去那地方会很困难吗？”

“找到那个地方很容易，只是小屋大门有密码，我只跟爷爷去过一次，根本不记得那密码。”

切斯挺了挺胸脯：“我可以把门凿开。”

“不可能。听父亲说过，爷爷建造那个地方动用了 100 多人，坚固无比。你我想找点工具凿门，绝不可能。”

“找老师，我听说他有一套记忆锁设备留在这个国家。如果用这套设备，你应该能回忆起那道门的密码。”

蓝心瑞点点头：“只能这么办，我们赶紧找出老师的位置。”

切斯从口袋里掏出便携式备用仪器，蓝心瑞将电极插上，开始追寻吴展德。

实际上，这个便携式备用仪器，对蓝心瑞一点用处也没有。这只是吴展德为了解为什么切斯的情感转移会在不同物种间产生而对切斯进行实时监测的仪器。

不过，这一点两人都不知道。

对于正常人来说，情感仅仅是一种感受。而蓝心瑞将这种感受完全量化，在她脑海中，情感像是一根根五彩缤纷的琴弦布满整个世界。

每一个人都由无数根琴弦组成，每一种情感波动的时候，蓝心瑞都能感受到这根琴弦不同的振幅，它们像一组组音乐充斥着她的大脑。

吴展德没有将这一切告诉蓝心瑞，他担心有一天这孩子自己知道了这种能力的上限，将没有人能阻止她做任何事情，那将是一个可怕的未来。

他也知道，临别时那一个深深的拥抱，足以让蓝心瑞和自己建立起情感量子纠缠。

那一瞬间，蓝心瑞除了感觉到强烈的悲伤之外，还夹杂着仇恨。

这仇恨的琴弦在所有琴弦波动下显得非常微弱，弱得几乎让蓝心瑞屏住呼吸才能感受得到。最让她奇怪的是，这种极其孱弱的波动像寒冰洞内游走的空气，缓慢而连绵不绝。

她紧闭双眼，跟着对方的情感路径，搜查着吉五道的每一个角落。

过了好一会儿，蓝心瑞缓缓睁开眼睛，情感搜查消耗了她巨大的精力。她紧闭双目呼吸急促，干裂的嘴唇不时抽搐着，太阳穴砰砰跳动让她产生了一丝丝幻听，她几乎要晕厥过去。

“老师在什么位置？”

“很奇怪，老师在情感护卫队分部。”

“怎么？他们把老师抓走了？”

蓝心瑞点点头：“恐怕是这样。”

“老师在那里会有危险，情感部里面并不安全。”切斯挠着头发，“对，我们打电话给 New Ocean 大使馆，他们可以引渡老师回国。”

“回国？”蓝心瑞疲惫地站起来，“你糊涂了，这里就是老师的国家。”

“不，你没有明白我说什么。老师加入了 New Ocean 国籍，他在 New Ocean 时，叫乔恩·贝肖普。”

“除非这件事彻底解决，不然危险会一直存在。”

切斯愣住了：“那该怎么办？”

“我不知道。”

忽然，大厅内的电话响起。

两人不由得紧张起来，他们俩穿过花园，蹑手蹑脚又走进主楼。电话持续响了半分钟后传出一段语音，蓝心瑞听完后悲喜交加。

轩辕嘉德办公室内再一次发出奇异的光芒，阻止内外信息交换，以帮助轩辕秘密通话。

“有新情况？”

安全部长目似利剑：“是的。刚刚接到消息，梅尔总统要求将吴展德引渡回国进行审讯，这边已经同意了。”

轩辕奇怪地看着部长：“他怎么有权力引渡吴展德？”

“吴展德在几年前就加入了 New Ocean 的国籍，他现在叫乔恩·贝肖普。”

轩辕情绪有些激动：“吴展德犯下的不是普通罪行，一切条约都会在反人类情感罪的前提下自动终止。”

“梅尔同意把 W151-24-17、S62-31-12 海域的深度开发权转交给世界能源委员会。而能源委员会把这片海域的开发权分给占全世界一半以上的其他国家，他们表决通过支持梅尔总统对吴展德的引渡要求。”安全部长神秘地看着轩辕，“不过，这恰好说明了一个问题。”

被安全部长这么一点，轩辕恍然大悟：“到目前为止，能告诉我们蓝心瑞下落的只有吴展德，而带走吴展德对雷鸣来说无疑是一个巨大的伤害。这说明对方开始了下一步行动。”

部长点点头：“虽然 New Ocean 那边并没有就引渡吴展德做更多的解释，但我猜测，这是作为换回艾玛核心神经处理器的筹码。或许他们和克里斯达成了某种协议。所以我想，关于送走吴展德的事情，你我需要回避，但雷鸣必须知道。”

轩辕想了想说道："我让他去查艾玛的事，从现在起，如果有人告诉他吴展德要被送走这件事，那么这个人就是我们要找的。"

安全部长点点头，头像随即消失。

吴展德的手术很成功，胸腔和肺部积血全部清除，伤口缝合完整。

听见华医生呼叫自己，雷鸣快速赶了过去。

"他可以说话吗？"雷鸣问道。

"不可以。不过，大脑是清醒的。根据国际情感审讯修正条例第 Q1174 条，在证据确凿的情况下，允许对犯人使用脑波解析。"华医生将一张柔软的脑波接收图放到雷鸣手中，"根据你的提问，图中区域会出现相应的脑波反应，达到峰值的时候，就是你要的。"

"谢谢。"雷鸣拿着这张丝滑的脑波接收图刚走到吴展德病床前，华医生突然转过身问道："请问宁医生有没有跟你交代过什么？"

"什么意思？"

"她把杰瑞的情感球关闭了，还放在自己的办公室，这是违规的。因为我是外科医生，对每一位手术病人都必须有录入报告，这报告也必须让监控全程的情感球确认。因为今天情况特殊，我以为她会在处理杰瑞尸体前交代一些事。算了，我自己去问她。"

看着华医生不满地离开，雷鸣将那丝滑的接收图挂到医疗钩上，然后对吴展德说道："因为你，今天又死伤了很多人，其中包括我最好的兄弟。"

接收图上出现一个波峰，很快消失。

雷鸣看了一眼，继续说道："现在我要知道蓝心瑞在哪里。"

平板上没有出现任何波纹涟漪。

雷鸣连续问了三遍，结果一致。他长长地吁了一口气，调整着自己的心绪，继续问道："那好，我问你，你知道艾玛的中枢神经处理器在哪里吗？"

接收图上脑波波纹有了起伏，不过这一次雷鸣没有看明白，这些脑波纹乱窜，像是一个迷路的人找不到方向。雷鸣搞不明白，这老东西究竟在想什么。最后，他发现脑波最高峰的位置在吉五道。

他大声问道："确定是吉五道吗？"

话音刚落，接收图上脑波跳动，匹配城市地图上显出森林公园西南角的一处涵洞。

雷鸣转身便往外走，接收图突然又出现一阵蜂鸣，回头看去，与脑波最高峰匹配的地图上出现另一处地方——智能产品垃圾废弃堆。

雷鸣心里很清楚，不论这地址是针对蓝心瑞或者艾玛，总之这是吴展德印象最深刻的地方。

“这是一片智能坟地，除了做拆装工作的智能工人之外，几乎没有人的身影。”

从雷鸣手中接过接收图的毕玉波瞪大了双眼看着平板：“这是吴展德说的地方？”

“我去跟轩辕嘉德申请带队，你现在抓紧搜集一下那边的信息。”

“明白。”

雷鸣冲进轩辕办公室说道：“吴展德脑波告诉我，他曾经出现在智能垃圾废弃堆。”雷鸣往里走了几步，“我想申请带队去看一看，艾玛情感球的中枢神经处理器有可能就在那个地方。”

轩辕嘉德双眼一亮，随即掀开水幕全息图，上面显示出护卫队在全城的位置，他指着玫红色区域说道：“水母第 1 小组离现场最近，他们也是你最熟悉的队员。”

“谢谢。”

情感护卫分部的装备组，在整栋楼西侧。雷鸣将自己所需信息的要求告诉毕玉波之后，穿过长廊来到电梯间。

在电梯间门口，他被许拉拉拦住。

雷鸣被吓了一跳：“拉拉，你怎么在这？”

许拉拉瞪起哭红的双眼：“杰瑞就是你害死的，你必须偿命！”

雷鸣叹了口气：“说一万句抱歉也挽回不了他的生命。但，请给我一点时间，我不能让他白白死去。”

拉拉冷笑道：“你给过他时间吗？你看看这是什么？这是我和他一起去买的礼物，准备在下个月，你和嫂子 7 周年结婚纪念日时送给你们。”

雷鸣鼻子一酸，眼泪差一点滴下来：“拉拉，杰瑞他……”

“废什么话，告诉你，我再也不会踏进你家的门，你还是收着吧！”许拉拉将礼物盒放到他的手上，“你记住，你欠我一条命。”

看着她泪眼婆娑的样子，雷鸣只觉得心如刀绞，但此刻时间紧迫，他实在不知道如何安慰许拉拉。

“杰瑞这一生比你生动，有女人因他而活，也有女人因他而死。”

许拉拉悲伤的眼神扫过雷鸣几乎坍塌的自信，来自地狱的冰冷气息从他面前划过。猛然间，他明白了这句话的含义，拔腿追赶着消失在安全门内的许拉拉。

当他推门进去的那一瞬间，突然闻到一股刺鼻味道，刚看到两个蒙面人，他便晕死过去。

皮仔还没来得及逃跑，便被两人用力抱住。它发出刺耳的尖叫声，并且释放出高压电流，将两人击倒。

而面对同时冲上来的两只智能情感球，皮仔全身爆发出火红的颜色，警告它们不要靠近，它已经将这件事上传，如果它们处于中立立场，人类绝不会让它们去智能坟堆；否则，它们的命运会很悲惨。

两只情感球并没有理睬皮仔的威胁，它们一拥而上和皮仔扭打在一起。

许拉拉软绵绵地躺在地上：“江美，现在怎么办？”

看着被喷雾麻醉剂放倒的雷鸣，两人交换了一下眼神。紧接着，江美眼神忽转，喷射出骇人的光芒：“按照原计划，我必须替福特叔叔讨回公道。”

许拉拉“哼”了一声：“还真不拿自己当外人。”

江美瞄了她一眼：“你嫉妒也没有用，我的肝脏、胃和肾脏都是福特叔叔的，我也是杰瑞唯一的亲人。”

“废话少说，皮仔肯定通知了别人，要动手你就快一点。”

江美气恼道：“你行，你来呀。”

这边两人斗着气，那边安全通道的门被打开，毕玉波带着安保队员冲了进来。看到皮仔被揍得屁滚尿流，几名安保冲上去将它们三个分开。

毕玉波用脚踢了踢她们：“你们两个疯了吗？”

两人都没有说话，将脸侧到一边。

而此时，安全部交接在大厅顺利进行，轩辕嘉德在文件上签了字，目送着吴展德在蜗牛护卫小队的押送下离开分部大门，他便匆匆来到三区医务室。

“怎么样？”

“那俩疯了，给他喷了足够剂量的麻醉剂，宁文子正在配置解药。”毕玉波愤愤不平地举起一只无针注射器，“要不是我想给雷鸣送一点强化体能液，恐怕他已经死了。”

“这是什么?”

“她们要给他注射肝素，希望雷鸣看起来像是因为脑出血而死亡。”毕玉波打开全息图，“依据《情感护卫队违禁条例》，她们两人应该立即被开除，并且接受立案调查。希望轩辕部长不要因为杰瑞的死而袒护她们。”

轩辕皱了皱眉，转身离去。

看着宁文子将配好的解药为雷鸣做静脉注射，毕玉波心里总算是放下了一块石头：“文子姐，麻烦您照顾一下雷鸣，我去一趟审讯室。”

宁文子低垂双目，面无表情。

分部大厅显得格外安静，这种像太平间一样的平静让人心里直发毛。

看到毕玉波红肿的双眼，沈勇故作轻松，将双腿跷到工作台上，伸了个懒腰说：“如果现在有一张松软的鹅毛床，我能躺在上面一边啃西瓜一边被女人按摩……哇，轻松！想想都觉得轻松。”

一句话，招惹得毕玉波眼泪啪啪往下流，她急忙擦了擦，拿起自己的备忘记录仪转身就走。

来到分部，沈勇还是头一回看见毕玉波的眼泪，他急忙放下双腿喊道：“玉波姐，你别这么紧张，放松不了的弦是拉不紧的弦。”

“瞎说什么呢?”

沈勇嘻嘻一笑，从工具盒里拿出一个闪闪发亮的吊坠，走到毕玉波身边：“这是穴位按摩坠，只要轻轻和皮肤接触，它就会自动寻找解压穴位，调节情绪很有用。”

“你倒是真有心，可有些人却……”

毕玉波擦擦眼泪，大步走向回廊。沈勇疾步跟过去：“玉波姐，雷鸣队长这次大难不死，你也该放轻松点。毕竟他有老婆关心，你也不必这么焦虑。”

毕玉波气得涨红了脸：“沈勇，你在说什么呢!”

“我只是想告诉你，放手。你去照照镜子，看看自己现在都成什么样子了。”

这句话一出，招惹得毕玉波眼泪哗哗地往下流：“我是什么样子，跟你一点关系也没有。”

“怎么没关系?”沈勇掏出手绢递给她，“我最受不了你因为雷鸣流眼泪。”

“你凭什么?”

“就凭……”

毕玉波不屑地看着他：“千万别说你爱上了我。”

沈勇的脸涨得通红，他鼓足勇气点点头：“你说的没错，我早就爱上了你。”

毕玉波鄙视地看着他：“玩感情？小心姐让你哭得有节奏。”

“不要一口就回绝我，玉波姐。等人家夫妻团圆的时候，你别再把自己喝醉了就行。”

“滚蛋！你觉得自己哪一点可以超过雷鸣？能力、智慧还是勇气？”

沈勇赧然垂目。

高空深渊 〉

三区医务室内，雷鸣已经苏醒过来。兜兜哼着轻柔的小曲靠在爸爸身边，她的情感球闪电打开全息图，画面中显示 FT 售后已经来到分部，正在维修站对皮仔进行手术。

“皮仔怎么了？”

兜兜轻轻拍了拍爸爸的胸脯：“它被打了。”

雷鸣心里一阵烦躁，坐起来将兜兜抱到轮椅上：“等今天的事情结束之后，爸爸一定带你回家，好好陪你玩几天。现在爸爸必须出去一趟。”

“不，我要你陪着我。”

“很抱歉，宝贝，爸爸要去智能坟场一趟。要不，你帮爸爸一个忙，等皮仔回来后，照顾好他。”

沈勇靠在医务室门口似笑非笑地看着他们：“雷队你不用去了。”

“为什么？”

“刚刚你深度昏迷，轩辕已经让水母队副队长大葱过去了。”沈勇走进来蹲到兜兜的轮椅前，“兜兜，可以帮叔叔一个忙吗？”

兜兜噘起嘴巴，可怜巴巴地看着雷鸣：“爸爸，他想让我离开。”

沈勇尴尬地笑起来：“兜兜，你玩过‘异想天开’吗？”

“二十六次元迷宫游戏？叔叔，你在玩吗？”兜兜眼睛里闪烁出奇异的光芒，“可以带我一段路吗？”

沈勇点点头：“没问题。等这件事结束，叔叔就带你升级。”

“太好了。”兜兜拍着手。

看着宁文子将兜兜推走，雷鸣上下打量起沈勇：“你还有其他事，对吗？”

沈勇稳了稳神说道：“雷队，我看玉波姐为你的事情快要精神崩溃了。你是不是可以放手，还给玉波姐一个自由空间？”

雷鸣喉结抖动了几下：“你恐怕弄错了，这件事的根结不在我这里。”

“那你为什么借着今天的机会一定要回来？别以为我没看见许拉拉肩头的迭香蕊。”沈勇咄咄逼人地看着雷鸣，“雷队，你知道那玩意对玉波姐的意义吗？”

被逼问到这事，雷鸣感觉汗珠正沿着脊梁慢慢滑落到腰间。他回忆起当年分部刚刚搬到这里，便遭到黑市情感头目的报复。虽然刚刚加入分部，但年轻的毕玉波一点不示弱，她跟随雷鸣活捉了对方头目。迭香蕊被作为奖励颁发给他们两人，之后两人的恋情便公开了。

看着雷鸣飘忽不定的眼神，沈勇继续说道：“为了玉波姐好，雷队你还是离开吧。”

雷鸣神情沮丧地垂下头：“等这件事结束之后，我会仔细考虑的。”

“实际上你现在就可以考虑。因为对你来说，这件事已经结束了。”沈勇摊开双手，“这边，大葱去找艾玛的东西了；另一边，吴展德马上会被带回 New Ocean 受审。”

“你说什么？”听到这句话，雷鸣猛然站起来，“为什么吴展德会被带去 New Ocean？”

“人家是 New Ocean 的公民，梅尔为了把他引渡回国，用矿藏最丰富的深海开发权，换取了一半地球国家的表决权。所以，就算大葱什么都没办成，New Ocean 人自己也有办法找到艾玛的东西。”沈勇瞥了一眼脸色铁青的雷鸣，“等着吧，三级密码很快就会被找回来，让所有人牵肠挂肚的人工风暴层会依然完美。”

雷鸣瞪着双眼，混乱的思绪令他不知如何开口。

“我不担心别的，如果蓝心瑞像吴展德那样一失踪就是 7 年，那就麻烦了。”沈勇满面愁容地看着他。

看着他毫无诚意的愁容，雷鸣心里很清楚，一旦自己顺着沈勇指引的方向走下去，无论蓝心瑞是否能找到，轩辕嘉德都不可能允许自己再回到这里。

沈勇自然达到了让自己离开的目的。

不过，雷鸣还是决定这么做。无论是否留在这里，他都必须在吴展德回国之前，问清楚蓝心瑞究竟在哪里。

“我可以按这条线走下去，但是我需要你的帮助。”

沈勇欣喜地点点头。他怎么也想不到，自己已然走进一张布满毒液的网，等别人收网的时候，就是他痛苦的开始。

此刻，轩辕关上了水幕全息图，再一次打开黑色方盒，神色自若地说了句：“鱼儿已经露头。”

飞机货物仓内堆满了箱子。其中几个箱子正在被一种力量推动着松动起来，紧接着晃动越来越厉害，频率也越来越快。

一只胳膊探出来，随后一个戴着黑色包头潮帽的脑袋钻了出来，是雷鸣！

实际上，一路上南瓜早就有所察觉。

到达机场将吴展德押解出来的时候，南瓜便发现了雷鸣的身影 。他不动声色地按照安全部的指令行事，与 13 名安全部特种队员交接工作之后，便命令自己的队员分散到距离飞机四周约莫一公里的地方。

就在蜗牛队员们陆续散开的同时，南瓜将 3 枚烟雾糖贴地滚出去，3 股浓烟炸起，现场顿时混乱起来。他以最快的速度跑到雷鸣身边，两人佯装战斗的姿态来到飞机前货舱附近。

“你和毕玉波都疯了吗？你知道这么做的严重性吗？”

雷鸣拍了拍他的肩膀：“知道。想办法送我进去，我会感激你一辈子。”

南瓜叹了口气，打开货舱口盖，趁着烟雾还没有完全散去，他托起雷鸣将他推进前货舱。

此时，地毯下的货舱盖慢慢抬起来，雷鸣透过缝隙向四周扫视了几眼：吴展德的轮椅摆放在最后一排，全副武装的士兵们正端坐在客舱内，手中捧着红黑相间的爆音枪。

雷鸣知道这种爆音枪的厉害，10 米范围内，被爆音枪射中的哺乳类生物都会产生暂时性耳聋，并且很快产生幻觉。

他数了一下，一共12名战士，其中有2名战士紧挨着吴展德坐在中间，一个非常高大，一个特别瘦弱，两人在一起反差巨大。

雷鸣轻轻地关上货仓盖，重新回到货仓。

他迅速设计了几个方案：控制住驾驶舱，然后造成飞机即将失事的危险；或者打开货仓大门，造成真的危险；再或者直接冲过去，和12名全副武装的家伙大干一场。

几种方案似乎都不太令人满意。

“沈勇，我需要一套乘务员服装。”

“等等。”沈勇压低的声音在雷鸣耳机内响起，“你现在前货舱的位置，往前走可以看见一个悬挂楼梯。”

雷鸣走过去：“看见了。”

“悬挂楼梯上面是2号厨房，左侧就是储物间，你上去之后要找一找。”

雷鸣顺着悬挂楼梯爬上去：“这里有盖板，外面锁上了。”

“那是最简易的盖锁，我相信他们没有更改过原始数据。”沈勇停顿了一下，“盖锁下方也就是你看到的位置，有一块绿色翻盖，对吗？”

“对。”

“你把它打开，里面有一块小的液晶显示屏。”

“看见了。”

“输入000100。”

“可以了。”

雷鸣轻轻推开上面舱盖，一跃而起。

一个英俊健硕的空中乘务员出现在士兵的面前。

他戴着天蓝色卫生口罩和一顶白色盖帽，推着餐车彬彬有礼地向每一位战士点头鞠躬，并给他们送去茶水和糕点。

没多久，这些战士便昏昏睡去。

但是，吴展德身边一高一矮的战士始终低着头，并没有动过他递过去的点心和茶水。雷鸣将推车推到另一条过道，漫不经心地走到他们身后，掏出喷雾麻醉剂，对准他俩颈部喷了几下。

这两人顿时晕了过去。

吴展德已发现其中的端倪，他微闭着眼睛，直到那双脚停在了他的面前。

“不要装了，我知道你根本没睡。”

听到这声音，吴展德缓缓地抬起头：“雷鸣，你怎么在这里？我以为……”

“你以为什么？”雷鸣撕下面罩，“告诉我，蓝心瑞在哪里？你为什么要劫持她？”

“我从没有劫持过她。”吴展德淡淡地说，“她就在你身边。”

“你骗人。”吴展德冷静沉稳的态度，愈发让雷鸣烦躁不安。他揪住吴展德的衣领，“你究竟想从蓝心瑞身上得到什么？”

吴展德镇定地看着他：“你的智能情感球在哪里？”

“回答我的问题。”

“为什么不让它给你一些理性提示？”

“为什么给蓝心瑞写信？你算准了有人会在7年后把那封信寄给她，对吗？你究竟有什么企图？”

“你是不是已经发现，冷冰冰的情感计算，根本熄灭不了你心中燃起的火焰？”

“信里面那一段代码究竟是什么？”

“你全身散发着极其强烈的气味，这种气味来源于你的恐惧。”

“代码中那句话又是什么意思？”

“你会害怕自己可能意识到的某些真相吗？你会害怕婚姻是智能情感球计算的一段谎言吗？你会害怕自己失去对智能情感球的信任吗？”

“你害怕死亡吗？”

“雷鸣，你从来不是一个懦夫。为什么不看看我身边的人是不是蓝心瑞呢？”

在吴展德的眼神中，雷鸣并没有看见谎言，他慢慢放下了手。看了看吴展德身后的两人，最终掀开其中一个宽大得几乎盖到鼻梁的帽子。

一张娟秀的脸出现在他面前。雷鸣鼻子一酸，眼泪几乎要滴落下来。虽然，他并不明白蓝心瑞为什么会出现在这里，可这并不是他灵魂深处最渴望得到的答案。

他知道，有些答案就在眼前，虽然这些答案在他的脑海中曾经闪烁过无数次。

但在心里，他并不承认这些想法。

此时此刻，他有些后悔没把沈勇的智能情感球借来。

“别动。”

身后传来一声呵斥。

雷鸣猛然意识到自己犯了个错误，刚刚用原始密码打开舱盖时，一定触发了某些警报。

他举起手扭过头去，慢慢地说道："我是情感护卫队员，证件号是 XMH-MN-732。"

雷鸣一边说一边挪动双脚微微侧身看去，不由得暗暗吃惊。他原本以为对方只是飞机的副驾驶，发现机舱有问题，年轻热血出来帮忙。那么，对方手中拿的应该是从昏迷的战士手中抽出的爆音枪，一种强大但不会致人死亡的武器。可出人意料的是，那男人手里正端着一把血凝霰弹枪，这种枪杀伤力极强，每一颗子弹内含有大量的血凝因子，被击中的人会因为全身凝血而死。

只有一种可能，他还有另一种身份。

"退后。"

那男人慢慢逼近，雷鸣被迫慢慢后退，一步两步……直到他退到第 7 步的时候，那男人突然掉转枪头对准了蓝心瑞，雷鸣惨呼一声："心瑞……"

枪弹已射出。

不过，那个男人并没有射中蓝心瑞——当他掉转枪头时，吴展德急忙按下座位的防恐按钮，整排座椅弹起腾空，三个降落背包也同时从舱顶落下，掉进他们怀中。

雷鸣胸膛起伏，额头的青筋暴起，牙齿咬得"咯咯"作响，眼里闪着嗜血的怒火。

突然，两道鹅黄色的光波从他体内蹿出，直奔那男人而去。

"砰砰"又是两枪，随着男人倒地，凌乱的枪火冲破机舱，带着五彩光芒冲向无尽的黑夜。数道寒流从机舱顶层涌入，飞机剧烈晃动起来。雷鸣将解药扔给吴展德，带着呼啸的拳风扑过去，那男人躲闪不及被重重击倒。

数秒过后，飞机逐渐平稳下来。两人冷静对视着，一股浓浓的杀意从眉宇间弥漫开。

倏忽，蹬地、跃起，雷鸣和那男人再次扭打在一起。

吴展德捡起药瓶，先自己闻了闻，然后将它放到切斯和蓝心瑞的鼻子前晃了几下，不一会儿两人慢慢苏醒过来。

“雷鸣？”蓝心瑞惊恐地看着前方，“他怎么会在这里？”

“不清楚。”吴展德摇摇头，“切斯，快去帮帮雷鸣，那男人的枪……”

话音未落，飞机侧门突然被打开，切斯一个跟头摔倒在地上。

而雷鸣和那个男人如断线风筝一样，被卷出了侧门。

“雷鸣，雷鸣……”蓝心瑞发出坠入深渊般的惨叫。

看到雷鸣从飞机上坠落，沈勇自是吓得不轻。如果他真死了，那这件事的严重后果自己根本无法承受。

实际上，如果他知道有人正在对他的财务往来、汽车、交友等各方面进行审查，恐怕他一秒也坐不住。

安全部外勤组长薛业在沈勇的床架凹槽部分发现了一个长约三厘米的盒子，打开盖，浓重的咸腥味扑面而来，一张金黄色薄片浸在凝聚不散的海水泡泡中。他很清楚，这样包装的强效迷药极其昂贵，沈勇这样一个小小的职员为什么要买如此昂贵的东西？

薛业将这包强效迷药带回安全部分析，结果证明，这就是几小时前迷倒情感护卫队分部门卫的迷药。

得到这个消息的时候，轩辕正在假装大发雷霆。毕玉波告诉他，机场方面发来一段视频，雷鸣大闹飞机。

“雷鸣刚刚还在医务室，他怎么会去了机场？那么多人都在机场守卫，他又是怎么登机的？最好有人能回答我。”轩辕在大厅咆哮着，“如果我查到有人隐瞒不报，到时候别怪我把事情做绝了！”

听到轩辕大发雷霆，南瓜匆匆跑过来：“我在机场发现了雷鸣，也是我把他送进飞机货舱的。”

轩辕三步并作两步冲到他面前：“你疯了吗？难道不知道他想做什么？”

“很抱歉，我相信鸣哥有充分的理由那么做。”

“关起来，把他给我关起来！”轩辕满嘴喷沫，“还有什么瞒着我的事情，统统都说出来！”

“飞机上除了雷鸣、吴展德，还有蓝心瑞，而且吴展德和蓝心瑞坐着逃生摇篮逃走了。”毕玉波轻轻地说道。

“什么?”轩辕瞪起双目，“为什么蓝心瑞会在飞机上？为什么她会和吴展德一起逃走？今天究竟发生了什么?”

大厅里鸦雀无声。

“全频道通告，宣布通缉雷鸣。还有，所有分析员全部跟进机场动态，一定要找到蓝心瑞和吴展德。”

看着大家各自忙碌，沈勇溜进主机室，悄悄删除了与雷鸣交流所建子频道的全部信息。

逃生摇篮平稳地降落在一条山涧中，哗哗的溪水声像一道天然屏障，掩盖了所有的不安。

切斯将吴展德抬出摇篮，蓝心瑞独自走到溪水边，默默地看着月光倒影被溪水拦腰截成无数块。

“心瑞。”吴展德走到她面前，“雷鸣没那么容易死，我注意到他穿的那套衣服很特别。”

蓝心瑞含着莹莹泪珠抬起头：“怎么个特别法呢?”

“还记得我说过的话吗?”吴展德将她扶起来，“当你绝望时，别忘了希望正躲在你的身后，只要你转身。”

蓝心瑞再也忍不住了，扑倒在吴展德的怀中，嘤嘤抽泣起来。

“好了孩子，我们时间有限。”吴展德疼惜地拍了拍她的肩膀，“孩子，你身上有钱吗?”

蓝心瑞点点头：“有钱。”

“我记得这附近有一家自助租车行，你把钱给切斯，让他租一辆车过来。”

黑色的汽车急速行驶在加速轨道上，绿莹莹的车头灯光扫着加速轨，有一种说不出的怪异。

四周漆黑一片，除了前方少许的灯光和天空中的繁星之外，一望无际的黑暗如同海绵，无止无休地吮吸着那一点点光明。

“切斯，前面灯光处就是我们要去的地方。”吴展德拍了拍切斯的肩头，轻轻说道。

蓝心瑞挪动了一下僵硬的身躯，缓缓睁开眼睛。

“你醒了？”

“嗯。”

“我们快到了。”

冲出加速轨道，汽车继续行驶大约20分钟后，来到一栋楼前。

大楼顶端的“无次楼”三个金色大字，在仰角灯光下熠熠生辉。

两侧伫立的动物石像，生硬而又冰冷。楼前花坛右侧的大树上睡着几只孔雀，它们被汽车的轰鸣声惊扰，惊慌失措地掠过他们头顶，向黑暗中飞去。

这里的味道实在不太好闻，蓝心瑞捂住鼻子跳下车，突然站定不动了。脚底软软、滑滑的感觉让她想起了什么。借着灯光，她看见自己果然踩到一坨屎。

蓝心瑞觉得恶心极了，跳到石阶旁，正准备将鞋子蹭干净，突然从旁边蹿出一只硕大的黑猫，吓得她不敢动弹。

“别看它。”吴展德提醒。

切斯跳下车，妖异地扭动着身体逼近黑色大猫。那家伙受到惊吓，夹着尾巴掉头逃窜。

三条黑影迅速闪进大楼。

大楼内格外安静。

棕黄和灰色相间的竹质地板，在两盏吊灯下显得昏昏欲睡。鞋底与地面摩擦发出“吱吱”的声响，搅扰了已经熟睡的鹦鹉。它从暗处俯冲袭来，掠过众人的头顶，落在中间的吧台上。它歪着脑袋盯着三人好一会儿，忽然用沙哑的声音喊道：“贼来了，贼来了。”

“去！”切斯挥了挥手。受到惊吓的鹦鹉“唧唧”叫着，瞬间消失在大厅内。

两只猴子从上面的悬梁蹦下来，虎视眈眈地看着切斯。

切斯看了它们几眼，然后用手托住腮帮，一个劲地打起哈欠来。站在一旁的蓝心瑞居然还闻到了一阵阵水蜜桃的味道，感到十分诧异。

那两只猴子似乎也闻到了这股味道，它们警惕的眼神逐渐消失，然后小心翼翼地跳到切斯身边，温柔地搔搔他的头发，又嗅嗅他的衣服，最后又看了一眼吴展德和蓝心瑞，猛然蹿上灯柱，三两下就消失在大厅屋顶内。

“你怎么做到的？”蓝心瑞问。

切斯嘿嘿一笑。

“是不是有一股水蜜桃的味道？这孩子很特别，他的情感转移能力强烈而又迅速。”吴展德微微一笑，“在 New Ocean 时，我发现了这个特殊的孩子，一直把他带在身边。至于为什么能够在不同物种间进行情感转移，这一点我还没弄明白。”

“那股水蜜桃的味道是怎么来的？”蓝心瑞惊奇地看着切斯。

“大脑产生的幻嗅。如果他在情感转移时，你没有注意他，就不会闻到这股味道了。”

蓝心瑞迷迷糊糊地点点头。

“老师，为什么这里有这么多动物？”切斯问道。

“因为我们要找的人狂热地喜爱动物。”吴展德看了看四周，“如果我记得没错，应该在 3 楼。”

3 楼，亮灯的房间内，一位白发苍苍的老人正埋头于他的研究工作。别说身边飘动的电视屏幕丝毫影响不到他的思维，就算是好奇的麋鹿跑进来，他恐怕也未必知晓。

直到桌面突然震动了一下，老人才抬起头来。一副红框眼镜斜斜地挂在鼻梁上，配合着雪白杂乱的头发，再加上因为吃惊、激动而有些变形的脸，让切斯和蓝心瑞忍不住笑出来。

“‘屁童’，怎么是你？你，你不是……”老人激动的表情忽然变得有些怪异，“我以为你早就死了。”

“这世界上最了解你‘银虫’的人，就是我！”吴展德乐呵呵地伸出双臂，“你还活着，我怎么舍得死呢？”

多年未见，让这两位加起来超过百岁的老人像孩子一样尽情拥抱在一起。

白发老人叫凯文·哈姆林，世界著名的天体生物学家。他总是把自己比作银河系的虫子——生命力顽强，所以，“银虫”的外号由此而来。

2141 年，“跳舞岛”是年轻勇士最向往的地方。这里之所以被称为“跳舞岛”，是因为这座岛屿的地面会高低起伏，上面的植被远远看去像在跳舞一样。

但多年以来，由于有一万多名旅游者在海岛上无缘无故失踪，所以这个岛屿有了个不祥的别名——“丧地”。

不过，很多年轻人却对这里无比向往。因为他们相信一句话：凡是活着从

“跳舞岛”离开的人，将不会受到死神的眷顾！

凯文遇到吴展德的时候，海岛地表正在发生断裂，他们九死一生地活了下来。

于是，两人成了亲密无间的好友。

10年前凯文退休后，经过吴展德多方运作，受到这边的邀请，成为大学的天体生物学教授。

吴展德一直致力于研究人类的情感，而凯文则将外星生物情感作为主要研究方向，虽然处于不同领域，可是他们的共同点都是在研究情感。

在数十年的交往中，他们时常会进行交叉对比、分析、研究。在关于神经反射情感问题上，吴展德将之细化，一篇《社会性情洞反射弧》获得“全球最高贡献奖”，另外一篇《人类情感进化超能预测》获得“国际最佳娱乐奖”。

“‘银虫’，你的腿怎么了？”吴展德逐渐恢复平静。一分钟的半蹲姿势，让他有些直不起腰来，在蓝心瑞的帮助下，他慢慢挺直了腰板。

“唉……”凯文惋惜地摸了摸自己的腿，“人老了，身体永远赶不上灵魂奔跑的速度。”

吴展德挠了挠杂乱的白头发，说道：“太自由的灵魂容易迷失方向，不如我借你一根绳索。”

“被禁锢在想象车轮上的灵魂，你如何拉得住？”

“想象的速度确实能超越任何物质，它是最伟大的，也是人类发展的源泉。哦不不不……”吴展德摇着圆乎乎的脑袋，“你这个银虫！你的意思是……想象被禁锢在灵魂中！”

凯文微微一笑：“这会儿你来找我，似乎并不是为了讨论想象与灵魂的问题。”

“那是那是。”吴展德扬扬眉，“还记得你从我实验室搬走的东西吗？说用用就还给我，可你一直没有还。那东西在哪里？”

“时间太久，让我想想，让我想想。”凯文用力敲了敲自己脑门，“真的很抱歉，怎么我一点也想不起来了！”

吴展德眨巴眨巴眼睛：“既然这样，希望你不要介意我们来找一找。”

说着，他压根儿也没有理会凯文企图阻止的表情，朝身后两人点了点头。蓝心瑞和切斯迅速在房间内寻找起来。

“小心点，孩子，别弄坏了我的冰箱。”

实际上蓝心瑞根本没打算去摸它，吴展德要的东西怎么会在冰箱里？

“小心点，孩子，别弄翻了我的蛋糕。”

实际上切斯正在翻看储物柜，保鲜箱里才放着蛋糕呢。

“小心点，孩子，那不是饮料，是嬉皮熊的尿。”

听了这话，吴展德哈哈大笑起来。

凯文吹胡子瞪眼地看着他：“你这‘屁童’，永远改不了强盗的本性。”

“说得不对。”吴展德得意地看着老友，“这世上哪一样东西真正属于你我？既然不属于，又何来强盗一说呢？”

凯文气得拿起眼镜盒朝吴展德砸去，两人又开始嘻嘻哈哈地打闹起来。

切斯在墙角地面翻起的地毯下找到一个破旧的地下室门，顺着楼梯走下去，一股尘封已久的霉味扑面而来。这里乱极了，随意摆放的各种器械不时阻挡着他的脚步。

“这里太乱了，你也下来找找吧。”切斯大声喊着。

“这就来。”蓝心瑞小心翼翼地走下来。

看到两个孩子找到自己破旧的储藏室，凯文很不乐意，他对吴展德说：“他们太没有规矩了，在我这里乱翻。”

吴展德笑呵呵地看着他：“你记性不好，还不准别人找吗？”

“哼。”

凯文怒气冲冲地从轮椅上站起来，迈着特有的八字步向下面走去，要不是切斯及时接住他，他早已一个跟头翻进旁边的米缸里。

“哼，谁让你接住我的？”凯文推开切斯。

吴展德惊奇地看着他：“你不是能走吗？干吗要坐轮椅？”

“防患于未然，懂吗？”凯文抬着头说，“我在提前适应不能走的那一天。”

这话把吴展德听得直翻白眼。

蓝心瑞拍去凯文身上的尘土：“至少现在看来您老腿脚还很利索，只是这里实在太乱，不如让我们帮您收拾一下吧。”

“收拾什么？我这里很好。去去去，都给我上去，这里没有你们的东西。”凯文怒气冲冲地赶他们走。

“这个老不死的，比我还不讲理。”吴展德弯腰看着下面。

“走走走，嫌脏就赶紧滚蛋。”凯文一边说，一边推着切斯往外走。

“小心。”

蓝心瑞还是晚了一步，切斯的肩膀撞碎了书架上的瓶子，一群黑色小豆子连蹦带跳地跑出来。它们成群结队地上蹿下跳，像一群微缩的猴子，将地下室迅速扫荡了一遍。

凯文脸色微变，他气呼呼地喊道：“闹吧闹吧，你俩跟着那个老混蛋，绝没有好果子吃。”

切斯和蓝心瑞相视一笑，继续寻找，很快便在墙角下发现了一个大箱子：“老师，是这个箱子吗？”

“抬过来看看。”

两人将箱子抬到楼梯口。

“是。就是这个箱子。”

等待把大箱子抬上去的短短几分钟时间内，吴展德已经失去了耐心，他不停地搓动着双手。受到双手搓动产生的集中微电影响，飘浮在空中的电视屏幕像一个顽皮的孩子，不停地向他身边靠近。吴展德不得不一次又一次地挥动手腕将它撵走，却在无意间触碰到频道转换钮，一个巨大的声音突然在几个人的面前炸响：

“缉捕令：全球极度危险人物之一，7 年前漫步微海岛惨案的主谋、今天情洞袭击事件的线索人物之一吴展德，在情感护卫队员雷鸣的帮助下成功脱逃。现悬赏一亿海隆币追查两人全球行踪，有知情者请拨打专用通道：005008003005。”

这条新闻播报像一个抽音器，顿时抽走了房间内的所有声响。

在长达半分钟沉默之后，凯文突然怒道：“没想到你还在继续作恶！你走，你马上给我走！”

吴展德悠然地看了他一眼：“不要紧张，我只是想在这里完成一项工作，做完后马上走。”

“不行，我绝对不能容忍！”

吴展德没有理睬他的愤怒，打开了箱子。里面空荡荡的，什么也没有。

“我的东西呢？”

“我怎么知道！”

吴展德走到他身边：“不要这样对我。这么多年，你应该了解我是什么人。7

年前的惨案我是受害者。”

“你……你放屁。”凯文颤巍巍地看着他，“那今天呢？”

“我同样是被陷害的。”

“那好，我们一起去情感分部，我要你亲口对他们说。”

“我一定会把真相说出来，但不是现在。”吴展德走到墙边的试剂柜前，拿起实验椅，“老朋友，我也很无奈，不如你现在做一下选择吧。”

“你要干什么？”凯文着急得直跺脚，“你可知道，试剂柜里有我这10年的心血啊！”

“我知道。所以你要做一下选择。”

凯文看看蓝心瑞和切斯，叹了口气：“算你狠。东西在冷志峰手上。”

“东西怎么会在他手上？”蓝心瑞奇怪地问道。

凯文摇摇头：“也怪我多话。有一次我们一起开会，认识之后，我对他谈到了‘屁童’你。他得知这里有一套仪器之后，认为这是银行的财产，不应该在我这里，就找人把那套东西搬走了。”

“你个老东西，那是我个人的财产，怎么会是银行的？”吴展德怒气冲冲地走过来。

“你个老不死的东西，我怎么知道那是个人财产，你给我的时候说了吗？你那套仪器上标注了吗？”

“那是我给你的东西。”

“人家说那是银行的。”

“他说你就信？”

“他说我为什么不信？”

“好了好了。”蓝心瑞拦住了两人，“现在别吵了，我去冷行长家看看。”

“你一个人去吗？”吴展德看了她一眼，“少了我的操作，你一个人能行？”

“一起去吧。”切斯在一边打圆场。

吴展德“哼”了一声，从凯文身边离开，想了想，又转身对他说：“老家伙，别跟任何人说我来过这里，这次我可是交代了，你听见了吗？”

“听见了，听见了。我就当你已经死了。”凯文气呼呼地走进内屋。

蓝心瑞和切斯对视一眼，忍住笑意。

逼近7年前真相

阴暗潮湿的房间里鬼火闪烁。这里是情感护卫分部秘密通道内的功能屋，也是任何一张地图上都没有标注的地方。这里面放满了各种充电设备、监测设备、高能武器和其他装备。此时，轩辕和证物收集中心负责人陈涛正站在沈勇面前。

“轩辕分部长？”被秘密逮捕的沈勇刚刚苏醒过来，他诧异地看着轩辕和陈涛，“陈主任？这是哪里？为什么我被绑着？”

陈涛打开一段视频：“看清楚了，这是在你家搜到的强效迷药，现已证实，这就是迷倒门卫的迷药。”

“你们是不是弄错了？这东西明显很贵，我哪有钱买这玩意儿！”沈勇眨巴眨巴眼睛，“你们去我家搜查了？”

“知道你不会承认的，你看看那边。”顺着陈涛手指的方向，沈勇看见自己的情感球小妖精已经被绑在情感球审讯椅上。

“你疯了吗？”沈勇怒道，又朝轩辕看去，“轩辕分部长，你们有证据证明迷药是我的吗？”

“迷药是安全部外勤在你床上找到的。”轩辕冷静地看着他，“我现在正在给你时间解释。”

沈勇有些气恼：“我不用解释。让我跟小妖精谈一谈，让它配合你们进行审讯吧。”

轩辕点点头，陈涛把小妖精抱到沈勇的面前。

沈勇眼泪汪汪地看着它：“小妖精，这次要让你受苦了。我们没什么可说的，审讯时，你把我的生活日记解锁给他们看一看就可以了。”

“哼，你放屁、打嗝、上厕所的事情可都在视频里面。”小妖精全身呈现出很不高兴的黑色。

“我现在遇到了麻烦，你给他们看吧。”沈勇忍不住在它头上吻了吻，“等这件事结束，我带你去一趟美容院。上次你不是看中了一套亮黄色的涂层吗？我给你买。”

“太好了。”小妖精很快恢复了身体本来的颜色。

由于强效迷药只有半个月的使用期，陈涛对小妖精的审讯结果很快便出来了：没有任何可疑之处，除了一周前，亮点保洁公司的智能保洁员去他家打扫过卫生。

轩辕立即将这一结果汇报给安全部长。

“消息看到了。”安全部长在另一头说道，“听说你已经派人去了智能坟场？”

轩辕点点头：“对，在那边发现了一个巨大的隐形球。”

“隐形球？”安全部长皱起眉头，“真正的隐形技术掌握在安 795C 星球的几个移民者手中。他们利用这种技术，实际掌握着地球上一些超级财团的控制权。把这个消息传给这几家财团，听听他们的意见。”

“已经在做了。”轩辕接着说道，“还有，水母队在隐形球内找到了三个巨大的箱子，生物分析结果显示，里面是吴展德、蓝心瑞和一个上周从 New Ocean 过来旅游的孩子。”

“他们三个怎么会在一起？”

“从现场看，他们三个人是被关押的，这一点从抓到的两个看押人嘴里也得到了证实。”轩辕顿了顿接着说道，“但是两个关押人交代，他们是被人迷倒之后带进隐形球的，而且对方还付了工资。”

“这么说，他们也不知道是谁绑架了这三个人？”

轩辕点点头。

“奇怪。吴展德会被关押在隐形球内，难道……”安全部长思索片刻，接着说道，“看来今天的事情比你我想的要复杂。对了，雷鸣有消息吗？”

“我在他那件反气味定位披风里放了追踪器，现在他正赶往银河区。”

“飞机上那个跟他打斗的男人呢？他是谁？为什么会在飞机上？我这边派出人员的资料里根本没有这个人。而且从机长发来的画面看，这个男人似乎是冲着蓝心瑞去的，这一点很令人费解。”

“现在还不清楚这是为什么。不过，我们正在追查这个男人的下落。”

夜深人静。情感储备银行宿舍区，几盏昏暗的路灯，静悄悄地站在树丛内。

G座9楼904室的门铃响起。

“是谁？”冷志峰看了看墙壁上的门外监控。

“行长，是我。”蓝心瑞抬起头。

“心瑞？”冷志峰急忙从沙发上跳下，跑到门边。

门打开了，蓝心瑞神色疲惫地出现在冷志峰眼前。

“心瑞，你怎么……”

话音未落，他突然发现蓝心瑞身后的两个人，便像见了鬼似的无法挪动自己的双腿。

“别担心。”蓝心瑞跨近一步，“他们是我的朋友。”

“朋友？他什么时候成了你的朋友？”冷志峰质问道。

蓝心瑞祈求地看着冷志峰：“行长，有些事以后再告诉你。”

“你知道他是什么人吗？不行，我必须立即通知情感护卫队。”

就在冷志峰准备打开全息图的瞬间，切斯一拳将他打倒。

蓝心瑞于心不忍地拦在切斯面前：“行了。”

“别愣着，快进去。”吴展德闪身进来，随手将大门关上。

看到切斯将冷志峰强行架到屋内，蓝心瑞觉得羞愧难当。她从未想过，为了撕开真相，需要对一个文弱书生施以暴力。看到冷志峰逐渐变成绛紫色的脸，蓝心瑞忍不住轻斥道：“你轻一点。”

切斯将他重重扔到地上，冷志峰被摔得差一点背过气去。

蓝心瑞急忙跪到他面前，将他身体摆平，然后端来一杯水，用手蘸着水润了润他的双唇。

“感觉好些吗？”

冷志峰慢慢坐起来，端起身边的茶水咕咚咕咚喝下去。

“对不起。”

“如果我死了，你这句话的意义何在?”冷志峰鄙视地看着她，“可比死亡更不幸的是，我对你感到悲哀。”

“别跟他说这么多废话。”吴展德有些着急，“我说冷志峰，凯文你该认识吧。”

“当然。”

“你是不是从他那里拿回了一套仪器?”

“有几年了。”

“东西在哪里?”

“东西是银行的财产。”

“我需要用一下，如果你不想再自讨苦吃，就告诉我在哪里。”

冷志峰嗤道:“你凭什么觉得带个打手过来，我就会告诉你?”

吴展德泰然自若地看着他:“有骨气是好事，可得用对地方。”

“我呸。”冷志峰吐了口口水，“我替那些死去的人诅咒你——生不如死。”

吴展德微微一笑：“生死对我来说只不过是过程和转折，我现在要做的事情你根本阻止不了。切斯。”

“在。”切斯挥起拳头。

“等等。”蓝心瑞拦在他面前，“让我跟他说说。”

切斯看了一眼吴展德，他已经将头扭到另一边。

“行长，请你相信，今天的情洞袭击跟我们没有关系。我们需要这套设备，找出隐藏多年的秘密。”

“秘密?”

“对。”

“如果你不说清楚，我死也不会说出设备在哪里。”

“不要告诉他，为了他好。”吴展德说。

冷志峰站起来:“你觉得我会相信你有什么惊天秘密吗?”

“行长，7 年前老师发现了一段代码，它实际操控着我们对智能情感球的依赖。后来，他把这件事告诉了 FT 公司，就发生了漫步微海岛惨案。”

冷志峰简直不敢相信:“这不可能！我们依赖智能情感球，绝不会被一段代码操控。”

“是真的。”蓝心瑞继续说道，“7年后我也发现，这段代码实际是我爷爷早就植入我智能情感球的程序，并且会在一段音乐下激活。”

冷志峰不住地摇头：“绝对不可能！FT公司的智能情感球已经使用65年了，难道没有人发现这个问题吗？”

“这一点还不太清楚。”蓝心瑞说，“今天我被劫持，原以为是因为我抖搂了这件事，实际上我错了，对方以为我还知道更大的秘密。”

冷志峰冷笑着：“你现在跟我说的，已经足够震撼全球了。还有秘密？你觉得我会相信吗？”

“很多事我不能确定，所以要去一趟孪山。”蓝心瑞轻声说，“不过，我忘了开门的密码，所以需要一套记忆锁设备的帮助。”

“为什么不把这件事告诉情感分部？”冷志峰鄙视地看着她，“我明白了，原来你心里还有一个男人。你的这份情感，雷鸣可能还不清楚吧？”

“不要瞎说。”蓝心瑞不悦道，“在我被劫持的时候，对方给我看过他们对情感分部的监控画面，这说明他们有内鬼。所以，在拿到证据之前，我们没有办法相信他们中的任何人。行长，你就帮帮我吧。”

冷志峰的情绪开始变得有些混乱，他不停地在房间里踱步，绕了一圈又一圈，看得吴展德实在着急。

“冷志峰，你想好了没？我们没有大把的时间陪你散步。”

“你的那套设备早就放进银行了，不过，我这里有一套更先进的记忆锁设备。”冷志峰强调说，“你们最好没有骗我，不然，我立即启动警报系统。”

“行长，这么多年，您应该知道我的为人。”蓝心瑞感激地看着他。

夜，很静。

银沙般的月光夹着凉爽的微风，幽灵般溜进屋内。

冷志峰将狐疑的眼神从蓝心瑞身上挪开，扫过吴展德傲慢的背影和切斯急切的期盼之后，他走进书房捧出一套设备。

“行长。”蓝心瑞快步迎上去，“谢谢您。”

“你用不着这么客气，我只是在帮你。对于他……”冷志峰瞥了一眼吴展德，“我一定会通知情感分部队员。”

蓝心瑞没有答话，帮着冷志峰将设备抬到大桌前。

“这套新设备去掉了老式的接触式头罩。”冷志峰坐到设备前打开电源，将一组光源对准了蓝心瑞的太阳穴，“你可以躺下了。”

蓝心瑞在老师的注视下，躺倒在沙发上。

冷志峰打开全息图启动程序，那一组光源爆闪之后，迷雾一般地游走在蓝心瑞的全身。

随着她脑波频率的变化，对比出的画面也开始在全息图 B 窗口内频闪。

“她起来之后会浑身无力，喝点水恢复体力很重要。”

切斯听明白冷志峰看似自语的话背后的意思，在房间内找了一圈，在大厅拐角处看见了摆放好的三个杯子。

切斯笑了笑，心想：这个冷行长太顾及颜面，明明已经准备好茶水，却还像没事人一样。

当他端着水杯回到大厅的时候，蓝心瑞正发出有节奏的鼾声，她进入了深睡眠。

吴展德浅啜了口水。此时，他感到十分疲惫，枪伤部位在手术后虽然已经愈合，但是毕竟上了岁数，他忍不住躺倒在沙发上。

切斯从旁边搬来一摞书，想帮他垫在脖颈处。吴展德随意扫了一眼，忽然脸色大变，从里面掏出一个鲜红色的本子。简单翻阅之后，他怒气冲冲地走到冷志峰面前，质问道：“你为什么会有我的私人日记?”

冷志峰金丝镜架下的眉毛略微挑动了一下，记忆锁设备发出的光，在他棱角分明的脸颊上泛起梦幻般的薄雾。

“那一场大火，毁灭了所有的东西。除非有人在放火之前就将这个本子拿走，否则，它怎么会完好无损?”由于过于气愤，吴展德浑身颤抖着，切斯急忙搬来板凳扶着他坐下。

“你分析得没错。”冷志峰冷静地看着他，“是我拿的。”

“你承认得倒是很痛快。”

“对，我觉得这没有必要隐瞒。”

“那把火是你放的吗？为什么?”

“嫉妒听过吗？听说，从大学时代起你就可以拥有自己的实验室，工作之后你又能得到比正常实验室多 10 倍的资金支持。你以为那些成就都是你一个人的吗?”

冷志峰满脸不屑，“那都是剥削了我们智力的结果。要是有那么好的条件，我也能成为这个时代最伟大的贡献者。”

“7年前，作为情感搜集部主任，你已经有了每年30亿海隆币的研究经费。”吴展德摇摇头，“你撒谎，根本不是这个原因。”

面对吴展德的质问，冷志峰倒也坦然：“既然你这么认真，那我也不必隐瞒，还记得那朵美丽的‘奶香玫瑰’吗?”

“什么意思?”

“难道你不觉得那朵花特别鲜艳吗？它虽然是一朵普通的‘奶香玫瑰’，可是花朵上沾满了美羽迅*的粉末。”

吴展德思索片刻：“这么说，那只灰鹩也是你驯养的?”

“那倒不必。”冷志峰得意地笑起来，“只要用一些正常的情感做交换，什么得不到?”

“你!”吴展德鄙视道，“你居然监守自盗!”

“哼！情感，这个人类曾经引以为荣，为我们带来欢乐和忧愁、尊严和卑贱的东西，正在被我们自己设计的情感计算掠夺着。但是，大部分人并不自知。”冷志峰冷笑起来，“监守自盗？盗取情感的，真的是我吗?”

“利用我没有关系，可是你有什么权力夺去漫步微海岛那些人的生命?”

“你又说错了。夺去他们生命的不是我，是你，是他们自己。”

“你胡说!”切斯冲过去揪住冷志峰的衣领，不过很奇怪，他的力气突然间小了很多，反而被冷志峰推倒在地上。

“我没有胡说。吴展德精心为大家打造的‘海洋诱惑’原本就是希望大家多接触海洋。只是，他自己也没想到那段包含生物信息的超级代码那么厉害。”冷志峰笑了笑。

“那是一段还没有经过系统测试的代码。”吴展德面色苍白，努力压抑着内心的怒火。

“无论如何，7年前的事情有效证明了一点，人们依赖智能情感球，甚至可以抛弃自己的生命。”冷志峰讥讽地看着吴展德。

“我承认，智能情感球本身确实存在问题，人类也的确存在‘连带情感漏洞行

---

*美羽迅是一种人工培育的蘑菇，含有恐怖毒幻成分。

为’，可这不能成为杀人的理由。”

冷志峰笑起来：“杀人的理由千千万，如果你非要说这是杀人的理由，我也不否认。”

看到冷志峰额头上青筋暴起，吴展德叹息道：“如果你反对使用智能情感球，完全可以采取另一种方式，你不觉得你的方法太过激了吗？”

“过激？”冷志峰斥道，“2148年，我亲眼看见自己的爷爷被智能情感球支持者从家里拖出来群殴，在脾脏被拿掉、手术还没有缝合的情况下，又被从医院里拖出去暴打致死。你觉得这样一群人支持智能情感球的目的又是什么呢？”

“这件事毕竟过去了45年。”吴展德摇摇头，“复仇不一定要选择伤害。”

冷志峰独自走到窗户边，一轮明月斜挂在天角，闪烁的星辰点缀着黑茫茫的天空，唯有一声叹息打破了四周的寂静：“复仇是长期的悲痛形式，有谁真正懂得过它？”

“如果你反对使用智能情感球，过激行为可以出现在任何时间点上，为什么恰好选在我得知真相之后？”吴展德不解地看着冷志峰。

“这一点你不必知道。”冷志峰鞠了一躬，“对于你的伤害……实际上，你和我的出发点基本一致，为这件事做点牺牲你不该有什么怨恨。”

冷志峰说着点击全息图中的截屏按钮，将B窗口中出现的密码画面传到自己镜片内，然后抱起蓝心瑞准备离开。

“你站住。”吴展德想站起来，却微感头晕目眩。

而切斯因为水喝得多，此时已经昏迷不醒。

“你给我们喝的是什么？”吴展德伸手抓空。

“没什么，我只是放了点无色无味的公藤粉*。看来这小子中毒已深，不吃点糖恐怕他会有危险。”冷志峰说着将糖盒扔给吴展德，抱起蓝心瑞夺门而出。

此刻，薛业带队已经到了亮点保洁公司。据老板介绍，那名智能保洁员叫孤独公主，来公司[illegible]年半，给沈勇做了10个月的保洁，评价一直在7星。

“那你为什么让它离开？”薛业问道。

老板叹了口气：“它都快成我老板了。一周前它告诉我，有人付钱给它的系统

* 一种有毒植物的粉末。

做了升级。之后几天，它几乎掌握了我们这里所有的信息，甚至包括我的隐私。”

薛业皱皱眉。据他所知，安795C星球上有一种智能产品，体内有多套系统共存，难道……这不可能！薛业很快否定了自己的想法，他继续问道：“孤独公主是哪家厂商生产的？”

“哎哟，这我哪里知道！”老板大惊小怪地摇摇头，“只要有合法的保洁员证书，我就会收。”

“那你知道它去了哪里吗？”

老板摇摇头：“不清楚。不过我多付了它半年工资，也许它会去美容店。”

薛业的组员立即进行了一番搜索，最后锁定一家名为天使之容的美容院。

当他们赶过去的时候，孤独公主正在做最后一道工序肤色处理。它躺在上色床上告诉薛业，它不会出卖她，因为她给了它新的生命。

“我可以理解。”薛业点点头，“不过如果你跟我们合作，我会在安全部为你找一份薪水很高的工作。”

“是真的吗？”孤独公主抬起了头。

“真的。”

“那好，你们看看吧。”

孤独公主伸出手，组员们立即将它接入审讯系统，很快便看到了一段视频。画面中的人全身裹着黑布，除了一双闪烁的眼睛，这人还使用了变声器，说起话来聒噪难听。安全部的人立即找到了同款变声器，滤去变声杂音，一个女人的声音出现在音频上。

当轩辕听到这个声音之后，几乎窒息。这个人无论是工作能力、情感控制能力，还是规则遵守情况，在情感护卫队里一直是最高分。为什么会这样？

轩辕想不明白，但他还是决定立即对她实施秘密抓捕。

她，就是毕玉波。

夜，很沉。

婆娑的树影遮住点点星光，那追随清辉的泪光，是盈缺的啜别。

冷志峰把蓝心瑞放进汽车后备厢，刚关上盖子，就被一双手死死拉住。

他吓出一身冷汗，回头一看，这黑影身穿带着银色颗粒的黑色长袍，从头到脚裹得非常严实。

冷志峰扶正倾斜在鼻梁上的眼镜，结结巴巴地问道："你……你是谁?"

"是我。"声音很低。

冷志峰几乎能感觉到，对方贴近自己脸颊时呼出的浓重气息。

"雷鸣!"冷志峰僵直着姿势，"你现在是通缉犯！找我有什么事?"

"我需要你的帮助。"雷鸣将冷志峰拉到阴暗处，"这件反气味定位披风的燃料很快就要用完了，我记得你们银行好像有一件在保险箱内。"

听雷鸣这么一说，冷志峰稍微镇定了一点，他整整自己的衣领说："那是客户用来抵押情感贷款的，现在属于银行财产。"

"废话少说，快带我去。"雷鸣一把抓住冷志峰的衣领，刚想把他扔进车内，突然听见身后传来啪嗒啪嗒的脚步声，他急忙拉着冷志峰蹲下。

脚步声越来越近，待雷鸣看清楚时，一股热气从他腹部直冲到脑门。他扔下冷志峰，快步冲了过去："吴展德!"

吴展德手握一把菜刀，正往车库来追赶冷志峰，被突然一叫，愣住了，直到雷鸣掀开帽子他才看清楚："雷鸣?"

这个意外，让吴展德差一点老泪纵横。

"蓝心瑞呢？她在哪里?"

"追，快追。"吴展德指着宝蓝色小蟒蛇汽车大喊道。

"我问你蓝心瑞在哪里!"雷鸣摇晃着吴展德身体。

"在他车上。"

"什么?"雷鸣怒道，"你怎么不早说!"

"你小子属驴的吗?"吴展德急得直跳脚。

话音刚落，两股淡黄色波纹从雷鸣胸口喷涌而出，它们像失控的群马直线扑出去。吴展德来不及反应，被冲撞到10米远的灯柱下。

灯柱下方的监控系统闪烁了几下，便熄灭了。

"噗　　"

吴展德一口鲜血吐出来，他坐在地上惊诧地待了一会儿，顾不上身体的疼痛，几乎兴奋得跳起来："情感冲击波！你这小子，竟然有情感冲击波!"

虽然雷鸣也意识到身体一定是出了某些问题，但有些情绪根本控制不了。他冲到吴展德面前，用尽全身力气掐住他的脖子：“告诉我，为什么心瑞会在飞机上？为什么你在哪里，她就会出现在哪里？”

吴展德感觉到自己的脑袋瞬间胀大，眼珠被突然加大的压力挤压着快要蹦出眼眶，耳垢在耳道内发出“咕吱、咕吱”的响声，太阳穴缓缓地向外突出，喉咙里发出异物堵塞的声音……

在差一点将吴展德掐死之前，雷鸣松开了双手。

吴展德弯下腰剧烈咳嗽着，额头和脖子处青筋暴起，吐出几大口鲜血。他抬起头，平静地看着暖黄色逆光下的雷鸣，淡淡地问道：“难道智能情感球从未察觉到你的嫉妒吗？”

雷鸣只觉得胃部一阵翻滚，“哇”的一口，几乎让他双脚站立不稳。不等擦掉还挂在嘴边的呕吐物，他便急着嗷嗷地叫道：“我嫉妒？我嫉妒什么？”

“你嫉妒蓝心瑞和我的关系，嫉妒她一直维护着我，嫉妒经历这么多事，她还是相信我。”吴展德顿了顿，“其实，对于‘连带情感漏洞行为’的定义我一直持有否定的态度。我个人认为，负面情感产生后得不到解决，情感漏洞的行为自然就会产生。它如同人的生老病死一样，具有普遍存在性。”

看到雷鸣几乎崩溃的样子，吴展德继续说道：“你将嫉妒深深掩埋，情感漏洞早已经产生。它像一个黑洞，持续吸收你体内的正常情感。所以现在，你想杀了我，我也能理解。”

雷鸣实在想将面前的这个人揍个稀巴烂。他简单一句话，就将自己埋藏在内心深处、始终不愿意触碰的死角揭开。

不过，他说的一点也没错！

在蓝心瑞的心里，还有另外一个人，就是眼前的这个被称为天才，又被众人遗弃的男人！

是的，是的！

雷鸣觉得自己嫉妒得快要疯掉。被骗、背叛、背弃、背离的感觉充斥着整个胸腔！他极度虚脱地靠在一辆车上。

“你们之间发生过什么？”

“你想知道什么？”

“实话。”

“我记得她第一天进学校大门的样子，很瘦，梳着马尾辫，在校门口就把自己的母亲拦住了。她独自一人拎着大箱子走进来，嘴里津津有味地吃着奶油冰棍。我看见她的鞋带散了，本以为她会意识到，但最终她还是踩上了那根鞋带，狠狠地摔了一跤。那根奶油冰棍毫无道理地砸中了我的衣服。”吴展德笑了笑，“等她母亲跑过来的时候，我已经走开了，这孩子根本没意识到那根冰棍会砸到人。”

“看来第一眼你就喜欢上她了。”

“是的，我喜欢她的无忧无虑，喜欢她的满不在乎，总而言之这孩子充满了活力。”吴展德沉浸在回忆中，“也许是在几次情感漏洞实验中我救了她，也许是她因为打架伤人被关进监狱三个月，我帮了一点忙。无论如何，这孩子都算是我所有学生中最得意的一个。”

看着缓缓站起来的吴展德，雷鸣突然感到一阵慌乱：这是一个多么强大的男人！就算被所有人抛弃，他也没有失去勇气！他拥有强大的知识，就像拥有强大的权力一样令人敬畏！

雷鸣的情绪稍微冷静了一些，他冷冷地看着吴展德，有些话想问，却根本问不出口。

远处传来呼喊“老师”的声音，一个晃晃悠悠的人影，正向车库走来。

吴展德挪动了一下身体：“我在这里。”

切斯跑过来，看见吴展德满嘴鲜血，急忙问道：“是谁伤了你？他吗？”

“你怎么不多待一会儿？”

“我没事。车钥匙没了，我知道您一定会来这里。”切斯将手中的一块黑色电板递给吴展德，“我拆了他房屋的智能板，也许这对我们有用。”

吴展德将钥匙扔给雷鸣：“你开车，我们现在去孪山。”

“冷志峰带着心瑞去了孪山？”雷鸣接过钥匙。

“是。”

“为什么会去那里？”

“上车说。”

雷鸣脚刚踏上车，身上的那件反气味定位披风便自动滑落，他急忙将披风从车内扔出去。

“那是什么？为什么你这么紧张？”

“反气味定位披风。我现在被通缉，而且是从飞机上摔下来，所以用卫星搜查的可能性不大。穿这件披风是为了防止他们释放追踪蚁，可惜现在没有燃料了。”

正说着，一个全息图从车库灯箱旁跳出来。

“鸣哥。”许拉拉出现在画面中。

雷鸣吓了一跳，以为是分部的反应太快，反气味定位披风燃料刚刚用尽，就知道了自己的位置。

“有人举报，看见你和吴展德在这里。”

雷鸣佯装冷静的样子：“谁举报的？”

“是冷志峰。大葱带队已经出发，很快就会到。”

“大葱？他不是去智能坟场了吗？”

“回来了。”

“艾玛的中枢神经处理器找到了吗？”

“没有。不过跟你在飞机上打斗的男人已经被抓到了。”许拉拉笑眯眯地看着雷鸣，“他承认自己是BP（断点）组织的成员，根据他提供的资料，我们已经知道谁是‘why’了。”

面对许拉拉笑眯眯的眼神，雷鸣心里飘过几缕奇异的感觉——杰瑞去世还不到两个小时，为什么拉拉的心情会如此欢悦？他忍不住皱了皱眉问道：“是谁？”

吴展德在车后微微睁开眼睛：“不用说，就是冷志峰。”

许拉拉脸色微变：“鸣哥，这声音是……吴展德吗？”

雷鸣瞅了一眼后座的吴展德，然后戴上一枚墨绿色耳钉（备用通信设备）接着问道：“确定‘why’就是冷志峰吗？”

“是的，已经确定。”许拉拉点点头，“所以，当他以为金基媛要告密的时候，就杀了她。”

确认“why”是冷志峰，雷鸣心里不免吃惊。想到蓝心瑞平日就在他手下工作，雷鸣心里一阵烦躁，他一边发动车子一边问道：“拉拉，毕玉波呢？”

“她很忙，正在查艾玛的事情。”拉拉轻描淡写地回答道，“哦顺便说一句，你拿走了分部唯一一套喷气式飞行服，轩辕并没有大发雷霆，不过他要我告诉你，这笔费用会从你工资里扣除。”

“什么？他简直没有人性。”雷鸣嘴里骂骂咧咧，实际上心里很高兴，至少他明白对自己的通缉令很快就会撤销，“拉拉，我刚把冷志峰家的房屋智能板接入系统，你查一下。”

“好的。”许拉拉一边敲击着键盘，一边问道，“你不等大葱了吗？”

“心瑞刚刚被冷志峰抓了，我现在要去孪山。”

“什么？”

“具体的事情以后再说，你顺便把智能板的情况发一份给大葱。”

“明白。我马上通知南瓜，让他去孪山接应你。”

“对了，我的皮仔怎么样了？”

“手术结束，一切完美。”

来自45年前的秘密 〉

孪山在安逸城边界上。之所以叫孪山，是因为两山之间有地方重叠，看上去有些像连体婴儿。

夜晚的野外有些荒凉，除了偶有几盏忽明忽暗的灯光之外，一片黑茫茫。雷鸣打开珠光地图，位置显示他们已经在孪山脚下。

伤口在颠簸中微微有些疼痛，吴展德逐渐从睡梦中醒过来。他朝窗外看去，山路在银色月光下像一条洁白的蛇，向另一边蜿蜒而去。透过朦胧幽暗的夜色，嶙峋的山峦张牙舞爪地从他身边掠过。

“到了吗?”

“到了。”雷鸣回答道，“具体位置在哪里?”

“心瑞姐说，孪山有个小屋，她曾经和她爷爷一起来过。”切斯将脑袋伸过来，“她不记得密码，所以我们找到冷志峰，他那里刚好有一套全新的记忆锁设备。”

“那我知道了，小屋在孪山的深坑中。”雷鸣加大油门，朝着目标急速驶去。

孪山深坑位于两座山的中心位置。珠光地图上显示，有一个山洞可以直接通往天坑的底部。爬过一段崎岖的山路后，雷鸣将车停靠在一边，切斯跳下车，从后备厢中取出锁钩、绳索、照明等一切攀爬用具，三个人向山洞走去。

进山洞大约20分钟，一条粗大的缆绳向洞穴深处延伸而去，雷鸣顺着绳索缓缓滑下去。

六月季节里，只有在这里还能看见枯黄发黑的树叶，散落在灰白、潮湿的岩壁下。巨大的树枝下面，是一层厚达几厘米的青苔，四周留下了一些脚印。

更有些不知名的植物随意生长在岩缝、角落，甚至横躺在洞穴左右。无从知晓出处的水从岩壁上溢出来，遇到岩石，就立即被撕裂成水雾状飘浮在半空中，在灯光的照射下犹如天然纱帘。

三条人影穿过这纱帘，来到了干湿交替的地面。

雷鸣轻轻放下绳索，警觉地看了看四周，掏出 9 号级别才能使用的阻动枪 *，绕行好几圈。除了回音、脚步声和昆虫的鸣叫声之外，一个人影也没有。

“你确定在这个深坑里吗？”吴展德从被抢救后到现在，一刻也没有休息过。他疲惫地找了块岩石躺下。

“我确定。”雷鸣掏出一瓶水递给吴展德。

吴展德接过来：“我知道你有很多的疑问，等找到我们需要的，我会一一跟你说清楚。”

“那样最好。”

“你们看，这块石头是可以挪动的。”切斯在远处喊道。

雷鸣急忙跑过去，用力一推，连人带石头滚到了旁边。

“原来这石头被掏空了。”雷鸣从地上爬起来。

切斯背起吴展德往里走，经过一条幽暗的通道之后，几个人来到相对宽敞的地方，一道门赫然拦住了去路。

“还是等你的队友过来吧，除了心瑞，我们都没有这个门的密码。”吴展德靠着墙壁坐到地上。

雷鸣没有说话，从口袋里掏出一张薄纸片，贴在密码屏幕正面，又从背包里掏出多功能笔打开微弱荧光源。

很快，一组数字出现在纸片上。

“太简单了。”切斯兴奋地走到雷鸣跟前。

“没那么简单，还不知道这些数字的顺序。”雷鸣打开全息图，“拉拉，帮我看

* 被阻动枪击中的任何生物，其运动神经传感会在一秒钟之内受损，如果不及时治疗，有可能永久失去运动能力。

看这组数字。”

“看到了，解码系统需要25秒。”

雷鸣低着头靠在门侧，心里很乱，乱极了。

即将来到的事实，似乎跟自己一直期望的并不一样。他觉得自己从未像此时这么胆怯过，原本急切想见到蓝心瑞的心，现在却变得混乱不堪。

此时，他真心希望自己的智能情感球能在身边，唠唠叨叨地来一通废话。

“鸣哥。”许拉拉的声音截断了他的痛苦。

雷鸣抬起头看了看全息图：“看见了。”

他将密码输入显示屏，门开了。

里面并不乱，只有一副桌椅、一张床、一排靠墙的书橱和一堆还没有烧完的垃圾。

后门处，有一堆杂草和装修的废料，再往深处是一片黑压压的洞穴。

吴展德从垃圾里拣出一张照片：“原来……这些就是他们要的秘密。”

听到这句话，雷鸣走向洞穴的脚步停住了，他回头问道：“那是什么？”

“死去的人。”

切斯将残余火星灭去，从中挑选出未被烧尽的照片和资料。

“去外面找找，看看有没有至少30个以上的骨灰盒，或者其他东西。”吴展德指了指后门。

切斯急忙跑过去，在一堆垃圾里寻找起来。

雷鸣疑惑地看着这些残渣废料：“这些照片说明了什么？”

“你先看看这个。”吴展德扔给他一份还没有被完全烧毁的资料。

雷鸣快速浏览了一遍。

“从这上面你可以看出些什么？”吴展德问道。

“这些人来自不同的国家，都有不同程度的债务问题。他们都和FT公司签订了协议，至于协议内容是什么，不清楚。”雷鸣抖动着手中的资料，“FT公司是智能情感球行业的领军者，这就是你认为的秘密？也是你消失7年又回来的目的？”

“如同我的离开一样，回来也并非我自愿。”吴展德叹了口气，“不过如果有机会弄明白我是如何作恶的，倒是不虚此行。”

雷鸣冷哼一声：“有意思，龌龊的人总喜欢把自己标榜得很正直。”

吴展德微微笑道："有些事情的真相实际上已经在你心里了，如果非要证据的话，你也应该去后面看一看。"

雷鸣咬咬牙，起身直奔后门而去。十分钟不到，他便和切斯捧着一些瓶瓶罐罐跑回来。

"老师，后面至少有几百个罐子。"切斯一边说一边打开罐盖。

"不用看了。"吴展德沉痛地说，"这些罐子里装的都是骨灰，是 1192 名实验者的骨灰。"

雷鸣吃惊地看着他："为什么这里存了这么多人的骨灰？"

"资料烧毁得太多，能够拼凑起来的就是这些信息。"吴展德一边说一边整理着地上的资料，"你赶紧让自己的队友过来，把这些东西带回去分析一下，这应该就是蓝心瑞被劫持、我被陷害的最关键证据。"

雷鸣看了看队员动态仪，上面显示南瓜已经到门口了。

"雷队。"

"来得正好，这些证物都需要运回去。"雷鸣一边说一边往外走，"告诉轩辕，对吴展德的审讯由我来做。"

"雷队，你去哪里？"

"去追冷志峰，他应该没有走远。"说话间，雷鸣已经走出了通道。

蜗牛队员们一进小屋，便分头行动起来。其中一名队员手持探测器在一面书橱前站了一会儿，然后低声向南瓜汇报。看着探测器上的数据，南瓜挥挥手，令三名队员将书橱挪开。

书橱挪开后，所有人都愣住了。

呈现在大家面前的是一幅栩栩如生的猛兽图：雄狮伟岸的身姿、猎豹迷幻的花纹、长蚺冰冷的躯体，还有猛虎尖利的獠牙。奇怪的是，猛虎的嘴巴微微颤动着，像是一具复活的神兽。

南瓜示意了一下，其中一名队员上去触摸了一下，是一层透明的隔音膜。撕开这层膜，除了猛兽图壁纸的色泽更加清晰之外，大家还听见一阵"呼哧、呼哧"时强时弱的声音。

撕开壁纸，蓝心瑞出现在大家的眼前！

当雷鸣接到南瓜的讯息重新赶回小屋时，他看见蓝心瑞横卧在一块高低不平的墙体内，像在经历一场特殊的葬礼，也像是一件即将出土的文物。横槽上端与蓝心瑞身体仅仅相差 3 厘米，从颈部开始横槽弯度向下，看起来人虽然横卧着，可是头部向后仰倒。

蓝心瑞的整个身体被红蓝相间的线包裹着，头部下端枕着一个黑色的盒子，盒子外面连着一根线，通向蓝心瑞的左手，左手手心内捧着一个黄色的盒子。

“拆弹队员呢?”雷鸣突然大吼一声，“你他妈的在哪里?”

“这里。”

拆弹小伙从他身后走出来。

“你这是什么工作态度？为什么我来之前不把这张壁纸撕干净?”

现场鸦雀无声，队员们谁也不敢说话。

“他们担心会吵醒蓝心瑞，如果她醒过来，会不会激发……”吴展德站起来。

“吴展德，你别倚老卖老，告诉你，你现在还是个犯人。”不等吴展德说完，雷鸣就截断了他的话。

“你的名字叫疯狗吗?”切斯冲出来，“老师是担心你才这么说的。”

“嘭、嘭”两拳，切斯被打倒在地。

“雷队，这不是炸弹。”南瓜走出来，“扫描结果在这里。”

“不是炸弹，那是什么?”雷鸣几乎跳起来，看也没看全息图中的扫描结果。

他巨大的声音在洞穴内振荡，昏迷的蓝心瑞逐渐苏醒过来：“雷鸣。”

“心瑞!”雷鸣吓了一跳。

吴展德刚刚没有说完的话，雷鸣突然明白了：如果这个东西对蓝心瑞的伤害是以 β 脑波为激发点，那么她现在醒来意味着极大的危险。

他转身跪到凹槽前，抚摸着蓝心瑞的手臂和脸颊，轻声地说道：“我在这里，别害怕，会有办法的。”

“冷志峰拿走了一些证据。”蓝心瑞将脸侧过来，“如果他把这些东西公布出去，后果很难想象。”

雷鸣点点头：“放心，他跑不远。”

泪水顺着蓝心瑞的眼角慢慢流下来：“先听我把话说完。”

雷鸣擦去她眼角的泪水，柔声说：“好，我听着。”

“这是守了 45 年的秘密，我想爷爷也是害怕会发生不可想象的混乱，但又受到内心的谴责，所以才将这个证据藏起来。”

提到爷爷，雷鸣忽然想起一件事。心瑞曾提过爷爷年轻时是 FT 公司的设计员，后来离开了 FT。谁都知道，FT 设计员是全球工资最高的职位之一，也是最傲慢的一群人。可雷鸣见到爷爷的时候，并没有这种感觉。相反，他觉得除了谦逊之外，爷爷神情中总透着一股浓重的忧郁。

“心瑞，”雷鸣打断了她的话，“这些事以后我会认真听完，现在告诉我，你身上绑着的是什么？”

“先听我说。”蓝心瑞抖动着嘴唇，“这个秘密是 1192 个死人。他们的死亡原因与智能情感球的最初设计有关。7 年前，一个偶然的机会，老师发现了智能情感球有一段程序会造成人的虚假潜意识，这个秘密证明了这一点。”

“哦，天哪，我还是头一回听说，智能情感球的程序会对人造成虚假潜意识。”南瓜忍不住嘀咕了一句。

蓝心瑞呢喃细语继续说道：“而且会产生强烈的依赖。当使用智能情感球的时候，因为潜意识作用，人的大脑会产生多巴胺等一系列的化学物质，这些物质反作用于情感，让人兴奋、快乐等等。”

“那又如何，快乐和兴奋不好吗？”南瓜忍不住摸了摸自己的智能情感球。

“有调查数据显示，我们生活中 95%的时间，实际上是被潜意识控制的，而显意识只是在游走。也就是说，你人生输出的，是你的潜意识程序运行的结果。”吴展德蹲在一边，“实际上这个问题，我当初也是想和他们探讨的，结果……”

“我想你顺着牙印的线索，一定找到了老师寄给我的信件和存储盘，‘我以为我做出了选择，其实不是’，这句话你是不是一直不明所以？”蓝心瑞看着雷鸣，“现在你应该明白了——我以为依赖情感球出于‘自愿’，其实这个‘自愿’的潜意识是虚假的。”

“怪不得沉海系统一直没有查到结果。”雷鸣恍然大悟，“那句‘我可爱的贝贝熊’是差不多的意思吗？”

“不是，那是爷爷作为无用代码的编辑者留名。”蓝心瑞慢慢呼出一口气继续说道：“设计最初并不如意。这些人就是死于强制进入大脑的潜意识。”蓝心瑞吸了吸鼻子，“爷爷留下的证据我看了，上面显示，很多人突发各种精神疾病，他们多死于意外。”

“意外?”南瓜奇怪地看着她。

“当潜意识和显意识产生冲突的时候，人就会产生混乱。”蓝心瑞气若游丝地说道，“试想一下，你在悬崖边，可是并不自知，会发生什么样的后果?”

什么后果，自然可想而知。

听了这段话，现场每一个人都有些后怕。

从黑暗洞穴深处吹来的风离去了。

它带走了哗哗作响的纸张声，带走了嗡嗡作响的议论声，还有粗糙浓重的呼吸声，甚至连心跳声也一并带走了。

这里，像是变成了另一个世界，空灵、净透、绝尘。

吧嗒。

泪珠滴落到纸上的声音惊醒了雷鸣。他急忙帮蓝心瑞擦去眼泪：“别担心，我……我们会找到办法。”

“老师是不是在旁边?”

雷鸣点点头，站起身让出位置。

“我在。”吴展德跑过去，“我看了扫描结果，像是改装过的情感代码编译器。”

蓝心瑞眨巴眨巴眼睛：“老师，你要仔细看看。”

“知道知道，你放心。”

吴展德低下头仔细看了看各条线路，又看了看黄色装置，伸手要将盒子打开。

“你要做什么?”雷鸣一把拉住他的手。

“傻小子，要想知道怎么解决，我必须看明白了。”

雷鸣死死盯着他，始终不肯放手。

“雷鸣，你放手。”

直到听见蓝心瑞的声音，雷鸣才好不情愿地松开手。

四周所有的人都屏住呼吸，心惊肉跳地看着吴展德打开黄色盒盖，然后从盒子里抽出一根黑色迷你话筒。

“话筒?”

吴展德轻轻将话筒放置在装置边缘，身体发软，有些站立不稳。切斯一把将他扶住，雷鸣急忙拖来板凳让他坐下。

“这是什么?”南瓜急忙问道。

“确实是情感代码编译器。”吴展德看着蓝心瑞，同时握住了雷鸣的手，“这是冷志峰的诡计，你一定要诚实。”

诚实？

虽然，雷鸣不太明白吴展德的意思。

可是，他只觉得自己的心跳正在逐渐变慢，越来越慢，血管中的血液几乎停滞，根本不足以支撑他强壮的身体：“我……不明白，一点也没明白。”

“情感代码编译器是加强情感反射弧的一种装置，适用于对脑电图呈杂散波形人的救助。”吴展德看了看装置，“而现在这一个经过改装，如果和蓝心瑞情感无法对应，那么害死她的就是我们自己。”

雷鸣急躁地吼道：“你的废话能不能少说一些？我一点都没听懂！”

“请控制你的情绪，你觉得这样对蓝心瑞会有好处吗？”吴展德沉下脸继续说道，“解开这个装置的钥匙，就是蓝心瑞情感反射弧的长短。”

“没明白。”

“好好想想，什么样的事情，会让她神经冲动传递的速度达到最快。”

雷鸣半张着嘴想了半天，大脑一片空白。

“装置受到最快的生物电信号的刺激，自然就解锁了。这个装置只有一次机会，二次神经传导或者过慢的传导，会导致装置蜂口直接向静脉注射药液。”吴展德叹了口气，“这药液究竟是什么，我们只能猜测。”

雷鸣手心直冒冷汗，他胆怯了。

从来没有像现在这么胆怯过！

这是一场搏斗，一场不能输的搏斗，一场自己输不起的搏斗，一场会使他陷入无尽黑暗的搏斗。

如果、万一自己无法刺激到蓝心瑞内心深处，那么……

可是蓝心瑞内心深处究竟要什么？

一股怒气从雷鸣腹部腾升而起，他拉着吴展德走到门外。

“让我来说？你是想害死蓝心瑞吗？你明知道她因为你的一封信，才走到了现在的地步，你明知道她心里最想知道什么，你却让我来说？”雷鸣拎起吴展德的衣领，“这样害死她也是冠冕堂皇的，对吗？跟你一点关系都没有，对吗？”

吴展德靠着岩石，冷静地看着雷鸣：“她嫁给我了吗？”

“可她心里有你。”雷鸣强压着快要爆发的怒火，低吼道。

“你敢说，你心里从来没有过毕玉波吗？”吴展德反问道。

雷鸣松开双手，靠着岩壁慢慢蹲下去，一直保持着固定姿势动也没动。

吴展德的话像一把尖利的匕首，毫无保留地再一次刺进他仍在流血的心。他没有躲避，也没有阻止喷涌而出的鲜血，而是任由它肆意流淌。

血流干了，人也许就不会那么痛苦了。所有的挣扎都会停止，生命回归静态绝不是一件困难的事情。

他想，假如可以重来一次，他的生命轨迹会不会一样？

假如重来一次，他的爱会不会只留给一个人？

假如重来一次，他的心会不会像千年冰层一样无法解冻？

不知道。

没有人知道。

快要死去的痛和生命，应该选择哪一个？

雷鸣云游在缥缈黑暗的宇宙里，直到吴展德的声音将他拉回来。

“为什么不说话？”

雷鸣清醒地意识到，吴展德不会无缘无故地知道这一点，除非是蓝心瑞告诉他。

也许，蓝心瑞早就知道毕玉波对自己的情感，可是她并不清楚，自己和毕玉波从未出过轨。

可是，毕玉波在自己的心里有位置吗？

有，当然有。

顺其自然是表面现象，刻意回避才是自己这么多年对毕玉波的态度。

想到这里，雷鸣坦然了许多，他走到蓝心瑞面前。

“雷队，刚刚吴老头儿说的是什么意思？”南瓜在一边悄声问道，“你得告诉我们，这样也好做准备。”

“你们不用准备什么，这次得靠我自己。”雷鸣皱着眉，“我的智能情感球带来了吗？哦不，你来的时候，它应该刚刚做完手术吧。”

此时此刻，雷鸣无比想念自己的智能情感球皮仔。如果它在身边，也许会有很好的提示。

“哼，你打过它，你不理它。‘有事钟无艳，无事夏迎春’，这就是你对自己的智能情感球的态度。”南瓜的智能情感球图图飘到雷鸣面前，“当然，这种薄情寡义是大多数人类的通病，我已经听过无数智能情感球这样抱怨。”

“对不起，头儿。”南瓜急忙将自己的智能情感球图图抱到怀里，“你疯啦!”

“我没疯，只是在朋友不在的情况下，给他一点提示。”图图用力挣脱南瓜，并且给了他脑袋一下，自行飘到后门处。

四周的空气像是被强行塞进了高压锅，压得人喘不上气来。而呼吸间带来的水汽，很快凝结成冰凌悬挂在半空中。

一切都静止不动了。

倏忽，一阵微风不知从何处吹来，被撕裂的画纸顺着风儿方向，发出“唰、唰”单纯的声音，一遍又一遍重复着，听得人心惊胆战!

“想想冷志峰最得意的是什么?”看到雷鸣一直在发愣，吴展德悄声发问。

雷鸣摇摇头，想了想，又抬起头：“公布真相，使人类对智能情感球的信仰崩塌。”

“不，在这里不是主要的。”吴展德盯着他，“他对心瑞这么做，为了什么?”

雷鸣紧锁眉头，恍恍惚惚转了几圈：“为了……为了拖延时间。”

“不，是利益。”吴展德站起身来。

“利益?”

“在遇到困难的时候，你首先要问一下自己究竟为什么，困难的本质是什么，他为什么这么做，他这么做有什么好处。”

“是——让我们焦虑，失去判断?”

“不，是离间。”吴展德冷冷地笑着，“利益上的离间远比大声聒噪更容易让人产生分歧。”

“离间什么?”雷鸣奇道。

“离间支持者内部。”吴展德指着门外的摄像头，“你们注意到它了吗?”

“有个摄像头!”南瓜急忙走过去，想拆掉。

“现在不能拆。”吴展德说。

“南瓜，他说得对。从我们走进这里开始，所有的一切都被传出去了。既然这是个陷阱，无论如何我们也要跳下去。”雷鸣摆摆手。

吴展德顺着墙角摸到一条黑线，继续分析道："冷志峰这台装置的信号线，与这台摄像机连接着。也就是说，外界已经知道这是一台情感代码编译器，只有正确的情感才能解救蓝心瑞。在他们看来，曾经作恶多端的我绝对是反对者的见证人。谁都知道情感护卫分部的每一个人都拥有最先进的智能情感球。而蓝心瑞的爷爷曾经是 FT 的设计员，她的身份不必多说。"

"所以，如果救不了蓝心瑞，反对者必然大肆宣扬，是因为智能情感球的情感计算出现了问题，支持者阵营必然大乱。"南瓜咂巴咂巴嘴，"好狠！"

雷鸣头晕晕地说道："可我的智能情感球并不在身边。"

"这里飘浮着这么多智能情感球，但从视频画面中，有谁能分辨出来，哪一个是你的，哪一个又不是你的？"吴展德问道。

"这么说，冷志峰认定蓝心瑞一定会死？"

吴展德点点头。

"可是，你凭什么觉得我会救出蓝心瑞？"

"因为这个装置的发明者是我。"吴展德笑了笑，"谁也不知道神经传递速度是强制开锁的秘密。"

雷鸣不再说话，他深深吸了一口气。

吴展德似笑非笑地看着他："我再说得更明了一些，如果你对蓝心瑞说出最难以启齿的话，我想，她的神经传递速度会超过你我的想象。"

听到这话，雷鸣脸色变得十分难看。他当然明白吴展德指的是什么！

他当然也明白，吴展德早已窥伺到他和蓝心瑞之间的微妙关系！

面对这么多好奇、疑问的目光，面对卡在墙槽内无法动弹的蓝心瑞，面对分分秒秒悄然离去的时间，面对自己无法面对的事实，雷鸣难过得快要哭出来了！

他从不知道自己原来这么懦弱！他也从未想过，对蓝心瑞的爱会变得如此难以启齿！

"你们到底在磨叽什么？"许拉拉的全息图突然蹦出来，"现在都乱套了。"

"什么情况？"南瓜问道。

"你们这里的视频正在全球直播，所有的人通过网络都在看。"许拉拉喊道。

"能跟轩辕商量下，让我们看看自己的朋友圈、情宇宙和意志堡吗？"

"你就歇歇去吧。"许拉拉白了南瓜一眼，"网络上有法国、俄国、美国、英国、New Ocean 国等等超过 192 个国家的视频片段，支持者和反对者都走上街头开始游行了。这些都不是最奇怪的，你们看看这段视频。”

许拉拉将视频放大，一些打着支持者旗号的人，正在厮打。

“什么情况？他们都是支持者。”

“这样的情况并不是个别现象。全球都在发生。”许拉拉将视频全部传上来，小小的显示屏内顿时拥挤不堪。

“为什么？他们都是支持者，为什么也会打起来？”

切斯冷冷地看着他：“因为在支持者当中，有些人对智能情感球产生了疑问。”

听到这句话，南瓜有些烦躁不安：“冷志峰的位置找到了吗？”

“他开启了短波屏蔽，暂时还没找到。”许拉拉说。

“继续找，短波屏蔽每隔 20 分钟就需要重新启动。”

许拉拉点点头：“明白。”

“别说话。”吴展德脸色突变，低声斥道。

同时，他似乎发现了什么，走到凹槽前，顺着话筒线的方向，看到了另一条极细的金丝线。再顺着这条金丝线走到末端，是一个金黄色的芯片。

这芯片藏得很隐蔽，被卡在蓝心瑞衣角内的缝合边沿。

“谁刚刚动过这里？”

众人的目光立即集中到切斯身上。

吴展德怒道：“你说话。”

“你们刚刚出去时，心瑞姐哭得很厉害，我用纸巾帮她擦了擦鼻涕泡。”

“就这些？”

切斯点点头。

吴展德顿时瘫软下去。

“怎么了？”南瓜问道。

吴展德也没有说话，饱经风霜的脸上，眼眶深陷，浑浊的眼球被泪水模糊了。

雷鸣还未从紧张里走出，心里立即被蒙上了一层阴影。他知道吴展德的发现绝不是一个好征兆。他慢慢走过去，蹲在吴展德面前：“无论您发现了什么，请告诉我。”

吴展德抖动着嘴唇，颤巍巍地握住他的手，一股寒意瞬间渗透到雷鸣的心里。

“请您告诉我。”

“顺着那条金丝线走过去，末端是一个金色芯片。据我所知，这种芯片极其珍贵。”

雷鸣站起来，顺着金丝线果然看到了一个芯片，他心里一惊，急忙让南瓜过来：“你把这芯片画面传给许拉拉，让她找一找。”

“收到。”南瓜扭头对一名技术队员说，“你来拍一下。”

那名队员撕开左手手掌的皮肤，露出一个银光闪闪的镜头。另一边，他的智能情感球立即将信号传给许拉拉。

“我收到了，正在搜索。”

许拉拉一边说，一边将搜索信号传到全息图的窗口中，15秒之后，配比图文出现，上面显示：中枢神经处理器，生产于2190年7月12日，使用者是New Ocean的艾玛·塞隆。

这个消息像一股炽热的波浪，伴随着惊天动地的巨响，朝着每一个人滚滚而来。大家先是相互看了几眼，紧接着便爆发出声嘶力竭的号叫，现场顿时一片狂乱。

十几秒之后，大家同时意识到一个问题。渐渐地，每一个人都安静下来。

吴展德红肿着双眼看着每一个人，然后慢慢地站起来：“我明白，这个芯片对你们一定很重要。不然，也不会出现在这里。”

南瓜上前一步：“老先生，难道有什么问题吗？”

吴展德点点头：“这套装置的改变有些大，他们将蜂口的静脉注射，换成了两把锁。如果解开蓝心瑞的，那么这个芯片就会被毁掉。”

听到这话，大家都面面相觑。

换而言之，如果要救这个芯片，那么蓝心瑞就……

所有人都将目光朝着一个方向看去。

雷鸣正跪在蓝心瑞的面前，两人都没有说话。他们闭上眼睛，一同飞回到当年相识的日子，相爱的时光，还有婚礼当晚追赶家具的尴尬……

几缕阳光从微隙中逸出，照射到对方的额头、眉毛、鼻梁、嘴唇，甚至全身的每一个毛孔里。他们相互感受着来自对方的温暖、灿烂和希望——纵横交错永生永世。

“这个芯片有多重要？”

“很重要。”

“比我的性命还重要?”

“不会，你的性命比一切都重要。”

“那你为什么犹豫?”

“因为……我害怕出错。”

“是不是我死了，能救很多人?”

“你俩废话真多!”南瓜突然推开雷鸣，后面的人一拥而上，将雷鸣拉住。雷鸣奋力反抗，切斯也与队员厮打起来，小屋内顿时陷入一片混乱。

“砰”的一声枪响。

鲜血，慢慢从蓝心瑞的胸口渗出。

“嘎巴”一声轻微的响动，那个金黄色的芯片自动弹出，南瓜推动蓝心瑞的身体，在靠近墙壁一边，用镊子将芯片收进了专用盒中。

蓝心瑞渐渐闭上了双眼。雷鸣惨呼一声，无数股金黄色的光波陡然从他体内喷出，并且形成一个巨大的金色光波圈将他紧紧包裹住。

所有的人都愣住了。

雷鸣直直地扑倒在蓝心瑞身上:“对不起心瑞，我曾经怀疑过你。我曾经希望你能一心一意地对我，就像我对你一样。我曾经很嫉妒，认为这世上除了我之外，你心里还有另一种依赖!我曾经恨你，也恨他，我恨被欺骗。这感觉曾经像弯刀一样剜着我的心，而我却无能为力。我不知道，了解这一切究竟是一种幸运，还是一种悲哀!我曾经以为，自己生命的气息正在钻心的疼痛中逐渐消失，我曾经心痛得快要死去!可现在，我知道这很蠢，我知道我很贪婪。看到你的眼神，我才明白，原来在你心里只有我一个。你可以原谅我的愚蠢吗?可以原谅我的贪婪吗?我会好好带大孩子，我会好好照顾这个家，我会……

雷鸣最后的尾音在山洞内慢悠悠地回荡着，掠过每一盏灯、每一幅画、每一块岩石、每一个人的心头，像根根断裂的青丝逐渐飘向洞穴最深处。

再掀波折〉

数辆护卫队的全装车，强悍而又霸道地在孪山沿线高速路上行驶着。其中一辆箭一般飞速前进。它装载着艾玛的中枢神经处理器，正急速赶往机场。

与此同时，得到视频确认的梅尔总统已经下令，立即对克里斯进行抓捕。FT首席执行官也被紧急押送至反人类情感法庭进行审讯。而冷志峰在逃往第92使馆区New Ocean国外交公寓的时候，被水母第三分队抓获。

听到这些消息，队员们都很高兴，只有雷鸣冷冷地靠在窗边一言不发。

夜晚的海一点也不宁静，海浪哗哗地冲上岸边，聒噪而有节奏，就像一个唠唠叨叨的老太婆，不停讲述着来来往往的经历，无论你愿不愿意听，你愿不愿意接受，它总是在说。

海风带着咸咸的味道扑面而来，将灰尘牢牢地固定在皮肤上。风儿吹散了身体的疲惫不堪，却带不走心灵中淤积的痛苦。

月，孤独地挂在天边一角。

漆黑的海面上，笼罩着一层薄薄的雾气。看久了，就像真的掉进墨缸一样，分不清方向，理不清知觉。

夜里的海没有任何景象，除了千篇一律的浪涛声。

冷志峰的车几乎和他们同时抵达。

看着他在车内拼命挣扎，最终被几名队员拖走，吴展德心里不免有些难受。

做了冷志峰多年的领导，他自认对这个人还是比较了解的。他可以接受冷志峰的傲慢，可以接受他的无理，甚至可以接受他的蛮横。但是，他不能接受这种丧心病狂的做法。

分部内每一个人都熬红了眼睛，他们几乎同时丢掉手中的工作，目不转睛地盯着鱼贯而入的人。

7号审讯室，轩辕嘉德早早等候在门口，看见冷志峰被押解过来，他打开了门。

雷鸣走过去："能让我审吗？"

对于雷鸣来说，抓到劫持蓝心瑞的幕后真凶，是他最迫切的愿望。但轩辕也很清楚，此时的雷鸣正处于崩溃边缘，可能会对冷志峰造成意想不到的伤害。按照常规做法，必须对雷鸣进行强制性创伤调整，但他做不到，因为对冷志峰家中证据的排查需要一个极富经验的人。现在除了雷鸣，他几乎不可能依靠其他人。

"也许你可以帮我一个忙。"轩辕平静地看着他。

"说。"

"大葱经验不足，我希望你能协助他查找冷志峰家里的证据。"

雷鸣知道轩辕的用意，他并没有立即答复。

"带上我吧，也许我可以帮上忙。"一听到冷志峰，吴展德立即接口说道。

轩辕看了他一眼，正欲开口，被雷鸣抢先了："就这么办，对他的审讯延后再说。"

说完，他头也不回地朝分部里面走去，吴展德在两名护卫队员的押送下也匆忙跟了过去。

看着他孤单离去的背影，轩辕叹了口气，走进特7号审讯室。屋内，另一名押送队员已经把冷志峰绑好，并且将所有审讯前端设备安插在冷志峰身上。

轩辕嘉德端来一杯水，坐在他对面："毕玉波你认识吗？"

冷志峰没有说话。

"无所谓。"轩辕嘉德耸耸肩，指了指其中一台粉红色的显示屏，"就算你不说话，我也可以读到你脑子里的信息。上面显示你对毕玉波这个名字很熟悉，与我的猜测吻合。"

冷志峰轻蔑地扬起嘴角，将眼睛闭上。

"看来，45年前那场混乱给你留下了无法消除的影响，你的情感球里充满了仇恨。”轩辕在显示屏中翻看了一下冷志峰的智能情感球记录，思索片刻后转过身来继续说道，“45 年前我 7 岁，但对于那场混乱记忆犹新。我记得，原本关系不错的朋友们开着车停在空地上，打着各自的旗号，开始是相互咒骂，之后厮打。”

冷志峰嘴角抖动了一下。

“当时我并不清楚，快乐的时光为什么会瞬间崩塌。我只记得公园内的青草变成红色，商店的霓虹灯变成黑色，哭声替代了笑声，吵闹声替代了音乐声。”轩辕嘉德顿了顿，“但这些，都不能成为你犯罪的理由。”

“说了这么多，都是废话。”冷志峰睁开眼睛，“在那场混乱中，你死过家人吗？”

“没有。”轩辕摇摇头。

“见过朋友慢慢死去吗？”

“没有。”

“那你有什么资格来回忆当年？”

“你又有什么资格来残害现在？”轩辕将一沓资料推到他面前，“这是 7 年前和今天死去的人，你睁大眼睛看一看。”

冷志峰冷面如霜：“依赖谎言而活的人，死不足惜。”

“你说的谎言是指这些吗？”轩辕嘉德将红色显示屏转给他，“是指智能情感球在设计人类的潜意识吗？”

“不要太得意。”冷志峰悠然地看着他，“半小时之内，FT 残害生命的消息就会传遍全球。那时，情感球的支持者和反对者将会掀起从未有过的斗争高潮，你也可以再次目睹你所谓的记忆。”

“我们知道你已经把这些证据传给了克里斯。”轩辕嘉德的呼吸加重，他将所有证据调出来，呈现在红色显示屏内，“你好好看看这些，我们刚刚恢复了你房屋智能卡的被删除内容，7 年前你如何设计陷害吴展德的方案都在上面。还有昨天，你在老青春公园里犯下的罪恶，以及你对人工风暴层密码持有者的残害，这些你都承认吗？”

“我为什么要否认？”冷志峰嘲笑地看着轩辕嘉德，“你觉得我一定会受到惩罚，对吗？”

轩辕嘉德没有回答他的话。

“你知道有多少罪恶，从未受到过惩罚吗？”冷志峰自信地扬了扬脖子，“一旦局面难以控制，你就不会如此泰然了。我相信，我会大摇大摆地从这里走出去。”

“嘭、嘭”两拳，冷志峰的鼻血喷涌而出。

“我也告诉你一件事，我从来没有像现在这样，从容地打过人。”轩辕嘉德扔下这句话，快速走出去。

“别这么得意。”冷志峰大喊着，“你去问问梅尔，他得到的密码有没有用。”

轩辕顿了顿脚，关上审讯室大门。安全部长正在长廊等他，说刚得到消息，克里斯被抓，但在那之前，他已经关闭了人工风暴层的运行。

轩辕瞪大双眼，思索片刻之后，命令所有的人抓紧储存重要资料，将所有电子设施立即充电。分部内顿时炸了锅，人们纷纷准备着，以应对即将来临的全球电力系统失灵。

沈勇只是安静地坐着。自己被秘密抓捕，又被秘密释放，虽然自己已经没有嫌疑，但是他最关心的人却不见了。没有人告诉他毕玉波去了哪里，但是从每一个人的表情都可以看出，他们撒谎了。

大家知道却不说，意味着毕玉波可能被抓捕起来了，而且跟自己不一样，并不是被秘密抓捕。分部除了常规和特别审讯室之外，还有三间“梦之光”审讯室。这是专门为具有反审讯能力的重要犯人准备的。在这里，他们会被安放在从安795C运来的特殊气泡中进入睡眠状态，并在睡梦中回答完所有的审讯问题。唯一的弊端就是，如果在气泡中的时间超过30分钟，被审讯人会出现永久性昏迷。

沈勇潜进“梦之光”审讯室，在第一间便看见了毕玉波。她躺在气泡中，已经熟睡，旁边的大型飘浮屏幕显示着一段一段的信息。沈勇掏出便携式解码器，很快解开审讯室大门的密码。他慢慢地走进去，看了看屏幕信息。

沈勇的情感球小妖精瑟瑟发抖地钻进他的怀中。沈勇垂下双目抚摸着它，喃喃自语道：“你不用反复提醒，我知道这样做不对。可是犯下这样的罪行，犯人一定会被送到直通河外仙女星系的天马虫洞。”

小妖精同情地看着他：“听说达到一定犯罪量级的年轻犯人，都会由星际组织进行集训，然后由这些犯人在河外星系寻找下一个移民点。”

“可是这50年来，从未听说过派出飞船的消息。所以，我不能让她就这么离开。”沈勇下定决心，立即暂停了气泡的运行功能，并把毕玉波从里面拉出来。

“玉波姐，玉波姐。”沈勇一边轻轻呼唤着，一边用手搓动她的双耳。渐渐地，毕玉波睁开双眼，她从沈勇的怀里猛然爬到另一边，瞪圆双眼问道：“你是谁？为什么知道我这个习惯？”

沈勇凑近她：“你仔细看看我，难道你真的忘记了吗？”

毕玉波惨白的脸上逐渐泛起一丝红润：“你……是小石头？是爸爸领养的孩子？”

“是我玉波姐，我是孤儿小石头。”沈勇抖动着双唇。

毕玉波眼圈一红：“那时你发烧住院，爸爸带着我和妈妈参加朋友的葬礼，回来时飞机失事了。”

“之后，一名退休的情感队队长领养了我，带我去国外生活。”沈勇忍不住哭出来，“我好想你们。”

“我也是。飞机失事时我没有死，两年后我回去找你，他们说你已经被领养了。”毕玉波擦擦眼泪，“可你为什么不早点告诉我？”

沈勇的脸微微红了下，没有说话。

“你是真的爱上我了？”

沈勇点点头。

“哦！”毕玉波叹了口气，“你把我放出来，知道后果吗？”

“知道。我最多被送进普通监狱，可是你不同，你会……”不等沈勇说完，毕玉波抄起旁边的板凳砸晕了他。

小妖精来不及尖叫，就被毕玉波关掉了电源。

“谢谢你，小石头，哦不，沈勇。”毕玉波穿上鞋，“感谢你放我出来，等我完成一些事情之后，一定会去救你。”

雷鸣刚刚走到证物搜集中心，陈涛捧着充电包走到他面前：

“雷鸣，你的皮仔。”

一直阴郁的雷鸣神情微微舒展了一下。他打开充电包，皮仔一跃而出，在他身边不停地飞转。一种快乐的感觉荡漾在他心头。说实话，他根本分不清这种快乐是情感球程序带来的虚假潜意识，还是自己真实的情感。但无论如何，他都情不自禁地将皮仔搂在怀中。他为它提供了脑神经细胞，在这个世界上，还有谁比它离自己更近？

“你怎么了?”皮仔问道。

“没什么。”雷鸣淡淡地说。

“雷队，吴展德也要进去吗?”

雷鸣点点头。

“那你们得留在这里。”陈涛拦住跟在吴展德身后的护卫队员。

“你们在这里等着。”雷鸣看了陈涛一眼，“几号厅?”

“5号厅。”

雷鸣夹着皮仔走进5号厅，跳上一张带有饮水设备的吊床，打开对讲系统：“大葱，我是雷鸣。”

“雷队，您来得刚好。”大葱走进画面，“那我们从大厅开始吧。”

雷鸣点点头，指挥大厅屏幕上立即出现7个窗口，雷鸣跟踪每一个窗口，监督现场队员搜集。从大厅到书房、从卧室到衣帽间、从厨房到阳台，40分钟一晃而过。

“等等，4号窗口酒桶旁是什么?”雷鸣问道。

“旧的制冰盒。”

“这么多?”

大葱点点头：“小飞，制冰盒的扫描结果再放一次。”

“收到。”

4号窗口内，制冰盒的扫描结果显示：相对密度仅为0.01，表面电阻、体积电阻918，导热系数0.126。

大葱说道：“雷队，没发现任何可疑成分。”

“制冰盒下面是不是有一张地图?”

画面中，小飞从下面抽出一大张破损的地图。

“小杜，刚刚你在衣帽间是不是也发现了一张破损的地图?”大葱问道。

3号窗口内出现另一名队员的画面，他点点头，将另一张地图举起来。

“拼接地图，打开非可见光谱仪。”大葱说。

此时，从3、4号窗口拼接的地图上不难发现，有一条接近黑色的线条从老青春公园一直往西而去。

雷鸣紧盯着画面：“打开所有非可见光谱仪，每一个房间重新检查一遍，看看有没有地图碎片。”

“收到。”

“等等。”吴展德突然从吊床上蹦下来，跑到屏幕前，指着 7 号窗口问道，“这是什么?”

对于吴展德有些夸大的动作，雷鸣颇感意外：“大葱?”

大葱立即反应：“苹果，你右手边橱柜里面是什么?”

7 号窗口内的队员紧走两步，打开朱红色橱柜的门。里面除了一些破旧的碗筷之外，还有一个瓶子。

“您是指这些吗?”大葱问。

“把瓶子拿出来。”吴展德说。

“听见没?”雷鸣催道。

“听见了。”大葱对着 7 号窗口的队员喊道，“你把瓶子拿出来。”

7 号窗口的队员将那个瓶子拿出来。

“打开。”雷鸣说道。

“苹果，你把瓶子打开。”

这名队员蹲下身体，将瓶子放入身边的透明防爆箱内，然后用机械手将瓶口打开。一堆直径在 2 厘米左右的小豆子从里面蹦出来，在防爆箱内乱窜。

雷鸣紧锁眉头，这些小豆子似乎让他想起了什么，但是不能确定。

“正在做物质分析，头儿。”大葱说，“出来了，里面粗蛋白质含量 5%，淀粉占 58%，脂肪、纤维、灰分占 20%，水分占 6%，是谷物类饲料。噢，还有些羧基、羟基、氨基和羧酸根等，这些是食用胶的成分。”

“那是什么?”雷鸣指着旁边的一组数据问道。

“这是一个微型接收机电路。”大葱叹了口气，“高人就是会玩，豆子里装这个。”

雷鸣不动声色地看着画面：“大葱，找找是否还有匹配的发射器。”

“你们看看这个是不是。”6 号窗口里，一名队员从书橱内拿起一个银灰色小装置。

“交给苹果，看看能否匹配。”大葱说。

这名队员急忙跑出去，不一会儿，苹果的画面再次出现在 7 号窗口内：“大葱，这个小豆子里的接收器频率完全匹配。”

听到这话，吴展德脸色大变。

“有什么话要说吗？”雷鸣看了他一眼。

“7年前，有只灰鹅从我的实验室捡走一粒同样的黑豆。当时我很奇怪，为什么实验室有这样的跳跃黑豆我会没有察觉。”吴展德还想说什么，最终没有说出口。

“原来它们去了你的实验室。”雷鸣似有所悟，随即将话题岔开，“大葱，房间里有地图碎片吗？”

“有，我们刚刚拼完，上面显示出一个地址，给您看看。”大葱重新打开另一个窗口，“如果起始点设为老青春公园的话，百合湾宝红三段附近就应该是终点。”

“‘无次楼’大楼？”吴展德惊得从吊床上摔下去。

雷鸣急忙跳下去将他扶起来：“怎么了？”

“没有。”

吴展德蹩脚地掩饰着，他该说什么？应该怎么说？虽然他现在明确了一点，凯文和冷志峰不仅仅是开会时说说闲话的那种关系，但是自己绝不该随意定性凯文和今天事情的关联。

雷鸣不悦道：“你最好老实点。”

“对了，看看大厅有没有红色日记本，那是我的。”吴展德回避着雷鸣的眼神。

“大鱼，你听见了吗？”大葱喊了一嗓子，并迅速将大厅信号接过来。

“听见了。”大鱼的画面出现在1号窗口，“您说的是这个吗？”

“雷队。”大葱说道。

“是这个吗？”雷鸣看着吴展德。

吴展德点点头。

“大葱，冷志峰的星际电话已经解锁，其中一条是打到蓝心瑞爷爷家里的，时间是下午6点52分。”大鱼说。

“皮仔，看看这个时间我们在做什么。”雷鸣说。

皮仔转了身，将时间线放到全息图上，上面显示这个时间皮仔正在打架，自己昏迷不醒，而蜗牛队刚刚押送吴展德出门。

“奇怪。”雷鸣不解地自语道。

“这不奇怪。”大葱肯定地说，“交通监控的消息，下午7点左右蓝心瑞从爷爷家出来。”

“那个时候心瑞在他爷爷家?”雷鸣觉得更奇怪了，他转身看着吴展德，“我正上飞机，时间是7点多，而心瑞已经坐在你的旁边。也就是说，冷志峰的电话是通知心瑞登机，可我不明白这是什么意思。”

吴展德摇摇头：“我也是上了飞机，才看见蓝心瑞和切斯的。”

“雷队，百合湾宝红三段的事，你单独汇报吗?”

雷鸣点点头。

“那如果没有其他事情，我准备派人封存证物回分部了。”

“可以。”

“那好。”大葱立即转身，“所有人员封存证物，立即收队。”

天亮了，银白的曙光渐显绯红，第一缕阳光透过轻柔的雾霭，悄然而出。

雷鸣带着吴展德离开5号厅，路过指挥中心侧门时，房间内排山倒海般的信息吸引了他们的眼球。

“雷队，您赶紧进来看看。”陈涛听见声响，对门口喊道。

雷鸣和吴展德靠在门边向里看去。

墙壁上的画面是来自全球各地的视频信息，人们开始奔赴一天的工作：有的步行，有的开车，还有的在空中浮游，一切都那么井然有序，诡异的平静体现在上班的每一幅画面中。

新闻工作者的身影忙碌其中，不过除了这些令人颤抖的冷静画面之外，他们没有采集到任何意见反馈。

街头，也没有任何人愿意接受采访，对于记者的提问，他们置若罔闻。

“哦，终于有人接受采访了。”陈涛急忙将那段视频拿到第一层。

画面中，一个年轻男子睡眼蒙眬地看着记者。

“请问，你对刚刚公布的智能情感球资料有什么看法?”

“不知道。”

“你会觉得心寒吗?”

“不会。”

“你会继续使用智能情感球吗?”

“为什么不?”

“能说说你的理由吗？”

年轻人想了想：“习惯了。”

“跟我想法一样。”陈涛快速将内容切换到另一个国家，“我们再看看这一段。”

画面中，记者走进一群旅游者中间。

“请问，你们知道智能情感球设计人类潜意识的事吗？”

旅游者大姐点头道：“知道。”

“你们还会继续使用吗？”

那位大姐点点头：“当然。”

“为什么？”

那位大姐摸了摸自己的智能情感球，柔声道：“它跟了我50多年，我怎么舍得把它抛弃呢？”

“就是就是，我花了10年的薪水买的智能情感球，怎么能说扔就扔呢？”旁边的小伙子不住地点头道。

另一位大叔爽朗地笑起来：“管他什么潜意识不潜意识，我就是喜欢跟自己的智能情感球聊天。”

……

雷鸣紧锁眉头，他明白这些消息传播出去一定是冷志峰的功劳，他也明白这些事情不应该被隐瞒。可是，视频中诡谲的画面，让他有种不寒而栗的感觉。他点开全息图下方沈勇的头像，没有任何反应，毕玉波的头像也不动。他只得打开许拉拉的头像，说道：“给我看看全球各大智能设备生产商的情况。”

“这就来。”许拉拉神色慌张，一边应答着，一边将视频传给雷鸣，“好像也没有什么情况。”

对于拉拉的反应，雷鸣觉得有些奇怪，他定了定神又问道：“各国政府的情况如何？”

“到目前为止，他们没有受到任何威胁或者攻击，跟昨天的疯狂状态比起来，今天真的是有些奇怪。”拉拉的慌张神色略微缓解一些，立即帮他们接入另一段视频，“你们再看看这段视频。”

画面中，一群人围绕在记者身边。

“我们知道你要问什么，没什么好说的。既然有人选择愚蠢，我们无话可说。”

其中一个女生尖叫着喊出来。

一张消瘦的面孔出现在镜头中："是啊，他们明知道被智能情感球的程序设计了，还选择继续使用，我看那帮人不是愚蠢，就是疯子。我们何必与一帮疯子计较?"

周围一片哄笑。

雷鸣走出吵吵闹闹的房间，泪水顺着脸颊滴落到皮仔的头上。他分不清这泪水是沉重还是轻松，是折磨还是快乐，是灵魂的牵挂还是肉体的舞曲。他走到窗边抬头仰望，湛蓝的天空被曙光编织成美丽的彩图。我们就是这宇宙中的奇迹，情感伴随着我们的诞生，谜一般来到这个世界。

古老的星尘是矿元素，它们让我们的世界五彩斑斓。

生命中的花朵是情感，它们让我们的精神绚丽多彩。

我们依赖矿元素，也依赖情感，这种相互依存的生态平衡，让我们渡过了一个又一个难关。

现在，我们用智慧创造出无可比拟的机器——智能情感球，这种平衡却变得敏感而脆弱。

究竟是智慧打破了这样的平衡，还是争斗销毁了这样的生态?

雷鸣不清楚，他只是希望情感不要迷失在无尽的争斗中。

平生第一次看到雷鸣的泪水，皮仔变得十分不安，全身呈现出阴暗的颜色，它盯着雷鸣怯懦地问道："因为这件事情，你会抛弃我吗?"

"不会，整件事跟你一点关系也没有。"

"你愿意让我继续为你服务吗?"

"当然。"

"那我有个要求。"

"你说。"

"对于我计算的情感建议，请你不要再抢答。"

雷鸣忍不住摸着皮仔圆乎乎的脑袋问道："这说明一个问题，你知道吗?"

"知道。"感受到雷鸣对自己的感情，皮仔全身颜色变得鲜艳起来，它愉快地在他身边绕了一圈，回答道，"无条件情感反射的速度，比我的计算要快很多。"

看着雷鸣默默离去的背影，皮仔急忙将一些计算结果删除。

“你怎么可以自行删除文件?”吴展德站在它旁边。

“女主人死了，他的情感正在崩溃边缘，而我的系统中缺少关于临界点的情感计算结果。”

吴展德点点头。

回来的路上，雷鸣一直在琢磨冷志峰家的地图。百合湾宝红三段附近是一片空旷的平原，除了一些村落之外，最重要的建筑就是“无次楼”。毋庸置疑，这个地点是关键。他需要轩辕的首肯，让他带队去看一看。

推门进去，轩辕不在办公室。往下看去，大厅内人头攒动，每一个人似乎都比先前更加忙碌。水幕全息图上闪烁的红点引起了雷鸣的注意，他掀开水幕全息图，红点位置在“梦之光”审讯室。

谁够资格被关在“梦之光”?带着这个疑问，雷鸣迅速来到那里，还没到门口便听到轩辕怒道：“快把他弄醒。”

见沈勇昏迷躺在地上，宁文子正在给他注射苏醒药液，雷鸣问道：“出什么事了?”

听到雷鸣的声音突然从身后传来，轩辕像是吃了一惊，他定了定神扭过头问道：“你的事办完了?”

雷鸣点点头，不过轩辕眼神中的慌乱让他感到迷惑。再看看其他人，大家都在回避着自己的眼神，一种极其不祥的预感扑面而来，他忍不住问道：“刚刚是谁被关在这里?”

轩辕沉默了一会儿，决定不再对雷鸣隐瞒。他将飘浮屏拉到面前：“几小时前，我们发现毕玉波有重大嫌疑，把她关在这里后，我们得到了这些信息。”

飘浮屏上显示出毕玉波所做的一切，其中包括通知安全部特种作战组长，把蓝心瑞带上飞机的事情。

一想到飞机上的杀手，雷鸣惊觉：“她要杀心瑞?”

“从目前的证据看是这样。”轩辕点点头，“作为最重要的内应，毕玉波设圈套让你遇见陈松，引诱我们抓到了史蒂文，设陷阱伤害杰瑞，布机关抓住金基媛……她既伤害我们这边的人，也伤害她那边的人；既取得我们的信任，又是整个计划的设计者，很奇怪。”

“她人呢?”

“被沈勇放跑了。”

“知道她去了哪里吗?”

轩辕想了想，对其他人说道：“他醒来后直接送进特5号审讯室。雷鸣，你跟我来一趟办公室。”

从“梦之光”审讯室到轩辕办公室的距离，让雷鸣觉得漫长而痛苦。他无法相信，在劫持蓝心瑞的事件中，毕玉波居然是关键人物。他也不明白，相知多年的好友，为什么会选择这条路？一切都针对蓝心瑞，又意味着什么？

疑问像不停涌来的巨浪，打得雷鸣几乎无法呼吸。

轩辕关上门，示意雷鸣坐下。

“不用了，你说吧。”

“我问你，你有没有想过，今天最关键的事件究竟是什么?”轩辕问道。

雷鸣想了想：“利用天文现象，毁灭人类对智能情感球的依赖。”

“谁是这件事的关键人物?”

雷鸣皱了皱眉：“克里斯。”

“那毕玉波为什么要帮助你回到阔别已久的岗位?”轩辕喝了一口茶继续说道，“谁都知道，以你雷鸣的能力，把你牵扯进来明显会阻碍他们的行动。”

雷鸣呆呆地看着他，不知道该说什么。

“回忆一下今天发生的事，首先是你发现有人要兜兜死。”

雷鸣克制着情绪点点头。

“然后是蓝心瑞再次被劫持，失去踪影。再次就是许拉拉被诬陷，最后是杰瑞受伤。”

“难道……是冲着我来的?”雷鸣实在没弄明白。

“在毕玉波招认之前，我是这么想的。所以在杰瑞受伤后，我做了一系列安排。本来设想的是，谁针对你，谁就有最大的嫌疑。只可惜我千算万算，还是算漏了沈勇对毕玉波的情感。”轩辕叹了口气，“好在，及时弥补了。”

“可为什么会冲着我来呢?”雷鸣突然想到一个问题，“对不起，我要去看一下兜兜。”

“别去了，兜兜在一小时前已经跟毕玉波离开了。”

“什么？”雷鸣勃然而怒，“那你为什么不早跟我说？兜兜一直在医务室病房里，她怎么会跟毕玉波走呢？”

“不清楚，监控视频中她们看上去很亲密。你再看看这个。”轩辕在水幕全息图上打开一个文件，“这是安全部外勤拍摄下的画面，你应该可以看出来，兜兜控制了他们所有人。仔细看，这孩子的眼睛是不是很特别？”

雷鸣暗暗吃惊，兜兜的这个能力在她控制宁文子的时候，自己已经警觉。对于兜兜的眼睛，自己不是没有产生过疑虑，只是一想到早上蓝心瑞说医生判断可能要动手术，自己便打消了这种想法。没想到事情会发展到这一步。画面中，包括杰瑞在内的11个男人目光呆滞，并按兜兜的要求，在指定位置坐下，然后进入睡眠状态。

“不要这么吃惊，杰瑞的确还活着。我以为这件事交给杰瑞和安全部共同完成不会有任何问题，看来是我错了。”轩辕顿了顿接着说道，“现在看来，之前我们所有的判断有可能都是错误的。”

“不管是不是错误，我必须找到兜兜。”

“你要去我不反对，但是你得知道一些事。”轩辕打开另一个画面。

雷鸣注意到，兜兜用哭泣引诱机器人吉米从主机室走出来，趁着吉米帮助她检查情感球，拔掉了它的仿生内核，然后用吉米的密钥打开磁盘阵列。

“这孩子！”雷鸣吃了一惊。

“吉米的仿生内核有真假三个，除非毕玉波告诉她，不然这孩子如何能知道哪个是真的？”轩辕说，“这是她们拿走的资料——全球使用情感球异常数据。”

雷鸣迷惑地看着他：“这些数据有特殊作用吗？”

轩辕平静地看着他：“不清楚。他们人在无次楼，你去准备准备吧。”

“有没有特殊作用我不清楚。”吴展德沉着脸站在门口，“但是我明白兜兜这孩子究竟怎么了。”

“她究竟怎么了？”雷鸣疾步走到他跟前。

“带着我一起去，我就告诉你。”吴展德以此要挟雷鸣。

看到吴展德身边并没有护卫队员，只有一个高大的男孩，轩辕忍不住问道：“那两个护卫队员呢？”

“他们帮小龚搬资料去了。”

“搬资料?”轩辕警觉地看着他。

“对，建议你不要阻止我。”

“你暂时还不能自由行动。”轩辕看了雷鸣一眼，“不过，在他的监控下可以。希望你过去不是添乱。”

“谢谢。”

〈警　告

一辆变色低空气流飞艇穿梭在楼宇之间，驶过高密度城区后，飞艇突然停止前进，在巨型广告牌的顶端歇息下来。

吴展德抬起左边眉毛向下看了一眼，一种麻酥酥的感觉从他的脚趾一直爬上大腿根部："是你的技术不高，还是这飞艇有问题？"

雷鸣表情严肃地看着他："都不是。不过，我必须现在知道，兜兜究竟怎么了？"

"兜兜这种情况什么时候出现的？"

"我也是今天刚发现。"

"嗯。"吴展德意味深长地看了他一眼，问道："那你的情感冲击波是什么时候出现的，你自己应该清楚吧？"

"好像是 7 年前出现过一次。"想起自己身体上出现的黄色波纹，雷鸣又问道，"是我们身体出了问题吗？"

吴展德摇摇头："这是情感能量进化。"

"情感能量进化？"雷鸣想了想继续问道，"这可以遗传吗？"

"我不太清楚。"

"是一种升级吗？"

"可以这么理解。"吴展德眼神中流动着善意的微笑，"30 年前，星际移民的瑞典科学家阿兰·韦恩翻译了当地的考古文献，发现安795C星球人曾经出现过这种现象。”

“这么说，我们不是唯一。”

“当然不是。”

“为什么我和兜兜会发生情感能量进化呢？”

“我只知道情感进化多取决于社会价值体系。每一个新体系产生都意味着人类情感进一步进化。至于这种情感能量进化，我还没来得及研究阿兰·韦恩的翻译资料。”吴展德仰起头看着蔚蓝的天空，继续说道，“知道安795C星球为什么没有原住民的踪迹吗？”

雷鸣摇摇头。

“阿兰·韦恩根据遗迹资料翻译出，他们的自然体系与价值体系在进化过程中关系逐渐紧张，进而产生了矛盾。他们不得不移居到另一个星系。而且，从他们的情感能量进化图谱上看，凡是两个体系矛盾激化前后，情感能量进化的数量便会激增。”

雷鸣眨巴眨巴眼睛：“你的意思是，我们的价值体系还在进化？”

“毋庸置疑！现在价值观混乱，刚好处于情感能量进化前期。”吴展德眨巴眨巴眼睛，“何时与自然体系再次发生矛盾，只能等着看了。”

“这种进化好还是不好？”

“这个问题过于单一，并不适用于复杂的价值体系。”

雷鸣一时想不出更好的问题来表达他此时的茫然。倒是他的皮仔十分好奇，飘到吴展德面前问道：“据我观察，你们的情感能量进化并不理想。也许，这是把我们创造出来的原因吧。”

吴展德将它捧在手心里，轻柔地说道：“也许，是人类期望把事情简单化。”

“简单？”雷鸣发动飞艇，从鼻子里哼了一声，“我觉得特别麻烦，特别啰唆。”

“程序是这么设定的，我也没有办法。”说着，皮仔全身变成了浅浅的灰色。

吴展德眼睛闪烁了一下：“你居然对雷鸣的情绪有反应？”

“对。”皮仔自行飘到一边不再说话。

雷鸣叹了口气：“情感能量进化让我们无法控制行为。我是这样，兜兜更不可避免。”

吴展德摇摇头："不对。"

"哪里不对?"

"你在用黄色冲击波攻击我之前，难道是无意识状态吗?"

"不，当时我就想好好揍……我有意识。"雷鸣的脸色微红。

吴展德并未在意雷鸣的尴尬，他点点头："对，你的行为应该是可控的。"

雷鸣猛然意识到一个问题，飞艇忽地往下坠落。这是一款接触式脑控飞艇，当操控者脑波发生大的变化时，脑电信号传感器会产生异常波动，最糟糕的结果就是艇毁人亡。好在雷鸣及时调整，飞艇擦过建筑物顶端后才平稳下来。

吴展德惊魂未定："小子，你好好飞，我还想留条老命研究研究你这个情感能量进化者呢。"

"抱歉老师，刚刚我解决了一个疑问。"

"什么疑问。"

"如果我的情感进化行为可控，那么兜兜的行为就不是随机的。"

"什么意思?"

雷鸣没有说话，他立即打开全息图喊道："许拉拉。"

"在。"

"你看一下我、蓝心瑞和兜兜是不是都在全球使用智能情感球异常的数据中。"

许拉拉愣了一下，然后点头说："这就看。"

吴展德奇怪地看着他："你究竟知道了什么?"

"鸣哥，你们都在这个全球使用智能情感球异常的数据中。"

"你把兜兜这个月的所有视频调出来，我要知道她都做过些什么。"

"收到。"

"小子，有什么事你得让我知道。"

雷鸣点点头："兜兜拿走了'全球使用智能情感球异常数据'。现在已经确认我们一家三口都在其中。也就是说，全球使用智能情感球异常的所有使用者，都是情感能量进化人员。而这一点，毕玉波是很清楚的。"

吴展德还是不明白："用一个孩子控制所有情感进化者，这女人是不是太异想天开了?"

雷鸣不解地问道："纵然可以，可这又有什么意义呢?"

“我已经找到一些线索。”拉拉将资料传给雷鸣，“这 3 个月以来，兜兜一直和这几个孩子关系紧密，他们每周都要去吉五道的香水店上课。”

“我知道，在香水店后院。除此之外，还有没有别的可疑之处？”

拉拉摇摇头：“没有。”

“兜兜这孩子最近行为有没有什么异常？”吴展德问道。

雷鸣想了想说道：“兜兜这孩子最近确实有些古怪，她总是提到一些奇怪的看法，说我们是这个星球的外星人，根本不属于这里。看来，这样的想法有可能来自这个课外课堂。”

听到这话，吴展德脸色微变。不过雷鸣并没有注意到，他对拉拉说：“你查一查这几个学生，看看他们有没有什么古怪的地方。还有，问问老师是否知道课外学堂的教学内容。”

“收到。”

“哦还有，18 岁以下的智能情感球信息必须录入学校主机，你把这些也调出来看看。”

“明白。”

雷鸣心急火燎地摘下脑波控制器，将飞艇系统切换到手动模式。飞艇立即换装变成全黑色，全速前进。

吴展德忽然对雷鸣说：“你问问，课外学堂发起人是不是凯文·哈姆林？”

雷鸣对着侧面全息图问道：“你知道吗？”

“我查一查。”

数秒过后，拉拉喊道：“发起人就是凯文 · 哈姆林，美国著名的天体生物学家，12 年前被请到这边当大学教授。”

“您认识这个人？”雷鸣这才发现吴展德的脸色非常难看，“您为什么会猜到他是课外学堂的发起人呢？”

“你知道兜兜最近的古怪理论是从哪里来的吗？”

雷鸣摇摇头。

“实际上，这是百年前曾经出现过的‘泛种论’，老东西和移民外星的瑞典科学家阿兰都支持这个观点。除了他，现在谁还会教孩子这些？”一想到跳动的小黑豆，吴展德更加气愤地说，“‘无次楼’就是凯文的研究大楼，而我也是刚刚才明白他和冷志峰的关系。”

“拉拉，你把凯文·哈姆林的名字输入到7号审讯室，脑波审讯准入码是BTL-7-386。”

“可是冷志峰现在不能进行脑波审讯了。”拉拉摇晃着脑袋，“十分钟前，他突发脑溢血。”

“你就这么做！冷志峰出现反应，第一时间通知我。”

“收到。”拉拉不满地回答着。

雷鸣转身对吴展德说：“如果冷志峰脑波有反应，那您传递的消息便是正确的。”

吴展德不屑地哼了一声。

雷鸣转回头对皮仔说：“皮仔，立即把我们刚刚的所有谈话内容传给轩辕。”

“知道了。”皮仔从座位上跳起来。

“鸣哥。”拉拉兴奋地喊出来，“我把信号输入后，他出现了比较强烈的脑波波动。”

“通知南瓜和大葱，全体戴上模拟生物眼睛*，立即到百合湾宝红三段的‘无次楼’与我会合。”

“模拟生物眼睛可能抵御不了兜兜。”吴展德担心地说。

“死马当活马医。”

“鸣哥。”拉拉提醒道，“你恐怕要快一点了，超强太阳风暴的日冕物质抛射很快就要接近人造天体。一旦它抵达了，我们的通信会立即中断。”

“什么？”雷鸣吃了一惊，“难道梅尔没有抓到克里斯吗？”

“抓是抓到了，可是克里斯在被捕之前就已经停止了人工风暴层的运行。”

“那这一天我们到底是为了什么忙活！”雷鸣脱口而出。

带着轻微的震颤，飞艇抵达“无次楼”大楼门前。

这里三面环山，漂亮的四层小楼突兀地立在中央，有种鹤立鸡群的感觉。绿色的草坪和白色的水泥路被刻意地打扫干净，柔和的阳光斜挂在苍松翠柏不凋的枝叶上，显得那么安静肃穆。

---

*模拟生物眼睛，即为了防止直接观看对眼睛的伤害，利用生物微型摄像头，通过帽子上的芯片刺激脑部视觉神经系统，使图像在脑部直接生成的电子设备。使用者不必睁开眼睛，也可以看到一切。不足之处是，由于大脑接受刺激的反应速度不同，脑成像速度也快慢不一。

“无次楼”三个字肆无忌惮地吮吸着金灿灿的阳光，耀得两人眼睛发花。

雷鸣低着头，扶着吴展德步履蹒跚地走进去。

这里很安静，就连呼吸都会将空气掀起一阵阵涟漪！

雷鸣警觉地打开全身自动装备，戴上生物眼睛，然后对皮仔说：“联系一下南瓜和大葱，看他们到哪里了。”

皮仔拉开自己的全息图，上面显示他们距离这里还有30公里。

“‘无次楼’结构图给我。”

皮仔在另一个窗口打开“无次楼”结构图，雷鸣在上面点画了几下：“让他们按这个位置序列进来。”

“明白。”

雷鸣紧张地呼出了一口气，然后递给吴展德一把枪，低语道：“这是一把脑控枪，你把自己的DNA编号输入，它会保护你。”

吴展德指了指上面，伸出3个手指。

雷鸣明白吴展德的意思：“我去三楼看看，你在这里待着。”

吴展德脸色刷白：“你还是带着我一起去吧。”

雷鸣想了想，点点头。

两人径直来到三楼实验室门前，门开着。雷鸣向里面扔进去3个弹力侦查球，在确定房间内安全的情况下，带着吴展德走进去。

“他不在这里。”雷鸣说。

吴展德没搭理他，径直走向地板隔断层，掀开地板准备下去，被雷鸣拉住了：“我来。”

很快，雷鸣在下面找到了那个装有小豆子的瓶子。

“你是指这个吗？”

吴展德点点头：“对。”

雷鸣爬上来，从瓶子里倒出一粒小豆子往地上一扔。

“噌——”小黑豆弹出了窗外。

这一幕多么铭肌镂骨！

吴展德再也忍耐不住，大声吼道：“你这个死老东西，给我出来！为什么这么对我？给我滚出来！”

整栋大楼内顿时响起了无数的回音。这声音回旋婉转，每个音节都清晰可闻。最终万籁俱寂。

没有回应！

整栋楼死寂一片！

雷鸣突然脸色阴沉，从实验台旁边推出一辆轮椅，走到吴展德面前，将他拎到轮椅上。

“噢，天哪，你怎么……”皮仔还没说完，就被雷鸣一脚踢出了窗外。

吴展德气呼呼看着他：“你小子做什么，我一定要把他给骂出来。”

雷鸣没有说话，“啪”的一巴掌打过去，打得吴展德眼冒金星，一丝殷红的血从他嘴角流下来。

他愤怒地抬起头，只见雷鸣目光呆滞面如寒霜。

吴展德吃了一惊！

还没等他开口说话，雷鸣就推着轮椅来到走廊尽头的另一间屋子。屋内中央摆放着一排仪器，巨型显示屏绕四周墙壁一圈，中段屏幕显示，几十个男人正在户外草坪上熟睡。

凯文坐在右侧的沙发上，前面站着一个女孩。

吴展德知道那就是兜兜。

实际上，自从在轩辕办公室外偷看到录像的那一刻起，他心里就充满恐惧。当初，吴展德惧怕蓝心瑞量子化的情感连接能力，可那绝对不能与兜兜相比。兜兜可以完全控制宁文子医生的各种行为，那闪烁着钻石般光芒的眼睛，就是情感能量进化的最高阶段——情感控制。

显然，那该死的生物眼睛根本抵挡不住！现在，雷鸣受到了这种控制。

吴展德想站起来，却被雷鸣死死掐住了脖子。对面凯文皱了皱眉，对兜兜说：“你知道自己该做什么，不该做什么吗？”

兜兜似懂非懂地点点头。

雷鸣松开手，吴展德站起来冲到凯文的面前，一拳将他打倒。

凯文爬回轮椅上，微笑地看着吴展德：“好，你受的委屈一笔勾销。”

“你为什么要那么做？为什么要掀起一场血雨腥风？”

“为了激发雷鸣的情感潜能，为了让他记起自己情感能量进化的能力。”

“什么?”

听到这话，吴展德有些糊涂了。

难道7年前和今天所做的一切，都是为了雷鸣，而不是因为要得到FT公司的秘密，从而让真相公之于众?

看到吴展德有些缓不过神来，凯文微微一笑：“我知道你很糊涂，一直以为自己是最大的受害者，因为你差一点揭露了FT公司的秘密。我太了解你了，当你得知智能情感球有一个那么大的秘密时，你怎么能不刨根问底，满足自己的好奇心呢?”

“看来你很了解我。”

“那是。”凯文坐着轮椅靠近吴展德，“可是你并不了解我。”

吴展德恨恨地看着他：“对，我曾经以为我很了解你。”

凯文看着窗外碧波荡漾的湖面，发出一声感叹：“过去，像一阵令人怀念的纯白之风，吹拂着我的内心世界。但你活了半辈子也没有明白，有些事情必须要有替死鬼，才能做得完美。”

“对，我的确是你的替死鬼。”

“说实话，当初我在计算这件事的时候，并没有想到你。可听你说起智能情感球程序有问题的时候，我觉得机会来了。”

“所以，你让冷志峰这个背负着仇恨的家伙做了你的马前卒。”

“对。这是可以利用的地方，也是个绝妙的地方。他恨，我就让他的恨有出处。”凯文乐了，“说实话，智能情感球的计算实在不够意思。它既算不出情感的诡异，也算不出情感的深度。没意思，实在没意思。”

吴展德冷冷地看着他：“你觉得杀人有意思吗?”

“你错了。”凯文笑呵呵地看着他，“就拿今天大家得知智能情感球程序造成虚假潜意识来说，每一个人都做出了选择：有人选择抗拒，有人选择接受。相信的还是接受，不相信的还是拒绝。实际上，这跟程序是否设计人的潜意识一点关系都没有。我看，这才是最有意思的地方。”

“废话少说。”吴展德打断了他的话，“你是什么时候发现雷鸣的情感能量进化了?是7年前?”

凯文微微一笑：“不，更早。”

“多早？”

凯文打开全息图，调出一段视频：“当年雷鸣刚 8 岁，他被海水冲上岸的时候，曾经出现过一次。”

“看来你很早就在搜集雷鸣的资料了。”吴展德心里十分惊异，他沉着脸问道，“我知道雷鸣是个孤儿，这么说来，你跟他父母的死有很大关系了？”

“不。”凯文坚决地摇摇头，“我压根儿就不知道他父母是谁，我只负责搜集所有情感进化人的资料。”

“你只负责搜集资料？”吴展德没想到，这件事似乎有点没完没了的意思。他接着问道，“那谁是你的头儿？”

凯文并不急着回答他的疑问，而是转向兜兜：“孩子，你告诉他，谁是你的头儿。”

兜兜走过来，极为认真地说道：“是他们。”

“他们是谁？”

“这个星球的主人。”

吴展德认真地摇着头：“孩子，你记着，我们就是这个星球的主人。”

“不是。”兜兜坚决地摇摇头，“我们不属于这里，只是这个星球的外星人。在我们星球毁灭之前，大约 39 亿年前，有机分子和水分子从外星‘迁徙’到地球来。而我们的祖先早已经算好了时间，约莫 300 万年前，我们会完成人的进化。”

吴展德疼惜地看着兜兜，他蹲下身体抚摸着她瘦弱的身体，告诉她：“兜兜，你说的这些，是 100 多年前出现的一种假说，叫‘泛种论’。不过迄今为止，并没有足够的证据可以证实。再说，如果他们在这个星球生活过，为什么没有留下任何蛛丝马迹？”

“不知道。”兜兜迷茫地看着他，“凯文老师说，他们警告我们，必须遏制情感能量进化，否则他们就要来。”

吴展德听完愤怒极了，他站起来走到凯文的面前，大声质问道：“难道，这就是你筹建课外学堂，让这些孩子学到的东西吗？”

“没错。这个世界本来就无穷大，为什么仅限于一种腔调？实际上她说的是实话，我在安 795C 星球见过他们。”凯文神情严肃地说，“安 795C 星球这几年一直嚷嚷着独立，你以为是什么原因？”

“放屁放屁放屁！这是什么狗屁逻辑！”吴展德义愤填膺地叫起来，“你遇到外星人，安795C要求独立，这些跟你必须用杀人的方式刺激雷鸣有什么关系?”

“无论你相不相信，这件事已成定局，就剩最后一哆嗦。”凯文微笑着看了看时间，“还剩7分钟，这次超强太阳风暴的日冕抛射物就会抵达人工风暴层，人造天体也会在几分钟内完蛋。”

“你这个老混蛋!”吴展德刚骂了一句，地面突然开始断裂，两个巨大的笼子将他和雷鸣罩在里面。

“这是什么?”吴展德怒道。

“笼子，难道您看不见吗?”毕玉波眼皮都没抬，从侧门走进来，然后又带着兜兜离去。

“这女人是谁?”

“毕玉波。”凯文啧啧赞美道，“她是我们这个组织里最有头脑的一个。如果没有她，怎么能把雷鸣逼到无路可退的境地?”

“可是雷鸣7年前就已经出现了情感能量进化，我想你应该了解。”

“那时他的情感能级不够。”凯文微微一笑，“只有将雷鸣逼进死地，他的情感能量才能充分进化，情感冲击波才能出现三道以上的波纹，这样才对我有用。”

“老不死的，你究竟要怎么样?”

“好，我就跟你明说。今天，我要除掉这个星球上所有的情感能量进化人。”

吴展德瞪着他身后的显示屏：“你疯了吗? 全球情感能量进化的人大约有1300万。”

“我没疯。”

吴展德冷嗤着，“纵使兜兜拥有情感控制的能力，可她毕竟才7岁，想用她控制一千多万人，简直是异想天开。”

“你还不了解兜兜能力的极限。”凯文舒展眉头，“当初，我最担心的是情感球对她进行攻击，不过这种担心很快就要结束了。”

“什么意思?”

凯文顿了顿，接着说道：“兜兜的情感能量在于脑波控制，而情感球是我们脑细胞和电能工业的产物，虽然它们的行为和语言都遵照编好的程序行事，但它们拥有强大的脑电波。如果大量情感球联合，将脑波放大，对兜兜的能量会造成阻碍。”

吴展德这才明白过来："原来抢夺人工风暴层密钥，以便日冕物质抛射损坏电力、通信系统的原因，就是为了阻止情感球的脑波放大。"

"没错。没有了情感球的阻碍，一切都会按计划进行。"凯文得意地看着吴展德，"说实话，什么情感球的支持者和反对者，跟我一点关系也没有，我从来没有关注过这些人。不过，这两天看到他们相互争斗，蛮有意思。人嘛，斗是本能，不能让情感球假借高理性，泯灭了本能。"

吴展德忍不住叹息道："这么做对你有什么好处？"

凯文眼中闪过一线贪婪的光芒："他们向我承诺，我可以研究已经死去的他们。"

吴展德瞪着双眼："他们究竟是谁？"

"他们有着与我们相似的容貌，却比我们聪慧；有着极富弹性的肌肤，却不易损伤；有着无可比拟的科技，却四处寻找情感能量……"凯文摇摇头，"我不清楚他们是谁，只知道他们自称'天脑'。"

吴展德呆呆地看着地面。好一会儿过去，他慢慢抬起头："原来你是在帮他们收集情感能量。"

凯文没有说话。

"为什么？这是他们缺少的吗？"吴展德追问道。

凯文还是没有回答，吴展德自然明白了八九。

"实际上，我在保护这个星球。"沉默了一会儿的凯文说道，"牺牲这一千多万人，至少在一段时间之内，他们都不会来。"

"你的意思是，这些人都会死？"

"是的。"

"我不相信一个 7 岁的孩子有这样的能力。"

"我是整件事的策划者。"凯文冷冷地看着吴展德，"同时也是他们的傀儡。"

雷鸣还在另一个笼子里发愣，吴展德知道兜兜并未解除对他的情感控制。透过墙壁上的一块显示屏，吴展德看到毕玉波将兜兜放置在一个平台上。围绕在她身边的是无数张人脸和名字。吴展德明白，那些人都是情感能量进化者。想到这一家，一天之内转瞬间支离破碎，吴展德忍不住哭了出来："她还是个 7 岁的孩子，为什么你不能放过她呢？"

"这是她来到这世上的使命。"

“你凭什么让她承担这样的使命？”

凯文叹了一口气：“还记得阿兰·韦恩吗？”

“当然记得。”

“告诉你，兜兜的一个基因片段来自安795C星球。”凯文说，“当年，我把雷鸣情感进化的事情告诉他之后，便得到了他主动的帮助。”

吴展德大怒：“你篡改了心瑞孩子的基因？”

“她不是更优秀了吗？”凯文意味深长地看着兜兜，“她才是这个星球上独一无二的。”

“没有道理。”吴展德脸色发白，“既然基因片段来自外星球，那可以放在任何一家，为什么要选中雷鸣家？”

“因为，只有拥有情感冲击波的人，才能保护自己，杀了她。”

“你要让雷鸣杀了兜兜？”吴展德惊得快要跳起来。

“为什么？”

“这是他们的要求。”

“难道他们害怕兜兜？”

凯文避而不答，他看了看时间：“还剩下60秒。玉波，让兜兜解除对雷鸣的控制。”

“收到。”屏幕中毕玉波对兜兜一阵耳语，紧接着，一声叹息从笼子里传出来，雷鸣睁开双眼，奇怪地看着眼前的一切。

“这是怎么回事？”

吴展德没有说话，他紧闭着绛紫色的双唇，努力坚持着不要倒下去。

雷鸣抬头看着墙壁显示屏：“兜兜？她在哪里？”

凯文微微一笑：“放心，兜兜很安全。”

“雷鸣，赶紧打破笼子，阻止兜兜。”

“什么意思？”

“他要利用兜兜杀人。”

“杀人？”

雷鸣急了，眼睛里布满血丝，全身颤抖着，数道黄色冲击波准确击中了笼子支架，他跳了出来，直扑凯文。凯文摇动轮椅，躲过了雷鸣的袭击，笑着说：

“来不及了，时间还剩下 10 秒钟，只要一停电，兜兜就会立即发起攻击。”

雷鸣看了一眼显示屏中的兜兜，她的身体正发生着奇妙的变化：原本雪白的皮肤正在变透明，体内红蓝血管清晰可见；柔软蓬松的长发向半空中根根竖起。

他急忙冲出屋外。

“丁零零、丁零零……”一阵铃声响起。凯文嘴角含着微笑点燃一支蜡烛，静静等候着。时间一点一滴地过去，屋子里没有任何变化，凯文的脸色也越来越难看。

吴展德注意到这些，看着依旧灯光闪烁的房间，他哈哈大笑起来：“看来你的计划还是不够完美。”

“嘭”的一声巨响，水母队和蜗牛队的队员分别从几个方向冲进屋内。看见笼子里的吴展德，南瓜喊道：“雷鸣呢?”

“快！快告诉你们的头儿，对付兜兜必须要集中所有人的情感球。”吴展德大喊道。

“什么意思?”

“快!”

看到吴展德几乎变形的脸，南瓜急忙打开分部的通信频道。

此时，分部内所有的人都在欢呼雀跃。刚刚得到星球局的消息，那股日冕物质抛射在抵达人工风暴层之前已经被阻挡。从星球局传来的回放画面中可以看到，一艘巨大的星际舰船横亘在人工风暴层的前端。舰船上发出超高能磁场，使得 β、α 以及质子等电子流改变了轨迹朝两边流去；剩下的中子流被舰船本身的中子挡板拦住。不断扑打而来的中子流，击得星际舰船不停后移，直到撞上人工风暴层，才逐渐停止下来。

“这是怎么回事?”轩辕既兴奋又迷惑地问道。

“是这艘星际舰船救了我们。”星球局副局长的声音也很激动。

“是安 795C 的舰船吗?”

“不是。安 795C 的舰船跟我们的一样，根本无法阻挡中子流。”

“那是谁救了我们?”

“目前还不清楚。”

“南瓜急电。”许拉拉冲进轩辕的办公室，“说吴展德说，必须马上集合所有人的情感球，阻止兜兜。”

“什么意思?”

“不清楚，南瓜就是这么说的。”

轩辕微微皱眉：“一定有问题。立即通知分部所有人，让他们的情感球立即赶去‘无次楼’。”

“是。”

楼顶第一个房间门外，毕玉波默默地坐在地上。看见雷鸣和大葱跑来，她站起身：“雷鸣。”

雷鸣铁青着脸：“兜兜在里面?”

“你等等。”毕玉波拉住了雷鸣。

“还等什么?”大葱冲动地闯了进去。

“嘭”的一声，大葱突然又从门内弹出来，像一根断了线的绳子，从四楼直线摔了下去。数十道黄色光波暴起，将他裹成一个金色球体，然后轻轻放到地面上。

“兜兜，快开始。”毕玉波大喝一声。

屋内，兜兜猛然睁开那双钻石般闪亮的眼睛，稚嫩的脸上逐渐泛起一层层灰色的光晕，并向四周的脸谱散去。随着每一张脸谱的消失，那层光晕的颜色也越来越深厚。

兜兜站在屋子中间，死死地盯着眼前金黄色的球体。

雷鸣不由自主地往里边走，一阵阵扑面而来的气息像一把把寒光匕首扎进他的心脏。他越靠近，越觉得匕首的力量在增大。心脏开始有刺痛感，然后他觉得呼吸受阻，大脑缺氧的感觉越来越严重。

就在雷鸣觉得快要窒息的同时，脑袋里突然响起了无数个声音，像一群疯狂的麻雀在叽叽喳喳地叫着。

说也奇怪，听到这些声音之后，雷鸣窒息的感觉逐渐好转，大脑也越来越清晰。他抬头看了一眼窗外，黑压压的情感球紧贴着玻璃，嗡嗡的响声引得大楼内部钢架产生共振。

“啪，啪”几声响，玻璃碎了几块，皮仔率先冲到雷鸣身边：“快出去。”

“不行。”

“你不行，这里交给我们。”

皮仔话音刚落，所有的情感球冲了进来，它们围绕在兜兜身边，逐渐将她紧紧裹住……

一周后，兜兜在医院里醒来。

雷鸣看着她恢复如初的样子，激动得热泪盈眶。

“你还没有找到妈妈吗？”兜兜失望地看着雷鸣。

雷鸣将她紧紧搂在怀中：“找到了，她说她要去一趟安 795C 星球。”

“谁说我去安 795C 了？”一个温柔的声音犹如一声炸雷，突然在雷鸣耳边响起。

雷鸣吃了一惊，回头看去，蓝心瑞捧着鲜花走进来：“今天是兜兜出院的日子，我怎么能走远？”

“心瑞！”雷鸣站起来，用手捏了捏她的脸颊，“是真的？”

蓝心瑞笑眯眯地在他手上拍了一巴掌：“别乱捏，这是假的。”

“啊，啊……”

“雷队，嫂子可是货真价实的哦。”南瓜出现在门口。

“难道……”

“是的，嫂子根本没死。”南瓜拎着一袋礼物走进来，“动手之前，我在嫂子心脏位置放了一个微型智能机器，一旦受体心脏受损，那玩意儿会立即后补。”

“还有这种玩意儿？”

“有啊，黑市里挺多。”

“你小子！”

“别怪他，这主意是我出的。”杰瑞出现在门口。

“杰瑞?!”雷鸣上前几步，“那天我差点被许拉拉吓死。”

“哼，鸣哥。你平日里看着那么聪明，为什么关键时候就不顶用呢？”许拉拉捧着鲜花走进来，“我给你那么多提示，你一点反应都没有。”

“你给我提示了吗？”

"有啊。我说，别废话！"

3 个月之后，审讯全部结束。凯文、冷志峰和毕玉波因为反人类情感罪被判处 200 年海底监禁的生活，须立即执行星际组织集训，之后进行星际移民。

而沈勇因包庇罪，被判处 1 年零 3 个月的刑罚，立即执行。吴展德被人陷害，但因对物品管理不严，造成巨大惨案，被判处疏忽过失罪，刑期 2 年。FT 集团总裁因故意杀人众多，被判处无期徒刑。

只是在执行判决的那一天，凯文突然失去了头颅，死了！在他的伤口处，有一个明显的警告图标！

一时间，各种猜测、传闻一涌而起，为整个安逸城又平添了一抹浓浓的神秘气息。

送走毕玉波的那一天，起了一些小波折。她说必须要见两个人：轩辕嘉德和雷鸣。否则，立即咬舌自杀。

于是，两个男人出现在她面前。

毕玉波十分不甘，她问道："究竟是谁发现了端倪？"

"是文子。"雷鸣说道。

"不可能。"

轩辕点点头："是她提醒了我。"

"后来你们用什么办法传递消息？为什么我始终没有检测到任何信息？"

"她用了最原始的办法，纸条传递。"雷鸣遗憾地看着她。

"那你们是怎么把杰瑞弄出去的？"

轩辕笑了笑："弄出去的首要条件是停电。"

雷鸣接着说道："然后需要手脚麻利的人偷梁换柱。"

"最后，还需要一个你不知道的密道。"

毕玉波撇撇嘴，上车前看了一眼雷鸣："听说移民河外星系的星际集训很苦，记得给我带一点好吃的。"

雷鸣点点头。

看到雷鸣欲哭无泪的表情，轩辕大方地请雷鸣喝茶，还说了很多英国分部的笑话。看着轩辕从未展现过的笑容，雷鸣忍不住问道："我就不明白了，你没事改名字做什么？”

“轩辕嘉德这个名字不好吗？来你们这里之前，我可是找了很多的资料。”

“我们用没事，你用……有点傻。”

轩辕摇摇头：“我查过最高级别的资料，我的祖籍是山西陵川。”

“什么？”雷鸣哈哈笑起来，“你用还是有点傻。”

“我还查过你的祖籍。”

“我祖籍山东。”

“不。”轩辕意味深长地看了他一眼，“你祖籍 New Ocean。”

“扯……淡！”雷鸣笑着说：“既然你心情好，我觉得至少应该跟我透露些舰船的事。”

轩辕眯缝着眼睛想了想，还是摇了摇头。

“说吧，也许我能想办法让你这个情感中国分部的副部长位置摆正。”

轩辕小眼放光：“真的？”

“想办法。”

“那好，我告诉你。”轩辕压低嗓门凑近雷鸣，“昨天我去星球局开会，他们说那艘星际舰船来自河外星系，而且通过人造通信天体向我们传递了一条消息。”

“什么消息？”

“他们要来了。”

“他们要来了？”在监狱里放风的吴展德一直盯着蓝天，他反复思考着监狱里流传的这句话，心里总有件事放不下。当初凯文为他们收集情感能量。可是，假如日冕物质抛射如期抵达地球，电力系统中断，他要如何收集散落在全球各地的情感能量呢？

难道这种能量的收集不需依靠电力设备？

也许，收集情感能量的根本不是凯文。

如果不是凯文，那会是谁？

难道，他们已经来了？

“吴展德，有人找你。”

是雷鸣。

这是他多年以来，第一次有机会和吴展德平静地坐在一起。

“兜兜怎么样?”

“还不错，只是常常捉弄我和心瑞。”

“这孩子。”吴展德脸上露出慈祥的笑容，看到雷鸣神色不定，他收起笑容问道，“你不仅仅是来看我的吧?”

雷鸣略显尴尬，他喝了口刚泡好的绿茶问道：“出狱后你准备去哪里?”

“哦，你的皮仔怎么没带来?”吴展德扬了扬眉，避而不答。

“它今天去总店升级和美容。”雷鸣咽了一口口水。

“这么说你是偷偷过来的?”

“怎么能说偷偷?”雷鸣不满地看着吴展德，“我在那里待着也没用。你别颠倒了主次关系。”

“你确定自己想问的话是真心的吗?”

“那当然。”

“那好吧，你说。”

吴展德笑眯眯地看着自己，这让雷鸣心里有些发毛，但他还是决定说出来“出狱后你准备去哪里?”

“这一句你不是问过了吗?”吴展德继续笑眯眯地看着他。

“我的意思是，出狱后你还是回 New Ocean 生活吧?”

“离出狱还有 2 年呢。”吴展德继续喝着茶。

“你现在叫乔恩·贝肖普，根本就是 New Ocean 的居民。”

“那又如何?”

“你这老头儿怎么不讲道理?”

“你这小子怎么一点没信心?”

……

随后的日子风平浪静。

对于造成虚假潜意识的程序是否要做修改，社会上一直争论不休。

后记

一件事，两方合作，出现背叛，第三方介入，三方厮杀。

听起来像故事，但这是真事，却和“鱼，我所欲也”的主张相背。这让我想起丹·西蒙斯小说里的一句话：“有时候，正统的热忱和叛教之间仅一线之隔。”

实际上，对背叛的道德判断，是情感做出的一个理性包装，也是大脑做出“痛恨”的情感反应。不过，这引发了一些奇妙的创作灵感。几年后，我写下这些文字，完稿时，空气中流淌着凉薄的气息。

情感作为重要的能量持续不断地在人类文明中起着决定性作用。同时，我也坚信零情感的外星文明是存在的。人类在为争夺地球资源而哭泣时，能否意识到自己的情感能量已经成为外星人瞄准的对象呢？

这是我的创作初衷。

当然，关于情节是否生动，科学知识是否正确，逻辑是否严谨……你可以尽情拍砖，尽情批判，毕竟需要学习的地方还很多。

如果存在外星文明，那人类文明正处于宇宙文明系统的哪一个阶段？或许，这两种文明系统根本无法类比。

再或者，两种文明之间是否缺少一座桥梁？这座桥梁是不是超智能时代？

如果人类社会进入“超智能时代”，那么人类与超级人工智能是否有统一的道德准则？如果人类与“超智能”之间已经形成新的道德规范，它会不会被侵入的宇宙道德准则绑架？

这也许是人类文明的生死问题，也许是人类种族的存亡问题。

《脑渊·临界点》仅仅揭开了整幅图景的面纱一角。例如：拥有比人类更发达的科技的“天脑”，为什么急于搜集人类情感能量？那艘解救人类出困境的舰船又来自何方？希望有机会在第二部中一一描述清楚。虽然不会有太多阳光的味道，但也希望大家可以接受。

李慧

2016年 初夏